講談社文庫

さっちゃんは、なぜ死んだのか？

真梨幸子

講談社

目次

イントロダクション 6
氷と泡 13
棘 208
fの呪い 336
アイビーハイム 364

さっちゃんは、なぜ死んだのか？

イントロダクション

「勝負作をお願いします」

そんなことを言ったのは、K出版の担当、R子さんだった。もうかれこれ十年の付き合いか。

R子さんの言葉がずっと引っかかっている。

「勝負作？　私はいつだって勝負作を書いてきたつもりですが」

手を抜いたことはない。その都度その都度、心と体力を削って書いてきた。そう、「鶴《つる》の恩返し」の鶴のように。大袈裟《おおげさ》だが、小説というのはそういうものだ。そのつもりがなくても、結果的に健康もメンタルもすり減らしてしまう。

私の場合は、友人も減らしてしまった。

小説家になる前は、旅行したり食事をしたり観劇したり夜通し長電話したりする友人が何人かいた。それが、今はゼロだ。仲違《なかたが》いをしたわけではない。まるではじめから友人などいなかったように、携帯電話の履歴から消えていったのだ。

携帯電話といえば、かろうじて残っていた履歴を頼りに、古い友人に電話をしてみたことがある。……ああ、そうだそうだ。引っ越しするときに、彼女から借りた本が数冊出てきたのだ。それを返そうと、電話をしてみた。電話に出た彼女は言った。

「もう、住む世界が違うからさ。連絡しないでほしい」

そのときは、「うん、わかった。じゃ、本はこちらで処分していいかな？」とだけ。特になにも感じなかったが、その数日後から、牛の反芻《はんすう》のように彼女の言葉が繰り返し繰り返し飛び出してくる。そのたびに、口の中が苦味でいっぱいになるのだ。よくよく考えたら、あれは絶交の言葉だ。私、絶交されるようなことをしただろうか？……したのかもしれない。小説家だもの。小説家というのは、知らず知らずのうちに、身近な人物をモデルにしてしまうものだ。あるいは、こちらにはまったくその気がなくても、相手に「これ、私のこと？」と勘違いさせてしまうものだ。そういえば、「ね、私の母親と同じ名前の登場人物がいたけど、うちの母親がモデル？」と、深夜に友人から電話がかかってきたこともあった。彼女の母親の名前なんか知らないし、本当に偶然だったのだけど、私は謝った。「ふーん、そうか。分かった」と友人は一応は納得してくれたけれど、それ以降、連絡はない。メールを送っても返事がないし、年賀状も途絶えた。……こんなことは数えきれない。一時は、「友人がたくさんいて羨《うらや》ましい」とすら言われていたのに、今となっては、携帯の連絡先は仕事関係の人だけだし、年賀状もそうだ。その理由は、どう考えても、私が小説家になったからだ。

仮に、私の友人に小説家になった人がいたとしよう。私ならどうするか。やはり、気になる。自分のことが小説に書かれていないか、作品が発売されるたびにチェックするだろう。そして静かにフェイドアウトするだろう。もっとも、小説のジャンルにもよるが。それが清く正しい児童向けの小説とか、または歴史小説やファンタジー小説ならば気にはしない。……いや、それでも気になるかもしれない。悪役が出てきたら、これもしかして私のこと?と。被害妄想かもしれないが、気になる。そして気になることに疲れ果てて、結局はその人からフェイドアウトする。

小説家とは、そういう職業なのだ。周りから人が去っていく。「先生」なんて呼ばれることも多いが、とんでもない。その昔は、小説なんていうのは隠れて読むものだったし、いかがわしい職業だと見下されてもきた。高尚や尊敬の対極にあった職業なのだ。ドブネズミのようにいつでも食料《ネタ》はないかと人の間を這《は》いずり回《まわ》り、ネタをみつけたらとことんしゃぶりつくす。身内でもネタになると思ったら利用しつくす。気に食わない人に出逢《であ》ったらやはりネタにして、作品の中で殺す。……我ながら、いかがわしい職業だ。友人が去っていくのも当たり前だ。それなのに、「先生」だなんて。いったい、いつからそう呼ばれるようになったのか。

いずれにしても、今の私には友人と呼ぶ者はいない。伴侶《はんりょ》もいなければ子供もいない。究極の「おひとりさま」だ。マンションの管理組合に提出する「緊急連絡先」になってくれる人すらいないのだ。

でも、小説家になったことを後悔はしていないし、これから先も続けるつもりだ。マンションのローンもある。

だから、どの作品も「これを最高傑作にしよう」という切羽《せっぱ》詰まった思いで取り組んできた。そこまで気合を入れないと、この出版不況の中、作品を出し続けるのは難しい。そう、明日死んでこれが遺作となってもいいように、全力で執筆してきたつもりだ。

だからこそだ。

「勝負作をお願いします」

と言われたとき、なにか、ちくんと痛かったのだ。言われなくても、毎回勝負作を書いているつもりだ。それなのにそう言われるということは、それまでの作品が「勝負作」だと思われていない証拠だ。または、「今まで以上の勝負作を書かないと、あなたはもうヤバいですよ」という警告なのかもしれない。

自覚はあった。年々、初版部数が落ちてきている。SNSのフォロワー数も少ない。次から次へと優秀な後輩が誕生し、自分の優先順位が落ちてきていることも薄々気が付いてはいる。

そう、私は旬《しゅん》を過ぎた……いや、もっといえば終わりつつある作家なのだ。

だからこその、「勝負作をお願いします」なのだ。最後通牒《つうちょう》なのだ。

よし、わかった。それなら、さらなる勝負作を書こう！

そう意識すると動けなくなるのが私という人間だ。昔からそうだ。期待していると か頑張ってとか言われると、とたんに平衡感覚を失う。それまでできていたことができなくなるのだ。小学校のときの学芸会がまさにそれだった。主役級の役を与えられた私は、周囲から異様なほど期待されていた。そして、セリフがとんだ。というか、言葉を失った。一過性の失声症に襲われたのだ。数日は、「あーあー」としか言えない赤子のような状態に陥《おちい》った。

現在、まさにその状態にあった。小説の書き方が分からなくなったのだ。パソコンに向かっても頭がぼぉぉとして、キーボードに置いた指は硬直して動かない。無理やりに文字を入力してみるが、その文字の意味が分からない。ただの記号にしか見えない。

はてさて、どうするか。

思考すらできなくなり、パソコンの前で地蔵のように固まっていたときだった。

携帯電話が鳴った。

叔父の寛《ゆたか》からだった。母の弟だ。数少ない私の親戚《しんせき》なのだが、ずっと疎遠な状態が続いている。というか、避けられている。私が小説家になどなったものだから。声を聞くのはどのぐらいぶりだろう？　母の葬儀以来だから、十年ぶりか。

「さっちゃんが、死んだよ」

さっちゃんとは、母の妹だ。

そうか、あの叔母もいよいよ、亡くなったか。

といっても、ほとんど会ったことがない人だ。母の葬式には来ていたようだが、あまり印象にない。……というか、叔母さん、なんで死んだんだろう？

「それがさ……」

叔父が言《い》い淀《よど》んだ。

私の胃の下あたりがぐるっと鳴った。好奇心が疼《うず》いたときのいつもの現象だ。

私は、携帯電話をスピーカーモードにすると、パソコンのキーボードに改めて指を置いた。

「ね、叔母さん、どうして死んだの？」

私の体は、いつのまにか前のめりになっていた。

「ね、どうして？」

私は、努《つと》めて冷静に言葉を返した。が、その指はすでに激しく動きはじめていた。

ディスプレイには、みるみる言葉が並んでいく。

どうやら、私の下衆《げす》な小説家根性にスイッチが入ったようだ。

「ね、叔母さんは、なぜ死んだの？」

「さあ。なんでだろう。なぜ、さっちゃんは、死んだんだろうな……」

氷と泡

一章

新目白通《しんめじろどお》り沿いのカフェ。

公賀沙知《くがさち》は、手にしていたティーカップを一度皿に戻した。

そして、ウインドーの外をいつものように眺《なが》める。

目の前には、四階建てのビル。ピンク色の外壁が相変わらず眩《まぶ》しい。

その隣は、小さな公園。中央にポール時計がにょきっと生《は》えているので、地元の人は「時計公園」と呼んでいるらしい。

公園の前には、タクシーが三台、連なって停《と》まっている。

タクシーの運転手の一人と目が合う。メガネをかけた男だ。男が親しげに、微笑《ほほえ》んできた。

なにか気まずい感じがして、沙知はとっさにテーブルの上の雑誌《フリーペーパー》を手にした。

誰かが忘れたものらしい。どうやら、不動産情報誌のようだ。闇雲《やみくも》にペラペラと捲《めく》っていると、

「あ。……アイビーハイムだ」

沙知の手が止まる。そのページには、都内X区の物件が、ずらずらと並んでいる。

「あのアパート、まだあったんだ……」

背筋から、ぶるっと寒気が広がった。

彼女は、二の腕をかき抱いた。

「やだ、なに、あの人」


沙知は、いわゆる「おひとりさま」だ。今年で五十七歳。

今の生活に、不満はない。むしろ、満足している。こんなに自由な生活、なかなかない。なんのしがらみもなく、ふらふらとあっちに行ったり、こっちに行ったり。まさにノマドライフ。

彼女は、そっと周囲を見回した。

ランチ時間ということもあり、ほぼ満員だ。

あ。

知った顔を見つけた。がっしりとした体格の、二重顎《あご》の女性。大手広告代理店万博《ばんぱく》舎《しゃ》のシバタさんだ。

沙知は咄嗟《とっさ》に声を上げた。

「シバタさん！」

呼ばれて、シバタさんが警戒の姿勢をとる。その表情は、明らかに逃げ腰だ。

「ほら、やっぱりシバタさんだ！　……なんか、痩《や》せました？」

シバタさんの怪訝《けげん》な表情が一瞬で緩《ゆる》む。「痩せました？」は、魔法の言葉だ。この言葉ひとつで、大概の女性は緊張をほぐし、満面の笑みになる。

「分かります？　実は、糖質カットをしているんですよ」

「ああ、それ、流行《はや》ってますよね！　へー、こんなに効果があるんなら、私もやってみようかな」

「クガさんは必要ないですって。それ以上痩せたら、なくなっちゃいますよ」

文字にしたら褒め言葉なのだろうが、その言い方にはひどく棘《とげ》があった。「なくなっちゃいますよ」、それは、どういう意味だろうか？

「そんなことより、クガさん、ここでなにを？」

「あ、ノマドワークってやつですよ」

「ノマドワーク？」

「家で仕事をするより、カフェとかのほうがはかどるんです」

「ああ、なるほど。……でも、こんなに混雑していたら、気が散りません？」

シバタさんの言うとおり、さっきよりさらに人が増えてきた。ノートパソコンの時計表示を見ると、十三時前。トレイを持った人々がきょろきょろと席を探している。

シバタさんの手にも、トレイ。アイスコーヒーが載っている。

「あ、隣の席、どうですか？」

沙知は、椅子《いす》に置いていた紙袋をどけた。

「ありがとうございます。お言葉に甘えて……」

「不動産情報誌を見ていたんですか？」

シバタさんが、沙知の手元を見ながらそんなことを言った。ちょうど、X区のページが開かれている。

「X区ですか。いいところですよね。都心なのに治安もよくて、優良な学校も多い。なにより、職場から近いので私も狙《ねら》っているんですが、でも、お高くて……」

シバタさんは、確か、子供が二人いたはずだ。先週、やっぱりこうやってばったりと出会ったとき、「下の子も小学校に上がったので、自分だけの部屋を欲しがっている。今、広めの分譲マンションを探しているところだ」という話をしていた。シバタさんの旦那《だんな》さんもまた、広告業界で働いている。いわゆるパワーカップルだ。その気になれば、X区どころか、港区《みなと》でも千代田《ちよだ》区でも、マンションが買える身だ。なのに、いまだに賃貸マンションに甘んじているのは、所詮《しょせん》、家にそれほどの拘《こだわ》りを持っていないのだろう。

「どうせなら、熱海《あたみ》がいいな」

シバタさんが、夢見るような眼差《まなざ》しで言った。

「熱海？」

「だって、熱海、今ブームじゃないですか」

まさか。あの熱海が？

シバタさんが、スマートフォンを取り出した。そして物件情報サイトで〝熱海〟と検索。

すると。

「い、い、一億円?!」

シバタさんが声を上げた。

沙知は、そのスマートフォンを覗《のぞ》き込《こ》んだ。そして、同じように声を上げた。

「え？　七十平米の部屋が、一億円を超えている?!」

「都心並みですよね」シバタさんが、肩を落としてため息をついた。「確かこの部屋、新築時は五千万円だったんです。五年前のことです。今じゃ、その倍以上。コロナ以前からも、熱海はじわじわとブームが来ていたんですが、コロナで一気に来た感じです」

とても信じられない。沙知は改めて、シバタさんのスマートフォンを覗き込んだ。以前は、心が凍《こお》りつくほど寂《さび》れていたのに。駅前の土産物《みやげもの》屋街は、閑古鳥がないているか、シャッターが閉まっていた。

「熱海はなんだかんだ、凄《すご》いですよ」シバタさんが、滑《すべ》るような調子で言った。「東京の奥座敷《おくざしき》、徳川家康《とくがわいえやす》のお気に入り……というのは、伊達《だて》ではありませんね。どことは言いませんが、バブル時にマンションがバンバン建てられた某リゾートなんか、一戸が十万円とかで投げ売りされていますからね。なんなら、お金を上げるからもらってほしい……というマンションまで。一時期、熱海もそんな感じでしたが、みごとに復活を遂げたようですね。それに——」

『お待たせいたしました。三番の札をお持ちのお客様』

そんなアニメ声が背後から聞こえてきた。

アニメ声とは裏腹の小太りの女性店員が、トレイを持ってこちらに向かってくる。よく見る店員、せきぐちさんだ。だって、ネームプレートに「せきぐち」とある。若い子が多い中、ベテランのオーラを出しまくっている。はっきり言って、このカフェでは浮いている。その可愛《かわい》らしい制服も、なにかの罰ゲームのようだ。
「あ、それ、私！」
シバタさんが、子供のように手を大きくふって反応する。
小太りの店員の細い目が、ちらりとこちらを見た。
そのトレイには、巨大なハンバーガー。店員の顔ほどある。
店員が、ニコリと笑う。
が、その目はどこか冷めている。
その冷たさに、沙知は身を竦《すく》めた。

二章

1

笑っちゃう。糖質カットダイエットをしている……と言った口で、ハンバーガーにかぶりつくんだから。しかも、ダブルスペシャルバーガー。バンズもお肉も増し増し。

これだから、おばさんは……。

たぶん、あの客、バブル世代。

特に優秀でもないのに大手企業に就職して、いまだに居座り続けている。そう、ダブルスペシャルバーガーを頬張《ほおば》っていた〝シバタ〟と呼ばれていたあのおばちゃんは、カフェ近くの大手広告代理店、万博舎の社員だ。給料もいいんだろう。なにが、熱海の億ションだよ。

まったく。

ほんと、あいつらのせいで、私たちがそのツケを払わされている。あいつらのせいで、私たちはずっと永久凍土の中だ。

ああ、本当に、憎たらしい！

関口祐子は、［！］キーを力任せに連打した。パソコンの画面にいくつも表示される〝！〟マーク。

それでも足りなくて、

「ああ、本当に、憎たらしい！」

と、つい叫びが飛び出す。

が、すぐに口を右手で押さえた。また、壁ドンされたら、たまらない。

壁ドンといっても、ロマンチックなほうではない。隣の住人に、壁をドンドンと叩《たた》かれるほうだ。

昨日もやられた。

しかも、

『うるせーんだよ！　静かにしろ！』

と、怒鳴《どな》られた。

ああ、この安アパートときたら。

出窓にロフトにフローリングのワンルーム。スペックだけ見たら、なかなかの部屋だ。でも実際は、壁も天井も信じられないぐらいに薄くて、右から上から下から、生活音が絶え間なく聞こえてくる。トイレを流す音はもちろん、冷蔵庫を開ける音、くしゃみする音、キータッチの音も。

だから、たぶん、自分が出す音も漏れなく、隣人たちに届いているのだろう。特に右隣に住む人は、やたらと壁を叩いてくる。自分だって、いちいちうるさいくせに！　テレビの音、もう少し落としてよ！　朝からずっと、つけっぱなし。もう、ほんと、頭がおかしくなる！

祐子は、再び［！］キーを連打した。が、五回目でやめた。キーが、スポーンと飛んでいったからだ。

毎回、ここで祐子は反省する。

「ああ、ごめんなさい、ごめんなさい！　もう乱暴なことはしません！　だから、壊れないで！」

この状況でパソコンまで壊れたら、目も当てられない。先日、電子レンジが壊れて、掃除機も様子がおかしい。その上パソコンまでダメになったら……。

そう、祐子の生活はギリギリだった。

派遣とバイトを掛け持ちしているが、収入は手取り十八万円ほど。でも、例の感染症のせいで、さらに収入が減ってしまった。先月は手取り十万円しか稼げなかった。

家賃の五万円を払ったら、残りは五万円。その五万円で光熱費と通信費と生活費を賄わなければならない。

いわゆる貧困女子。いや、貧困おばさんだ。

でも、まだ、最底辺ではないという自負はある。

だって、体は売っていない。

そういうバイトに誘われたことは一度や二度ではない。

「みんな、やっているよ？　案外、楽だよ？　楽に儲かるよ？」

そんな甘い言葉を何度も囁《ささや》かれた。

その度に、祐子は言った。

「〝楽〟って言葉は、詐欺師《さぎし》の常套句《じょうとうく》だから」

言われたほうは、〝カチン〟という擬音が聞こえそうなほど、あからさまに不愉快な顔をする。続けて、決まってこう言うのだ。

「あなた、そんなんだから、友達もできないんだよ」

はいはい、友達できなくて上等。下手《へた》に友達作ったら、むしろリスクだらけ。バイト先のバックヤードには、〝友情〟を餌《えさ》にして金儲けしようというヤカラがごまんといる。変な薬を売りつけたり、振り込め詐欺の片棒を担がせようとしたり。金儲けだけならまだいいけど、変な思想を押し付けてくるヤカラだって多い。……宗教とか。

「はぁぁあ」

祐子は、唸《うな》りのようなため息をついた。

そして、［！］キーを探すために、ゆっくりと腰をあげた。


「うん？　なに、これ？」

［！］キーを探して、テレビ台の裏を覗き込んだときだった。

巾木《はばき》に何かを見つけた。

「シミ？　……文字？」

台を少しだけ動かして、その箇所に顔を近づけてみる。文字だ。

「いやだ！　落書きじゃん！　全然気がつかなかった！　不動産屋に騙《だま》された！」

この部屋を不動産屋に勧められたとき、「築年月」の項目にひっかかった。

「一九九一年か……。ちょっと古いかな」

と渋《しぶ》っていると、

「バブル時代に建設された物件は、しっかりと作られていますから、おすすめですよ。外観だって、古さをまったく感じさせないでしょう？　しかも部屋はリフォームしていますんで、新築と同じ。割高な築浅物件より、断然おすすめです」

と、不動産屋のおじさんに捲《まく》し立《た》てられた。そのおじさんの言葉通り、壁も床もリフォームしたばかりで、ピカピカだった。それがここを決めた一番の理由だったのだが。

「さすがに、巾木までは、取り替えなかったか。……っていうか」

祐子は、二の腕をさすった。

過去に誰かが住んでいた……という生々しい痕跡《こんせき》を突きつけられて、ふと、背後が気になったからだ。

それにしても。

なんで、こんな巾木に落書きなんか？

前に住んでいた人、かなりヤバい人？

祐子は、再度、二の腕をさすった。

まさか、事故物件とかじゃないよね？

祐子は、［！］キー捜索を中断すると、ノートパソコンの前に戻った。そして、例、い、い、のサイトにアクセス。

事故物件を地図で示しているサイトで、この存在を知ったのは去年のことだ。バイト先のバックヤードで、大学生の女の子に教えてもらった。そのときに一度、このアパートも検索してみたが、事故物件を示すアイコンは表示されていなかった。でも、もしかしたら見落としがあったのかもしれない。

祐子の指が止まった。

「マジで？」

自分が住んでいるアパートに、事故物件を表すアイコンが表示されている。

「嘘《うそ》でしょう？　前にはなかったじゃん！」

詳細を見てみると、

『平成20年5月、２０3号室で首吊《くびつり》自殺。腐乱死体の状態で発見される』

とある。

とりあえず、ほっと肩の力を抜く。この部屋ではなかった。

いやいやいや、隣の隣じゃん！

ちょっと、マジで？　あああ、見なきゃよかった！

頭を掻《か》きむしりながら、祐子はノートパソコンに向かった。

「あ」

……ということで、私が今住んでいるアパートで、昔、首吊り自殺があった模様。

っていうか、なんで今更、そんな情報がアップされたんだろう？　アップするなら
もっと早くにしてほしかった。そうしたら、こんなアパートには住まなかったのに

〝！〟マークを打とうとして、［！］キーが行方不明だったことを思い出す。

仕方なく、「。」を打って、記事を投稿する。

読者数二十人、一日の閲覧数平均十人弱。泡沫《ほうまつ》ブログだが、祐子にとっては唯一の自慢だ。なにしろ、二十年続いている。しかも、毎日更新している。

今流行《はや》りの「承認欲求」とはまた違う。そう、ルーチンだ。歯磨《はみが》きと同じだ。これをやらないと、なにか気持ちが悪い。しまりが悪い。

寝る前のルーチンはまだある。求人広告サイトをサーフィンして、お気に入りの動画チャンネルをチェックして。

そして、財布の中のレシートを仕分けして。最後に白湯《さゆ》を飲んで、パジャマに着替える。

今日も、一日、歳《とし》をとった。やれやれだ。そんなことを思いながら、ベッドに横たわる。

明日は、仕事がふたつ。朝九時から午後二時まで西早稲田《にしわせだ》のカフェでバイト。午後三時から夜八時まで池袋の雑居ビルで入力の仕事。そのあとは……。

……うん。明日は久しぶりにマッサージに行こうかな？　うん、そうしよう。

2

6日午後11時ごろ、東京都新宿区西早稲田の公園で、通行人から「女性が倒れている」と警視庁西早稲田署に通報があった。女性は救急搬送されたが、約1時間後に病院で死亡が確認された。通り掛かった何者かに頭を殴られたとみられ、同庁は女性の身元を調べるとともに、殺人事件として犯人の行方を追っている。

バイト先のカフェに行くと、バックヤードで女の子たちが輪になってなにやら騒いでいる。

女の子のほとんどは、この近くの大学に通う学生だ。言うまでもなく、祐子がここでは最年長で、「おかあさん」なんていうあだ名で呼ばれている。不愉快だが、甘んじている。この年頃の女の子の無邪気さに勝てるやつなんて、この世にはいない。

「あ、おかあさん！」

女の子たちのリーダー格、ヨシダさんと目が合う。苦手なタイプだが、どうもあちらは祐子のことを気に入っているようで、やたらと懐《なつ》いてくる。

「おかあさん、ニュース見ました？」

「ニュース？」

「そ。この近くの公園で――」

「ああ、時計公園？」

新目白通りを渡った先に、住宅に囲まれた小さな公園がある。公園の中央にはポール時計がにょきっと立っており、それが理由か、この辺の人たちは『時計公園』と呼んでいる。正式な名前は知らない。

「そう、時計公園で、殺人があったみたいなんですよ」

「殺人？」

「女の人が、誰かに殴り殺されたようなんです」

「マジで？」

「さっき、警察の人がここにも聞き込みに来たんですけどね。……亡くなった女性って、どうやら、例のホームレスみたいなんです」

例のホームレス。……この近くを根城にしている女性のホームレスだ。このカフェにも毎日顔を出している。そして、紅茶一杯で半日はねばっている。でも、ホームレスには見えない。ぱっと見は、フリーランスの執筆業《ライター》……という印象だ。実際、ノートパソコンをいつも広げている。

そう、昨日だって。

「……いつもの席にいたのに。……殺されたの？」

祐子の背中をぞわぞわが走り抜けた。

が、ヨシダさんはどこか楽しげに、

「無差別殺人ですかね？　それともホームレス狩りってやつでしょうかね？」

「え？　なになに、無差別殺人？」首を突っ込んできたのは、ヨシダさんの腰巾着《こしぎんちゃく》のクドウさんだ。「いやだ、こわいぃぃ！」

二の腕をさすりながら、クドウさんが祐子のほうを見た。

「ユウコさん、無差別殺人ですって」

クドウさんはこの中で唯一、祐子のことを「おかあさん」と呼ばず、名前で呼んでくる。その馴《な》れ馴《な》れしさと、うかつさに毎回イラッとくる。だからユウコではなくて……。これなら、「おかあさん」と呼ばれたほうがましだ。

「ユウコさんも気をつけてくださいね」

「……なんで？」

「だって。殺されたの、年配の女性ですよね？　だから、たぶん、犯人が狙っているのは年配の女性なんですよ。だから、ユウコさんも……」

は？　年配？　私はまだ四十歳だっつーの。一方、殺害されたあのホームレスは、どう見ても五十代。……一緒にしないでほしい。

3

時計公園の殺人事件から二日後。

池袋駅から徒歩五分の雑居ビル。入力の仕事が終わり、ロッカーから私物を取り出してさあ帰ろう……としたとき、祐子はいつもの習慣でスマートフォンの電源を入れた。自分だけじゃない。周囲を見渡すと、みな、「とりあえず取《と》り急ぎスマホ」とでも言うように、スマートフォンを立ち上げている。その大半は、ＬＩＮＥのチェックだろう。が、祐子のスマホには生憎《あいにく》ＬＩＮＥアプリは入っていない。入れる機会もなかったし、そもそも、嫌いだった。年がら年中、誰かと繋《つな》がっている状態なんて鬱陶《うっとう》しい。

それでも、仕事が終わって真っ先にスマホの電源を入れるのは、どういう心理だろうか？　……心理でもなんでもない。そう、これもルーチンのひとつだ。喫煙者が仕事終わりに、胸元のポケットから煙草《たばこ》を取り出すようなものだ。

この習慣が身についたのは、例の感染症のせいだ。感染者数が気になり、ついついニュースサイトを覗いてしまう。感染が落ち着いた今でも、この習慣だけが残ってしまった。

いつものようにニュースサイトを開くと、

『西早稲田の公園で殺害された女性の身元判明』

という見出しを見つけた。

祐子は、すかさずその見出しをタップした。


——所持していた期限切れのパスポートをもとに捜査を進めたところ、女性は住所不定、職業不詳の公賀沙知さん（57）だと判明。6日午後11時ごろ、新宿区西早稲田の公園のベンチに座っていたところ、何者かに頭を殴られ、死亡したとみられる。

付近のコンビニエンスストアの防犯カメラによると、公賀さんを殴ったと思われる人物は神田川《かんだがわ》方向に逃走、警察はその足取りを追っている。


「ああ、やっぱり、被害者はバブル世代か」

つい、言葉が飛び出してしまう。

それに反応したのが、すぐ隣で携帯電話《ガラケー》をチェックしていた年配の女性……モリタさんだった。

「なになに、バブル世代？　あたしのこと？」

え？　モリタさん、バブル世代だったの？　もっと上かと思った。薄ら笑いを浮かべていると、

「バブル、バブルっていうけどさ。あたしみたいな末端には、あまり恩恵はなかったよ。一番いい思いしたのは、あたしたちより上の、団塊世代だね。ほんと、あの世代はいいとこどりよ。年金だって、たっぷりだって聞くよ。あたしたち、もらえないかもしれないのにさ」

「……ですね」とりあえずは、同意しておく。少しでも反論したら、その十倍のエネルギーで反論が返ってくる。

「で、バブル世代がどうしたって？」

「いえ、モリタさんのことではなくて。ニュースで——」

祐子は、仕方なく、手にしていたスマートフォンの画面をモリタさんに向けた。

「私がバイトしているカフェの常連さんが、店の近くで殺されちゃったんです」

「え？　カフェでバイトもしているの？　かけもち？」

え？　反応したのは、そっち？　これだから、この人と話しているとちょっと疲れる。

「ええ、まあ。……派遣だけでは暮らしていけないんで」ほら、こうやって余計なことを口走る結果となる。

「まあ、そうだよね。割りのいい派遣は、若い子に占領されちゃっているしさ。あたしたちに割り当てられるのは、夕方から夜にかけての仕事ばかり。しかも短期。まさに、デジタル日雇い労働。いやんなっちゃうよね。……実はさ、あたしもかけもちしてんの。週末と祝日に、試食販売。ほら、スーパーとかで、試食いかがですかぁって声かけている人いるじゃない？　あれよ。なんだかんだ、もう十年になるかな。日給一万円っていうから、はじめたんだけど。まあ、大変よ。いろんなところ行かされるのよ。先週なんて、大月《おおつき》まで行ってきた。大月、分かる？　中央本線《ちゅうおうほんせん》の、高尾《たかお》のずっとずっと先よ。往復で五時間。しかも、交通費はこっちもちなんだから、バカみたいな話よ。それに――」

モリタさんの話は終わりそうになかった。適当に相槌《あいづち》を打ちながら、「では、お疲れ様でした」と言うタイミングをはかっていると、

「で、殺害された人って、ホームレスだったたんでしょう？」

と、モリタさんがようやく話題をそこに戻してきた。

「ええ。そうみたいです」

「でも、あなたが働いているカフェの常連さんだったたんでしょ？」

「はい。……ほぼ、毎日、通ってました」

「ホームレスなのに、なんで、そのカフェに？」

「……たぶん、なんですが。その女性、元々はマスコミ関係の人だったんじゃないかな……って」

「なんで？」

「近くに大手広告代理店があるんですけどね。そのカフェ、社員さんたちの溜《た》まり場《ば》みたいになっているんです。で、ホームレスの女性、その社員さんの何人かと顔見知りみたいなんです」

「なるほどね。仕事をもらうためにカフェに通い詰めて、広告代理店の社員を待ち伏せってこと？」

「たぶん」

「そうか。……なんか、惨《みじ》めだね、それって」

「………」

だから、モリタさんは苦手だ。思っていても口に出せないことをはっきりと言う。

「バブル時代、最も儲けていた業界のひとつが、広告代理店。ぽっと出のコピーライターなんかも一年やそこらでマンションとか買えるぐらい羽振りがよかったって聞くよ。でも、そのあとの不況で地獄を見た人も多いらしい。……だからってさ、ホームレスまで転落するかな？」

「……ですね」ここでも、一応、同意しておく。

「きっと、その女性にも問題があったんだよ。……自己責任ってやつだよ」

さすがに、これは、安易に同意できない。

「あたしなんかさ、子供二人を抱《かか》えたシンママ、シングルマザーだよ？　元ダンからの養育費もない。それでも、ちゃんと子育てして人並みに生活している。仕事を選ばずに、がむしゃらに働いているからね。来るもの拒《こば》まず。なんでもやったよ。ラブホテルの掃除、工事現場の飯炊《めした》き、真夏の交通整理、深夜のパン工場ライン。みんな嫌がってやりたがらない仕事ばかり。だから、現場は外国人ばかりでさ。……日本人のあたしが言うのもなんだけど、日本人、ちょっと選《え》り好《ごの》みしすぎなんだよ。あれはいやだ、これはいやだ……って。で、不況だの仕事がないだの愚痴《ぐち》をこぼす。あたしに言わせれば、ただのワガママ。お金がないなら、汚れ仕事でもなんでもやらなくちゃ。それをやらないから、ホームレスなんかになっちゃうんだよ」

「………」暴論だけど、一理ある。頷《うなず》こうとしたとき、

「あ、ごめん。こんなところで油を売っている場合じゃなかった。子供たちが塾から帰ってくる時間だ」

そう言いながら、モリタさんがバタバタと大慌てで、上着を着込む。

「じゃ、お疲れさん！」

見渡すと、ロッカー室にはもう誰もいなかった。祐子だけが、ぽつんと取り残され

る。

なんだかな。……ま、いいか。

……さあ。私も帰るか。

＋

「コってますね……」

マッサージ師が、憐《あわ》れむように言った。おばあさんだけど、力はなかなかのものだ。ツボにぐいぐいと入ってくる。

結局、祐子は今日もこのマッサージ店にやってきた。

自宅アパートの最寄駅《もよりえき》、改札横にある小さなマッサージスペース。十五分千円。千円といえば一日分の生活費だが、それでもこの気持ちよさには代えられない。というか、これがあるから、今、なんとか働くことができている。

「お客さん、失礼ですが、お仕事は？」

おばあさんマッサージ師が、恐る恐る訊《き》いてきた。

無視してもよかったが、その気持ちの良さについ、口元が綻《ほころ》ぶ。

「接客業と……入力の仕事です」

「入力というのは、……パソコン的な？」

「そうです。……アウトソーシングって分かります？」

「さあ。横文字には弱くて」

「アウトソーシングというのは、簡単に言えば外注って意味です。本来は、各会社がやるべき事務とか入力とかを、外の業者に丸投げするんです」

「へー。事務まで、外注に出すんですか」

「そうです。私は、とある会社の経理関係の入力をしています。領収書の内容を延々と入力するんです。私の隣の人は、とある会社の人事部の仕事をしていて、就職活動している学生たちの名前や成績や住所なんかを延々と入力しています」

「そんな個人情報まで、外注に出すんですか！」

「そ。個人情報保護だなんだと言ってますが、個人情報、ダダ漏れですよ。悪意ある人が一人でもいたら、簡単に悪いことに利用されちゃいます。実際、個人情報を名簿屋に売っ払って逮捕された人とかも結構いますよ」

「怖いですね……」

「まあ、私はそんなことはしませんけどね。……私、あんまり欲はないんですよ。……いえ、正確に言うと昔はありました。仕事をばりばりやって、いいマンションに住んで、年に何回かは海外旅行に行って……そんな生活を夢見てました。実際、私の先輩とかはそういう生活を手に入れてました。……でも、所詮、私は氷河期世代なんです。そんな生活、夢のまた夢です」

「氷河期世代？　ああ、聞いたことがありますよ。バブルの次にやってきた、お先真っ暗な時代に就職活動をしなくてはならなかった若者たちのことですね」

「もちろん、氷河期世代でも成功を摑《つか》んだ人もいます。凄《すさ》まじい競争を勝ち抜いた人もいます。……でも、私、小心者ですから。人を蹴落《けお》としてまで……とか、悪いことをしてまで……とか、できないんです。あ、もちろん、成功した人たちがみな悪いことをしているなんて思ってはいません。でも。成功している人は間違いなく、要領はいいように思います。口も達者で――」

祐子は、就職活動のときに出会った何人かを思い出していた。彼らはみな言葉巧《たく》みで、次から次へと言葉を繰り出しては、人を圧倒するようなところがあった。

「――でも、私は無理です。言いたいことも言えない性格なんです」

「あたしもですよ。……ため込むタイプなんです。我慢して我慢して我慢して、で、あるとき、爆発してしまう」

「爆発、したことあるんですか？」

「ありますよ。……若い頃、夫と子供を置いて、家出しました」

「家出？」

「そうです。失踪《しっそう》したんです」

「なんで、また」

「姑《しゅうとめ》と反《そ》りが合わなくて。……五年間は我慢したんですが、……ある朝、爆発してしまったんです。比喩《ひゆ》ではありません。本当に、爆発してしまったんです。朝食を作ろうとガスの元栓を捻《ひね》ったときです」

「え？　本当に爆発してしまったんですか？　ボンって」

「そうです。……そのとき、思ったのが、『あ、姑のせいだ。あたしを殺そうとしている。逃げなくちゃ』って」

「それで、逃げ出したんですか？」

「そうです。財布だけを持って、お勝手口から逃げました。あれから五十年、夫にも子供にも、そして姑にも会っていません」

「五十年も、失踪してたんですか？」

「あちこちを放浪しましたね。それこそ、日本中の温泉旅館を」

「マッサージ師にはいつ？」

「マッサージの資格は二十五年前に温泉旅館の中居をしていたときに、とったんです。マッサージ学校が近くにありましたからね」

「波瀾万丈《はらんばんじょう》なんですね」

「そうですか？　あたしなんて、まだまだですよ。……中居仲間には、もっと凄い人生を送っている人もいましたからね。……ああ、そういえば。一昨日《おとつい》だったでしょうか。熱海で中居をしているときに一緒だった人が、亡くなったっていうニュースが。……誰かに殴り殺されてしまったようです」

「え？」祐子は、思わず、体を捻ってマッサージ師のほうを見た。「それって、西早稲田の公園のベンチで亡くなった……ホームレスの女性ですか？」

「ほらほら、ちゃんと寝てください。揉《も》めませんので」

「あ、すみません。……で、殺されたのって——」

「そうですよ。西早稲田の公園のベンチで殺されたんです。もうびっくりでしたよ。あ、さっちゃんだ！って。数回しか話したことはないけれど、すぐに分かった。だって、珍しい苗字《みようじ》でしょう？　それに、新聞に載ってた写真、たぶん、免許証かパスポートの証明写真だと思うんだけど、あの頃の写真だったから。……それにしても、さっちゃん、ちょっと変わったところもあったけど、まさか、あんな死に方をするなんてね……」

「変わったところ？　あ、確かに、変わっていたかも」

「え？　お客さん、さっちゃんのこと、知っているんですか？」

「知っているというか。仕事先のお客さんだったんです」

「仕事？　パソコン的な仕事？」

「いえ。そっちではなくて――」

ピーピーピーピー。

タイマーのアラームが、会話を遮断する。もう十五分が経《た》ってしまったようだ。延長しようか？　とも思ったが、パーティションの向こう側には、たぶん、列ができている。この時間は、仕事帰りの人たちが駆け込むのだ。

祐子は、ゆっくりと体を起こした。うん、腰が少し軽くなった。財布を出していると、おばあさんマッサージ師が会計をしながら言った。

「しかし、奇遇ですね。殺害された被害者を知る赤の他人同士が、こうやって向き合っているんですから。……東京は、広いようで狭いですね」

確かに、奇遇だと思った。

でも、こういう偶然はときどきやってくる。それが、東京の恐ろしさであり、面白《おもしろ》さでもある。

自宅に戻った祐子は、近所のスーパーで買った野菜ジュースと見切り品のサンドイッチを座卓に置いた。今日の夕食だ。そして、いつものようにノートパソコンを立ち上げようとしたとき、

「あ。［！］キーがない」

そうだった。結局、［！］キーは行方不明のまま。［！］キーがないと、〝1〟も打てない。かなり不便だ。昨日なんか、〝1〟を入力するのにかなり遠回りした。そのせいで、いつもの倍以上、疲労が募《つの》った。肩がこんなにコってしまったのも、それが理由だ。

ああ、もう。

夕食を食べながら、ブログを更新するのがル、、ー、、チ、、ンなのに。この二十年間、ずっと続けてきたルーチンなのに。［！］キーごときで、それが破られるのはちょっと悔《くや》しい。

祐子は、四《よ》つん這《ば》いになると、テレビ台へと向かった。

間違いなく、このあたりに飛んでいった気がするんだけど……。

そして、台を少し動かし、裏を覗き込んだとき。

巾木に書かれたその文字が、やけに鮮明に浮かび上がった。

文字だとは思うが、相変わらず、なんていう文字なのかは分からない。とにかく、細かい文字が巾木に沿ってびっしりと書かれている。

「文字じゃなくて、もしかして模様なのかな？　……うん？　他にも何か書いてある？　漢字？」

祐子は、さらにテレビ台を動かして隙間《すきま》を作り、頭を入れてみた。

それは、やっぱり漢字だった。自己主張したいけれど、見つかるのも避けたい。そんな葛藤《かっとう》が窺えるような、小さな文字。しかも、経年のせいか、かなり薄れている。

祐子は目を凝《こ》らした。

「最初の文字は……〝公〟に見えるな。……次の文字は、〝賀〟？ ……え？」

『公賀沙知』

その文字をすべて解読したとき、祐子の体中から、冷たい汗が吹き出した。

4

「なるほど。それで、気になったんですね」

男性は、一応は納得した……という体《てい》で、顎をさすった。

アオヤマ不動産。駅前にありがちな、いわゆる地元密着型の小さな不動産屋だ。

祐子がこの不動産屋をはじめて訪れたのは、三年前。そして今の部屋、アイビーハイム二〇一号室を紹介された。そのときも、担当はこの男性だった。不自然に真っ黒な髪に、シワシワの顔。そのシワシワが、さらに深くなっている。

「でも、安心してください。あの部屋、いいわくつきではありませんので」

男性は、とってつけたように、笑った。

でも、隣の隣の部屋はいわくつきじゃないか。なんで教えてくれなかったの？　と思ったが、それを言葉にするのはやめておいた。

「それに、今更そんなクレームを言われましてもね」

「いえいえ、クレームではありません」

「違うんですか？　落書きが気になるんですよね？」

「いえ、気になるのは、落書きの内容なんです」

「うん？」

「見てください、これです」

祐子は、スマートフォンの画面を男性に向けた。巾木の落書きの画像が表示されている。

「あ……、確かに、なにか書かれていますね。……でも、これを書いたのが、前の住人だという証拠はない」

つまり、現在の住人が書いたものかもしれない。……そんな疑いを込められた言葉に、「私じゃありませんよ！」と、祐子は声を荒らげた。「ここには、ずっとテレビ台を置いていたんです。ここに引っ越してすぐに。だから、今の今まで、落書きにも気がつかなかったんです」

「じゃ、なんで、気がついたんですか？」

「ですから、［！］キーを……」

「は？」

「いえ、探し物をしていて、台をちょっと移動させたんです。で、これを見つけたんです！」

祐子は、スマートフォンの画面を人差し指でコツコツと叩いた。

「ふーん。で？」

「ですから……」

ああ、これだから不動産屋は苦手だ。話をはぐらかすのが天才的にうまい。こちらのイライラを最大限に引き出して、話を有耶無耶《うやむや》にしようとしている。祐子は、深く息を吸い込むと、イライラをいったん収めた。そして、

「この名前。気になりませんか？」

と、『公賀沙知』と書かれた部分に、人差し指を置いた。

「うん？」

「最近、ニュースになった名前です」

「ニュース？」

「はい。これです」

祐子は、次の画像を表示させた。例の殺人事件を伝える記事をキャプチャーしたものだ。

「ああ、これ……」

男性が、一瞬、言葉を失う。そしてその細い目をかぁぁっと見開いた。

祐子は畳みかけた。

「公賀沙知。同姓同名の赤の他人とは思えません。〝沙知〟という名前だけならまだしも、〝公賀〟という苗字はそうそうありませんからね」

「う……ん」

男性が唸り続けていると、

「公賀沙知さん、覚えていますよ」

と、奥から女性が出てきた。男性よりさらにシワシワのおばあちゃんで、その背中も曲がっている。でも、ひとつに束《たば》ねた髪だけは不自然に真っ黒だ。

「ニュースを見て、わたしもびっくりしていたところなんですよ」

おばあちゃんの言葉に、「お母さん、それは……」と男性が小さく言葉を挟む。なるほど、親子か。確かに、細い目がそっくりだ。不自然に真っ黒い髪も。

「あんた、出かけなくていいの？　内見の約束あったんじゃないの？」

と、おばあちゃんが「あんたはひっこんでいなさい」とばかりに、息子を追い払った。母親には頭が上がらないのか、男性が、真っ黒な頭を掻きながら大慌てで席を立つ。

男性の姿が見えなくなったところで、

「アイビーハイムの公賀沙知さん、覚えてますよ」

と、女性が分厚いファイルを取り出した。その背に、『平成3年』と書かれている。平成三年ということは……一九九一年。

おばあちゃんはファイルを広げると、

「この年に、バブルが崩壊したの、ご存じです？」

「え？　そうなんですか？」でも、一九九一年といえば、バブル真っ盛り……というイメージだ。ジュリアナ東京がブームになったのも、この年ではなかったか？

「世間的には、まだまだ浮かれてましたけどね。実際には、一九九一年三月ぐらいからバブル崩壊がはじまっているの。だから、わたし、この年のことは今でも鮮明に覚えている。特に、三月のことはね」

ぺらぺらとファイルを捲っていたおばあちゃんの手が止まった。そのファイルには、「公賀沙知」の文字が見える。祐子が身を乗り出すと、

「これをお見せすることはできません」

と、おばあちゃんがファイルを隠した。

「こんな小さな不動産屋ですけどね、うちにも守秘義務……というものがあるんですよ」

「……ですよね」

「で、あなた、なんで公賀沙知さんのことを調べているんですか？」

「調べている？」

「調べているんでしょう？」

「調べているというか……、ただ、知りたいだけで」

「ほら、それを〝調べている〟っていうんですよ」

言われればそうだ。私は、公賀沙知のことを調べている。なぜか？　そう問われたら、気になるから。そう答えるしかない。では、なんで気になるのか？　それは――

「私、殺害された日に、公賀沙知さんと会っているんです」

「え？」

「その日だけではありません。その前の日も、その前の日も……」

「どういうことです？」

「私がアルバイトしている――」

そこまで言って、祐子はいったん言葉を止めた。アパートに入居するときの書類の職業欄に「出版社勤務」と書いてしまった。嘘ではない。当時、護国寺《ごこくじ》にある小さな出版社に派遣されていた。でも、そのあとすぐに契約は切れてしまったが。確か、アパートの賃貸契約書には、「勤務先を変更したら、速やかに連絡すること」的なことが書かれていたはずだ。契約書には、「契約条項違反をした場合、即退去を求めることもある」的なことも書かれていた。ヤバい。ここで、契約条項違反がバレてしまったら……。

「あ。昔……大学生の頃にバイトしていたカフェに今でもよく行くんですけどね。そこで、公賀沙知さんを毎日のように見かけたんです」

祐子は咄嗟に言《い》い繕《つくろ》った。我ながら、上出来だ。おばあちゃんも信じたようだ。

「そうですか。カフェに」

「はい。西早稲田にあるカフェです」

「ああ、なるほど。あなた、確か、護国寺にある出版社にお勤めでしたよね？」

「あ、はい」

「ふーん、そうですか」

おばあちゃんが、意味深な視線を投げかける。

ヤバい。嘘がバレたか？

「ああ、それと。よく行くマッサージ店の担当さんが、公賀沙知さんと昔同じ職場にいたというんです」

祐子は、視線をかわすように微妙に話題を変えた。

「マッサージ店の担当さんが？」

「はい」

おばあちゃんが、瞬《まばた》きもせずにじっとこちらを見ている。

その視線から逃れようとしたとき、

「もしかして、取材ですか？」

「え？」

「いいんですよ。誤魔化さなくても。取材なんでしょう？」

「ええ、まあ……」とりあえず、話に乗っておく。

「なるほどね。カフェでよく見かける女性がホームレスで、しかも殺害された。その女性の名前が、自分が住んでいる部屋の巾木に書かれていて、さらには、よく行くマッサージの担当がかつてその女性と一緒に働いていた。……ここまでの偶然はなかなかないですよね。そりゃ、記者魂に火がつくってもんです」

「記者魂……」

「実はですね。わたしも昔はジャーナリスト志望だったんですよ。小さな新聞社で働いていたこともあります。でも、父が亡くなって、体の弱い母は長期入院。仕方ないから、わたしがこの不動産屋をつぐことになったんですけどね」

「は……」

「でも、今でも、心はジャーナリストのつもりなんです」

「は……」

「分かりました。協力しましょう」

「え？」

「といっても、先ほど申したように、守秘義務がありますんで、うちから情報を差し上げるわけにはいかないんですが」

「は……」

「でも、公賀沙知さんのことをよく知っている人を紹介してあげますよ」

「え？」

「あのアパートの元の大家さん」

「元の？」

「そう。あのアパート、二十年前に所有者が変更になっているんですよ。最初の所有者は、あのアパート近くに住む地主さんでね」

「地主？　もしかして、あのゴミ屋敷《やしき》ですか？」

「あら、フエモリさんのこと、ご存じ？」

ご存じもなにも。やたらと口うるさいご近所さんがいる。毎日のようにアパート前のゴミ置き場をうろつき、「ゴミが分別されていないじゃないの」などと、ぐちぐちと。祐子も何度かつかまり、滔々《とうとう》と説教をされた。あまりに理不尽で、「人のゴミより、ご自分の家のゴミをどうにかしたほうがいいんじゃないですか？」と言い返してしまった。すると、「うちはいいのよ。うちは、地主だから」と。さらに「自分の土地になにを置いていようが勝手でしょう。このアパートだってもともとは、あたしのものだったんですからね」と。そのときは、面倒なおばさん……としか思わなかったのだが、そうか、かつてはあのアパートの大家だったんだ。

「あの人、根はいい人だから」おばあちゃんが、ファイルをパタンと閉じた。「面倒見もよくて、アパートの住人たちのことをよく気にかけていてね。よく自宅に招いて、お茶会を開いていたっけ」

「お茶会？」あんなゴミ屋敷で飲むお茶って……。

「昔は、あんなじゃなかったのよ。とても管理の行き届いた綺麗《きれい》な家だった。庭には四季の花が咲き乱れていて、クリスマスシーズンには電飾がつけられて、まあ、素敵だったわよ。あの奥さんがあんなふうになったのは、二十年前から。たぶん、きっかけは、旦那さんの死。あの旦那、前々から女癖《おんなぐせ》が悪くて、店子《たなこ》にも手を出す始末。……で、二十年前、その旦那さんが愛人宅で腹上死。しかも借金も発覚してね、財産をかなり失った。アパートも土地も、その大半を売ることになったの。それがショックだったんじゃないかな。奥さん、脳卒中で倒れて。幸い回復したんだけど、人が変わったようになっちゃって。で、今に至る……と」

「は……。なんか、凄絶《せいぜつ》ですね」

「いずれにしても、あの奥さん、公賀さんのことは可愛《かわい》がっていた。お茶会にもよく招待していたから、話を聞けると思うわよ。なんなら、わたしが、電話してあげましょうか？　取材させてくださいって」

いいえ、いいえ、そんな。そこまでしていただかなくても。

祐子は、曖昧《あいまい》な笑みを浮かべながら、頭を軽く振った。

そうだ。そこまでする必要はない。ちょっとだけ気になって、買い物ついでに不動産屋に立ち寄っただけだ。

よくよく考えたら、同姓同名の「公賀沙知」がかつてあの部屋に住んでいただけかもしれない。仮に、殺された本人だったとしても、それがなんだというのだ。そういう偶然は、この世の中にはごまんとある。……気にするほうがおかしいんだ。というか、死んだ赤の他人のことなんて気にしている場合ではない。

自分のことを気にしなくちゃ。

そう、祐子はこの日、入力の仕事を失った。契約が終了したのだ。次の派遣先は、まだ決まっていない。

5

「アイビーハイム二〇一号室の、セキグチユウコさんよね」

燃やさないゴミを出そうとアパート横のゴミ置き場に行ったときだ。後ろから背中をとんとんと突《つっ》かれた。

祐子は、一瞬にして冷凍マグロのように固まった。

しまった。「ゴミは、当日の朝に出してください」という貼《は》り紙《がみ》があるように、夜に出すのは厳禁だ。

でも、でも、他の人だって出している。私だけじゃない。それにこの地域はゴミの収集が早くて、七時前にはもう来てしまう。それに間に合わせると、かなりの早起きをしなくちゃいけないんだ。そのせいでなかなかゴミが出せずにいる。だから……と、言い訳をいくつも口の中にためて、祐子は時間をかけて振り向いた。

そこにいたのは、ゴミ屋敷のおばさん……笛森《ふえもり》さんだった。

祐子は、さらに固まった。この人は、自分の家はあんなのにゴミの出し方にうるさい。前も、注意をされたばかりだ。

「あ、いえ、その、これは――」

祐子は、ゴミ袋を後ろに隠した。なんて言い訳しよう、なんて……。

「ユウコさん、あなた――」

「ユウコ？」まあ、いいか。ユウコでも。

「あら、ごめんなさい。馴れ馴れしく、下の名前をお呼びして。ふふふ、これ、私の悪い癖《くせ》。死んだ主人からもよく注意されたわ。……で、関口さん、あなた、マスコミ関係者だったんですね」

「マ、マ――」思ってもみない質問をされて、祐子の声は裏返った。「マスコミ？」

「新聞社の記者なんでしょ？」

「は？　……人違いでは？」

「あら、いやだ。なにも隠さなくても。アオヤマさんから聞いたわよ」

アオヤマ？　……あ、不動産屋さんのことか。……それにしたって、マスコミって。しかも、新聞記者って……。いくらなんでも盛りすぎでは？

「あなた、さっちゃんのこと……公賀沙知さんのことを調べているんですって？」

「いえ、まあ、その……」

「それにしても、あの人。ホームレスになっちゃったんだね……。いつか会社を立ち上げて社長になって、てっぺんを取るんだ！って、言っていたのにさ。確かに、あの頃は羽振りもよかった。しょっちゅう、海外旅行にもいっていたし、ヴィトンだのグッチだの、ブランド品のバッグをよく買っていたわね。髪なんかもさ、こんなに長くて――」

言いながら、ゴミ屋敷おばさんは、両手を腰の位置までもってきた。

「前髪は、こんなでさ」

続けて、右手をおでこにもっていくと、そこで上に向けてくるりとカーブしてみせた。「まるで、トサカのようだったわよ」

……ああ。記憶にある。当時、祐子は小学生だったが、大人たちの前髪がみんな変だった。

「アッシーくんもいてね。毎日男の車で帰宅していたっけ」

アッシーくん。これも聞いたことがある。確か、車で送迎させることだけが目的の男友達。

トサカのような前髪に、腰までの長い髪、ヴィトンやグッチのバッグを持って、アッシーくんを従える女。

まさに、〝ザ・バブル女〟だ。

「見た目は軽い感じだったんだけど、割とちゃんとしているところがあってね。お家賃だって、一日も遅れたことはなかった。……あ、うちは、お家賃は引き落としではなくて、直接もってきてもらっていたの。引き落としでもよかったんだけど、それだと味気ないでしょう？　だって、こんなに近くに住んでいるんですもの、ご近所付き合いがあってもいいと思ってね。で、うちはわざわざ、店子さんにお家賃をもってきてもらっていたの。月に一回、顔を合わすことで親交を深めていたのよ。

でもね、お家賃を郵便受けに入れたきり、顔を合わさないままの人も多いのよ。中には、引き落としにしてくれませんか……という人も。いやんなっちゃうわよ。大家の心、店子知らず……ってね。でも、さっちゃんは、違った。毎月毎月、ちゃんと期限日までに、お家賃をもってきてくれた。手土産も添えてね。まあ、大した手土産ではないんだけど、手作りのクッキーとか、旅行先で買ったハンカチとか。でも、嬉《うれ》しかったな……。だから、あの子には、特別、目をかけていたの。一緒によくお茶もしたものよ。クリスマスには、一緒に庭を飾りつけたりしてね。……そうそう、あの子、ガーデニングが趣味だって言って、いつか大きな家を買ってバラ園を作るのが夢だ……って」

トサカのような前髪に、腰までの長い髪、ヴィトンやグッチのバッグを持って、アッシーくんを従えた女……のイメージに、緑色のエプロンとスコップのアイテムが追加される。

「お菓子作りも得意でね」

さらに、泡立て器が追加。

「そうそう。……ロックも好きでね。あたしも若い頃はロックをやっていたもんだから、それで意気投合しちゃってさ。クラプトンが来日したとき、一緒に東京ドームまで観にいった。お揃《そろ》いのクラプトンのTシャツを着てね」

さらに、エリック・クラプトンのTシャツも追加。

……なんだ、これ。

祐子は、頭の中に浮かべた公賀沙知像に、困惑した。それは、トサカのような前髪、エリック・クラプトンのTシャツ、緑色のエプロン、肩からはグッチのバッグがぶら下がり、右手には泡立て器、左手にはスコップ……という、なんともキメラ的なイメージだった。

「多面性がある人だったのよ、さっちゃんは」

笛森さんは言った。

「さっちゃんだけじゃない、人って、いろんな面を持っているものなのよ。でも、それって、話してみないと分からないものでしょう？　だから、あたしは、対面にこだわったのよ。……なかなか分かってもらえないけどさ。面倒臭いだの鬱陶しいだの言われるばかり。……ほんと、いやんなっちゃうわね」

笛森さんは、肩を大きく上下させながら、深いため息をついた。

「あたしの思いを理解してくれた、数少ない店子がさっちゃんだったの。だから、あの子にはもっと長く、住んでいてほしかった。死んだ旦那も、あの子を気に入っていてね、ずっとずっと住んでほしいな……って言っていたものよ。でも、あの子があの部屋に住んでいたのは、たった二年」

「え？　二年だけなんですか？」

「そう。あの頃のことはよく覚えているわ。日にちもしっかり記憶している。……アイビーハイムが竣工《しゅんこう》したのが、一九九一年三月三日。さっちゃんが越してきたのが、その月の二十九日。で、二年後の三月二十九日に、退去。……一応、引き止めたんだけどね。でも、どうしても、出なくちゃいけないって。理由は教えてくれなかったけれど。……まあ、察しはつく。仕事がうまくいかなくなったんだと思う」

「公賀さんは、どんな仕事を？」

「アパートに越してきたときは、確か、広告代理店に勤めていたと思う。そこで、コピーライターをやっているって聞いた」

「広告代理店？　もしかして、西早稲田にある――」

「詳しいことは分からないけど、忙しくしていたわよ。毎回、アッシーくんの車に乗って帰宅していたわね。持っているものはブランド品だし、羽振りはよかったと思う。でもね、二年目、なにか変だな……って。まずは、その長い髪をばっさりと切ったのよ。で、バッグはノーブランド。服もずいぶんと地味になっていた。お家賃をもってくるときの手土産も、質素なものになっていってね。駅前で配られている化粧品の試供品とか、ポケットティッシュとか。お茶に誘っても断られるばかり。どうしたんだろう……と思っていた矢先に、退去したいって。で、夜逃げするように、引っ越した」

「夜逃げ？」

「そう。普通は、退去の一ヵ月前までに解約を申し込んで、そして退去日には大家と店子が一緒に立ち会って、部屋の具合を点検したり、お家賃や敷金《しききん》の清算をしたりするもんなんだけど、さっちゃんの場合は、退去します……って連絡があった三日後には、部屋はもぬけのからだった。メモ書きだけが置いてあったっけ。今月分のお家賃は、返金予定の敷金と相殺してください……って。まあ、あたしには異論はなかったけどさ。敷金は二ヵ月分預かっていたから、修繕費と清掃費を差し引いても充分だった。というか、余った。……でも、嫌な感じがしたわよ。挨拶《あいさつ》もなしに。これじゃ、まるで夜逃げじゃない！って。あんなに可愛がっていたのに、なんか裏切られた気がして、すごく悲しかったことをよく覚えている」

「公賀さんとはそれっきりですか？」

「ううん」

笛森さんは、しかめっ面《つら》をさらにしかめて、

「さっちゃんが退去した翌年だったんじゃないかな、うちの主人が、町内会の慰安旅行で熱海に行ってね――」

熱海？　そういえば、カフェでも熱海の話題が出ていたっけ。ああ、そういえば、あのおばあさんマッサージ師も熱海で――。

「そのとき、熱海の海岸でさっちゃんを見かけたって。で、うちの旦那、さっちゃんを尾行したらしいのよ」

「尾行？」

「あら、変な意味じゃないのよ。余った敷金を返金しなくちゃ……と思ったらしいの。で、後をつけて、住処《すみか》を突き止めたらしいの。……ああ、ちょっと待って。そのときの住所、まだとってあるから。見せてあげる」

「え？　いえ、そんな、そこまで――」

祐子はやんわりと遠慮したが、笛森さんの姿はもうそこにはなかった。

ゴミ置き場に一人残された祐子。

捨てるに捨てられず、ゴミ袋を持て余しながら佇《たたず》むこと数分。笛森さんが戻ってきた。その手には、茶色い封筒。……現金書留の封筒だ。

「これよ、これ。敷金を返金しようと、主人が送ったものなんだけど。宛先《あてさき》不明で戻

ってきちゃったの」

　あんなゴミ屋敷の中から、よくこの短時間で昔の封筒なんか見つけ出せたものだ。感心していると、

「これ、あげるわよ」笛森さんが、封筒を祐子に押し付けてきた。

「え？　いえ、そんな大切なもの――」

「いいのよ。あたしが持っていても、なんの役にも立たないからさ。あなたのようなマスコミ関係者に活用してもらったほうが、さっちゃんの供養になるでしょう」

「は……」

「だから、返さなくてもいいからね。あなたが持っていて」

　そう言い残すと、笛森さんは、まるで幽霊のようにすうぅぅと行ってしまった。

　祐子も、手にしたゴミ袋をそっとゴミ置き場に置くと、逃げるようにその場を後にした。

6

「私、なにやってんだ……」

『湯河原《ゆがわら》』の文字が目に飛び込んできたとき、祐子は、またもや呟《つぶや》いた。これで、五

回目だ。最初にそう呟いたのは、新宿駅に降り立ったとき。二回目に呟いたのは、新宿駅で湘南《しょうなん》新宿ラインに飛び乗ったとき。三回目に呟いたのは大船《おおふな》で巨大な観音像を目撃したとき。四回目に呟いたのは、根府川《ねぶかわ》駅で海を見たとき。そして、湯河原で五回目の呟き。いよいよ、次の駅は、熱海だ。

熱海には、一度だけ行ったことがある。大学生のとき、当時付き合っていた彼と日帰り旅行した。二十年ほど前のことだ。

確か、湯河原を過ぎてすぐにトンネルがあったはずだ。

と思った瞬間に、車窓の外が真っ暗になった。

いきなり映し出された自分の顔に、ぎょっとする。

「私、なにやってんだ……」

祐子は、六回目の

を口にした。

「えええ、前と全然違う」

改札を出ると、祐子は思わず声をあげた。確かに面影《おもかげ》はあるが、駅なんかごっそりと変わってしまった。なんともおしゃれな駅ビルに大変身している。

「あれ？　前は、駅前に温泉が吹き出してなかった？」

何度見渡しても見つからない。その代わりに、タワーマンションをみつけた。

「ああ、たぶん、あれだ。公賀沙知さんたちが話題にしていたマンションは」

いやいや、それにしても。

マジで、熱海まで来ちゃったよ。

私、ほんと、なにやってんだろう？

朝の時点では、そんな予定はまったくなかった。

いつものように、西早稲田のカフェにアルバイトに出かけようと準備をしていた。さあ、出かけよう……としたときだ。携帯電話にショートメールが来た。カフェの店長からだ。

『突然ですみません。……諸事情により、しばらくの間、お休みしていただけませんでしょうか？　今、出勤シフトを組み直しているところです』

意味が分からなかった。いや、でも、ある程度覚悟はしていた。店長の様子がここのところおかしかった。ことあるごとに自分になにか話しかけようとしている。でも、祐子は、あえてその素振りを無視した。この店長は自分より一年もあとに入った後輩で、しかも自分より一回りも年下だ。しかも、気の弱いところがある。態度が悪いバイトにも注意ができなくて、バカにされている。そんな店長の代わりに、お局様《つぼね》を買って出ていたというのに。感謝されているとも思っていたのに。……まさか、こんな形で裏切られるとは。

しばらくの間、休んでくれ？　つまり、それって、肩たたきってことでしょう？

確かに、カフェの売り上げはここんところよくない。コロナ禍《か》のピークはなんとか乗り切ったが、でも、客足は戻らなかった。一番の上客である広告代理店の社員たちもリモートワークが定着したのか、その数は格段に減った。

同じ系列の他の店舗も次々と閉鎖している。その波がいよいよ、うちにも来た……

というわけか。

まさに、崖《がけ》っぷち。

派遣の仕事は未だ決まらず、カフェのバイトまで失うなんて。

嘘でしょう？

占いでは、今年は絶好調だったはずじゃない。お正月に引いたおみくじだって、大吉だったじゃない。

なのに、このザマ？

もう、いやだいやだいやだいやだいやだ！

なんで？

私、真面目《まじめ》に生きてきたじゃない。

ズルだってしたことない。遅刻だってしたことない。仕事だって、頑張ってきた。

なのに、なんで？

やっぱり、世代のせい？

ひとつ上《バブル》の世代は、いい思いばかり。

一方、私たち《氷河期》の世代は、貧乏くじばかり。

これまでもそうだったんだ。これからもずっとずっと、そうなのだろう。

私たち氷河期世代は、貧乏くじを引かされ続けて、そしてついには、孤独死するか野垂れ死にする運命なんだ。そうだ。私たちは、生まれてからずっとずっと、崖っぷちだったんだ。

崖のふちに半分だけ足を出して、不安定な状態でずっと立たされている。

たぶん、この状態はこれからも続く。

だったら、いっそのこと、飛び込んでしまおうか？

と、崖から飛び降りたつもりが、気がつけば、熱海。

なんで、熱海？

答えは簡単だ。

ゴミ屋敷の笛森さんの話がトリガーだ。あの話を聞いてから、祐子の中は疑問だらけだ。

なぜ、公賀沙知は熱海に来たのだろう？　そういえば、マッサージのおばあさんも住んでいた熱海。しかも、熱海の旅館で公賀沙知と一緒に仕事をしていたという。

「確か、あのおばあさんマッサージ師は、旅館の中居をしていたって」

「中居？　違うよ。コンパニオンだよ」

＋

熱海駅から海のほうに歩くこと約三十分。祐子は、川沿いにあるカウンターだけの小さな定食屋にいた。

ゴミ屋敷の笛森さんから預かった封筒の住所を目指して歩いていると、『焼き魚定食七百円』という貼り紙。つい入店してしまったのだ。が、ここでも、〝偶然〟が発動した。焼き魚定食を待っている間に、封筒の住所をカウンター向こうで魚を焼いているおじさんに尋《たず》ねたところ、「ああ、それ、まさに隣だ」と。なんでも、以前、定食屋の隣には古い雑居ビルがあり、一階と二階が貸事務所《テナント》、そして三階と四階が賃貸の住居だったらしい。

「『ネオ熱海マンション』なんていう洒落《しやれ》た名前だったけど、なんてことはない、ただのタコ部屋でね」

「タコ部屋？」

「あれ？　タコ部屋、知らない？　そうか。今の若い人には、『シェアハウス』のほうが分かりやすいか」

「シェアハウス……だったんですか？」

「横文字にするとなんかカッコいいけどさ、コンパニオンたちの寮みたいなところだった。五十平米あるかないかの部屋にさ、十五人ぐらいが暮らしていたらしい」

「五十平米に十五人！　まさに、タコ部屋ですね」

「なんだ。タコ部屋、知ってんじゃん」

「まあ、私も古い人間なんで」

「そうなの？　学生さんかと思ったよ」

これは褒め言葉だろうか？　いや、違う。たぶん、〝学生〟のようにふわふわした曖昧《あいまい》な印象……と言いたかったのだろう。苦笑いを浮かべていると、

「全国から女性を集めて、タコ部屋に押し込めて、コンパニオンをさせていたんだよ」

「ってか、中居ではなかったんですか？」

「中居？　違うよ。コンパニオンだよ」

「……は」

「コンパニオン、分かります？」

「ええ、まあ。……接待する女性ですよね？」

「そう。それまでは、接待といえば芸者だった。ところが、バブルの頃から突然登場してね、コンパニオンが。芸者よりも格段に安いし、しかも綺麗な若い子も多いし、一気に広がった。芸者がコンパニオンに鞍替《くらが》えするケースもあったね。……でも、評判も悪かった。まあ、なんだ。中には、違法な行為をする人もいたからさ」

「違法？」

「だから、売春だよ、売春」

「……」

「隣のビルのタコ部屋に集められたコンパニオンたちは、まさにそれでね。三階がタコ部屋で、四階でそういう商売をしていた」

「えええ……」

「気の毒な話だよ。集められた女性たちのほとんどは、求人広告を見て応募したらしいよ。『リゾートで、遊びながら稼ぎませんか？　女子寮完備、日給一万円』なんていう謳《うた》い文句《もんく》に釣られてさ。でも実際は、深夜までお座敷《ざしき》の宴会で接待させられて、そしてそのあとは、ビルの四階で性の接待。一晩で何人も客をとらされていた。それで、日給一万円だったらしいよ。まさに、奴隷だったね」

「………」

「で、その封筒の宛名の公賀沙知って、もしかして、先ごろ殺害された？」

おじさんが、アジの開きをひっくり返しながら、祐子の手元を覗き込んできた。

「え？　おじさん、公賀沙知さんをご存じなんですか？」

「まあね。……みんなにはさっちゃんって呼ばれていたよ。源氏名が〝さなえ〟だったから。でも、俺には本名を教えてくれたんだ。そう、名刺をくれたことがある。その名刺には、〝公賀沙知〟って。なんかかっこいい名前だな……って思って。だからよく覚えているの。そうそう。彼女、その席でよく、昼食を食べていたよ」

え？　祐子は思わず、腰を浮かせた。

「彼女が注文するのは、決まって目玉焼き定食。今は五百円だけど、当時は三百五十円。うちで一番安いやつだよ。毎日のように来ていたな。ご飯が美味《おい》しいって」

言いながら、おじさんは、お碗《わん》にご飯を装った。

「まあ、うちは、コシヒカリのいいやつを使っているからね。しかも、昔ながらの羽《は》釜《がま》で炊《た》いている。味噌汁《みそしる》の味噌も糠漬《ぬかづ》けも自家製だよ。東京の高級料亭にだって負けないよ」

そして、ご飯、味噌汁、漬物、焼き魚を折敷《おしき》に綺麗に並べると、それを祐子の前に置いた。

「わー」

それは、本当に見事な見た目だった。ご飯はつやつやのピカピカで、お味噌汁はいいダシの香りがして、糠漬けのきゅうりとナスの色も鮮やかで、そしてメインの焼き魚は、見たことがないような大きなアジの開き。ぷりっぷりの肉感に、じゅわじゅわとしたたる脂《あぶら》、もう、我慢ができない。

祐子は、アジの開きに箸《はし》を伸ばした。

「うわ……」変な声が出る。あまりに美味しくて。本当、これ、アジの開き？　自分が知っているアジの開きはもっとパサパサしている。が、今、口の中にいるのは、しっとりしたぷにゅぷにゅふわふわの肉の塊《かたまり》。噛《か》むごとに、旨味《うまみ》が舞い上がる。

「あの子も、そんな顔をしていたな……」

おじさんが、目を細めた。「そう、あの子、一度だけ、焼き魚定食を注文したことがあってね。そのときも、そんな顔をしていた」

「あの子って、公賀沙知さんですか？」

「そう。美味しい、美味しいって。こんなアジ、食べたことがないって」

「はい。それは同感です。こんな美味しいアジ、私も初めてです」

「だろう？　東京で売られているアジなんてさ、俺から言わせればニセモンだからさ」

「いや、ほんと、そうです。これを食べちゃったらもう、普通のアジは食べられないというか。ニセモノって思ってしまいます」

「だろう？」

おじさんが、自分の子供を褒められた親のように破顔した。が、すぐに真顔になると、

「あの子もさ、もう他ではアジは食べられない、アジが食べたいときは、必ず、ここに来ます……なんて言っていたんだけどさ。それっきりだったたんだよ」

「どういうことですか？」

「だから、焼き魚定食を食べた日を最後に、姿を現さなくなったんだよ。まあ、その日、ちょっとした事件があってね。それが原因で、熱海にいられなくなっちゃったんだろうけど。まあ、言ってみれば、夜逃げだね。……なんだか、それからずっと気になっていたんだよね。アジを焼いていると、なんとなく思い出したりしてさ。で、先週もアジを焼いていたらさ、新聞を開いていた常連さんが言うわけよ。『この写真、あのコンパニオンに似てないか？』って。新聞を見てみたら、間違いない、あの子の写真だ！って。なんの写真か分からないけど、熱海にいた頃の写真だったよ。もう、本当にびっくりしちゃったよ。……まさか、こんな形で再会するなんてさ。……それにしても、お客さん、なんで、さっちゃんを？」

「いえ、それは――」

なんと説明したらいいか分からず、言葉を濁《にご》していると、

「はいはい、なんとなく察しはつくけどね。お客さんマスコミ関係者でしょ？」

「……」

やはり、なんと応《こた》えたらいいか分からず、誤魔化すように味噌汁を啜《すす》っていると、

「あんな死に方をしたんだ、これ以上、あの子を晒《さら》し者《もの》にしてほしくはないね」

「……」

「とは言ってもさ。お客さんも仕事だからね、仕方ないよね。……実は、俺さ、この定食屋を開く前は、写真週刊誌の専属カメラマンだったんだよ。昼夜問わず、芸能人や政治家、そして時の人を追いかけて撮りまくっていた」

「そうだったんですか」

「でも、ある芸能人の不倫スクープを追いかけて熱海に来たとき、ふと、なにもかも嫌になってね。『俺、なにやってんだ……』って。スイッチが突然切れちゃった。で、気がついたら、この定食屋にいた。……そう、ここのアジの開きが本当に美味しくてさ、俺、泣いちゃったんだよね。そしたら、ここの先代がさ、訳《わけ》ありかい？　なら、ここで働かないか？って。先代、ガンで余命宣告されていたみたいで、後継者を探していたんだよ。そのタイミングで俺が現れて、『これは、神様がくれた縁だか

ら、逆《さか》らえないよ』って、俺を無理矢理ここの後釜《あとがま》にしたってわけ。……なんか、面白い話でしょう？」

「ええ。なんか、小説が一本、書けそうですね」

「〝縁〟には逆らえない。これが、先代の口癖でさ。確かに、そうかもしれないよね。お客さんが、ここに来たのも縁、そしてさっちゃんが座っていた席を迷わず選んだのも縁。ただの偶然ではないと思うわけさ」

「縁……」

「そう。だからさ、俺は信じるよ。お客さんは、きっと、さっちゃんのことを悪く書かないって」

「……………」

「むしろ、さっちゃんがちゃんと成仏できるような記事を書いてくれるって」

「……………」

「今のままじゃ、さっちゃん、浮かばれないよ。地縛霊になっちゃう。それじゃ、あまりに可哀想《かわいそう》だなぁって。だから、どうしてあの子はあんな最期を迎えることになったのか、その辺をしっかり取材してほしいね」

「……………」

「ここから歩いて十五分ほどの小さなカフェ、そこにさ、さっちゃんの元同僚がいる」

「元同僚？」

「そう。コンパニオン仲間のヒロミちゃん。タコ部屋で一緒に暮らしていたシェアメイトの一人。コンパニオンを派遣していた事務所が警察に摘発されて消滅したあとも、熱海に残った一人。十年前に、念願の店を持った。彼女、さっちゃんとも割と仲がよかったみたいだからさ、色々と話が聞けると思うよ。俺が、連絡しておく。記者さんがそっちに行くって」

＋

「定食屋のおっちゃんから、話は聞いている。初めまして、私が、ヒロミです」

マリメッコのエプロンをした、白髪混じりの女性は祐子を見るなりそう言った。

カフェはカフェでも、そこは猫カフェだった。四十平米あるかないかの店舗に、一、二、三、四……六匹の猫がいる。祐子は、くしゃみを飲み込んだ。検査したことはないが、たぶん猫アレルギーなのだという自覚がある。

「さっちゃんのことを調べているんだって？」

そして、奥のテーブルに祐子を誘った。足を進めると、ふくらはぎをふわっとしたものがよぎった。見ると、灰色のぽっちゃり猫が、床に同化するようにお腹《なか》を出して寝そべっている。……七匹目の猫だ。

「まったく、この子ったら。一番の新入りなのに、一番ふてぶてしいんだから。……まるで、さっちゃん。あの人もさ、ほんと、ふてぶてしかったのよ。はじめましてのときもさ——」

いきなりその話題に入り、祐子は慌ててカバンの中を探った。そしてスマートフォンを取り出すと、録音ボタンを押してテーブルに置いた。なぜそうしたのか自分でもよく分からない。ただ、いつか見たドラマの新聞記者がそうしていたことをふと思い出したのだ。

「あ、なんか、注文します？」

が、話題はあっと言う間に逸《そ》れた。

注文？　どうせ、こういうところは、飲食なんてオマケなのだろう。だから、ロクなものは置いていないのだろう……と思ったら、出されたメニューには、ぎっしりと文字が書き込まれていた。かなり本格的なスイーツの名前が並んでいる。……でも、どうせ、形だけでしょう？　味はそれなりなんでしょう？と、祐子は、最初に目に入った「バスクチーズケーキ熱海風」と「ブレンドティーお宮さんとともに」というものを注文してみた。

数分後、テーブルに置かれたそれらは、目を見張るものだった。バスクチーズケーキのはずが、見た目は温泉まんじゅう。温泉マークまで刻印されている。が、口に入れると、間違いなくバスクチーズケーキ。しかも、かなり美味しい。今までいろんなチーズケーキを食べてきたが、その中でも一番だ。ブレンドティーも素晴らしかった。どの辺が「お宮さん」なのか分からないが、とにかく複雑で深くて、思わず、温泉に入ったかのように「はぁぁ」という声が漏れてしまう。

そんな祐子の様子を見て、ヒロミさんが満面の笑みで解説する。

「お宮さんっていえば、金色夜叉《こんじきやしゃ》。金色といえば、金。ということで、金箔《きんぱく》が少しだけブレンドされているの。ほら、よく見て。そのお茶、キラキラしているでしょ？」

……あ。本当だ。

「それ、考案したのは、さっちゃんなんだ」

「え？」

「いつだったか、お座敷で金粉ショーがあってね」

「金粉ショー？」

「そう。全身に金粉を塗りまくって踊るやつ。いかにも、バブルって感じでしょう？ で、踊りが終わると、余興として、ダンサーの局部の金粉をお客に掬《すく》い取《と》ってもらう」

「局部……」

「もう、大騒ぎよ。我さきにと、ダンサーの局部に大勢のスケベ客が群がるわけ。中には、掬い取った局部の金粉をお酒に浮かべる客もいてね。……悪趣味でしょう？」

「ええ、まあ。……想像もしたくないです」

「で、その様子を見て、さっちゃんが言うわけよ。紅茶に金粉を入れたら、案外、女性にウケるかもね……って。で、馬鹿騒《ばかさわ》ぎの傍《かたわ》ら、そのアイデアを割り箸の袋に熱心にメモしていたっけ」

「メモ……」

「さっちゃん、いつかは飲食店のオーナーになりたいって言ってた。で、アイデアが浮かぶと、どこにいようとメモしてた。割り箸の袋はもちろん、ストローの袋にまで。時には、ホテルのテーブルの端《はし》にも。そんなところにメモしたって、意味ないじゃん。っていうか、ただの落書きじゃん。やめなよ……って何度も注意したんだけど、やめられないって。そう、さっちゃん、メモ魔でね。かなり重症だったよ。忘れちゃいけないって思ったら、書かずにいられないんだって。それで、小さい頃からよく、親や教師に叱《しか》られたみたい。そりゃそうよ。メモっていうか、あれは、ただの落書きだもん。きっと、修学旅行とかに行っても、あちこちに落書きしてたんだろうね。本人は、メモのつもりだろうけど」

なるほど。それで、アパートの巾木にあんな落書きを？

「さっちゃん、ほんと変わっていた。基本、真面目なんだけど、変な拘りがあってさ、そのせいで、仲間ともしょっちゅう衝突してさ」

「どんな衝突を？」

「まあ、一言では言えないんだけど。いろいろとね。例えば……、そう、カーテンのことでよく衝突していた。さっちゃん、カーテンがきっちり閉まってないと気持ち悪いみたいで、それで、よく切れてた。『何度言ったら分かるの？　カーテンは、隙間なく閉めてって言っているでしょう？　誰かに覗かれたらどうするの』って。でもさ。狭い部屋に十五人が暮らしているわけよ。いろんな人がいるわけよ。カーテンをきちんと閉めない人も多いわけ。というか、そんなことにまで拘っていたのはさっちゃんだけだったからさ、『あの女、面倒くさい』って、次第にシカトされるようになって」

「イジメ……的な？」

「イジメとは違う。距離を置くという感じ。だって、ほんと、面倒な人だったのよ。〝真面目な人〟っていうと聞こえはいいけど、いわゆる〝神経質な人〟だった。病的なほどにね。なんていうか。いっつも後ろを気にしてビクビクしているような？　それに、あっちのほうから私たちを遠ざけているところがあってさ。なんていうのかな、私たちを見下していた……というか。なんか知らないけど、いつもイヤホンしていて、ウォークマン聴いているの。一度、何を聴いているの？と聞いたことがあるんだけど、さっちゃん、『たぶん、知らないと思う』……って教えてくれなかった。そのときの視線がさ、まあ、ほんと、何様？って感じでさ。それ以来、私もさっちゃんとは距離を置くようになったんだけど」

「でも、定食屋のおじさんは、仲がよかったって」

「ああ。あの定食屋に、さっちゃんも私もよく行っていたからね。でも、連れ立って行っていたわけではなくて、私が行くと、必ずあとからさっちゃんがやってきてね。で、私の隣に座るわけ。……今思うと、さっちゃん、私となにか会話したかったのかな……って。でもさ、会話なんかできる状態じゃなかったのよ。だって、さっちゃんの耳にはイヤホン」

「食事中も、音楽を？」

「そう。……ね？　なんか面倒くさいでしょう？」

「もしかしてなんですが。……公賀さんって、案外かまってちゃんだったのかもしれませんね」

「かまってちゃん？　ああ、そうかもしれないね。本当はかまってほしいのに、自分からは行動を起こさない。相手が『どうしたの？』と話しかけるのを待っている」

「なんか、猫みたいですね」

「いやだ、猫と一緒にしないでよ。猫は、かまってほしいときはちゃんとサインを出すわよ。猫って、案外、分かりやすいのよ」

「そうなんですか？」

「そう。猫は素直でいいわよ。思っていることをちゃんと表に出す。……それに比べて、人間はほんと、ややこしくて面倒よね。特にさっちゃんは、私が今まで出会った人の中でもダントツで面倒くさかった。もっと素直になればいいのにさ。もっと弱みを見せればいいのにさ。分厚い壁を作って、絶対に他者を近づけないようにしていた。私はあんたたちとは違う……というオーラをびんびんに出してさ。寝るときだって、一人で寝袋よ？」

「寝袋？　ちなみに、どんな感じでみんな寝ていたんですか？　五十平米あるかないかの部屋に、十五人が住んでいたんですよね？」

「二段ベッドが所狭しと五つ詰め込まれていてね、そこに寝るには早い者勝ちだった。で、二段ベッドを確保できなかった人たちは、床に布団を敷いて雑魚寝。でも、さっちゃんは、二段ベッドを巡って小競《こぜ》り合《あ》いになる私たちを小馬鹿にしながら、いつも、給湯器近くの床で寝ていたわね。馬鹿みたいに大きくて古くて煩《うるさ》い給湯器が玄関近くにあったんだけど、そこはじめじめして暗くてさ、用事がなければ誰も行こうとはしないところだった。でもさっちゃんは、『ここが落ち着くんだよね』って、自分のテリトリーみたいにしていた。頻繁に水漏れがあって、床なんかふにゃふにゃだったようなところなのにさ」

水漏れにふにゃふにゃの床……。

「それにしても、ずいぶんと酷《ひど》い環境ですね……」

「本当よね。私もまさか、あんな酷いタコ部屋で暮らすハメになるなんて、思ってもいなかった」

「ちなみになんですが。ヒロミさんはなぜ、熱海に？」

「うん？」ヒロミさんの唇《くちびる》が一瞬、震えた。訊いちゃいけなかっただろうか。

「あ、すみません、余計なことを訊きまし――」

「忘れもしない、平成六年の春」ヒロミさんが、祐子の言葉を遮《さえぎ》るように言った。

「内定していた会社が、入社一週間前に潰《つぶ》れちゃったのよ」

「平成六年といえば――」

「一九九四年」

「当時、ヒロミさんは学生さんだったんですか？」

「ううん。大学はもう卒業していた」

ヒロミさんは、おちゃらけるように肩を竦めた。そして、

「ほんと、ついてないわよ。もう少し早く生まれていたら……って。私の先輩たちなんて、特に優れているわけでもないのに、いくつも内定をもらって、で、みんな大手企業に入社したんだから。なら私も……って思っていたら、いきなりのバブルの崩壊。入社一週間前に会社が潰れちゃってさ。もう、本当に地獄だった。だって、職場近くにマンションも借りていたんだよ？　家賃補助があるからって、十万円近くのワンルームを借りたのよ。家具もすべて新しく買ってさ、さあ、きらきらの新生活をはじめよう！ってタイミングで、足を掬われた格好。就活を改めてはじめたんだけど、もうすでに新卒扱いではなかったんで、どの企業からも門前払い。コンビニや飲み屋でアルバイトをしながらなんとか暮らしていたんだけど、とうとう家賃が払えなくなっちゃって。で、アルバイト情報誌に載っていた『リゾートで楽しく稼ごう！』的なコピーに惹《ひ》かれて、応募したってわけ」

「リゾートで楽しく稼ごう……」

「住み込みっていうのが一番の応募理由かな。とりあえずは、住む場所がほしかったから」

「実家に戻ろうとは思わなかったんですか？」

「それも考えた。でもさ。……なんか恥ずかしいじゃん。私、地元では優等生で通っていたからさ。東京の有名大学に合格したときは、地元の新聞にまで載ったんだから。そんな私がさ、就職に失敗して住む家もなくして地元に戻ったんじゃ、居場所がないわよ。それに、実家は今にも潰れそうな小さな八百屋《やおや》。兄夫婦も居着いてて、私の居場所なんてない。……そんな家に戻れるわけないよ」

「確かに」自分が同じ境遇でも、実家には戻れない。

「……私たちの世代はさ。一括《ひとくく》りに〝バブル世代〟って言われるけど、バブルの恩恵なんて一ミリも受けてない人も多いわけよ。私も、学生時代は、親の仕送りがアテにならないから、奨学金を借りて。昼も夜もバイト。ようやく会社員になって安定した暮らしができると思った途端、バブル崩壊。……ほんと、いやんなっちゃう。でも、一番いやんなるのは、自分自身。なんで、あんなコピーに騙されて、あんな仕事に応募したんだろう……って」

「リゾートで楽しく稼ごう……ですか？」

「そう。冷静に考えれば、分かるはずだったのに。ヤバい仕事だってことは」

「なんで、そんなヤバい仕事に？」

「だって、〝コンパニオン〟って言うからさ、モーターショーにいるコンパニオンを連想したのよ。綺麗な服を着て、ニコニコ笑って、お客さんに愛想《あいそ》を振りまいていればいいんでしょ？って。でも、全然違った。パンツが見えそうなほどのミニスカートを穿《は》いて、酔っ払いの相手をするような仕事だった。時には——」

そこで、ヒロミさんは言葉を飲み込んだ。そんな飼い主を心配してか、キジトラ猫が寄ってきて、「みゃー」と小さく鳴いた。

「あの……、逃げ出そうとは思わなかったんですか？」

「逃げ出す？」

「そんなにヤバい仕事なら――」

「逃げられるはず、ないじゃん。だって、お金、すでにもらっていたからさ」

ヒロミさんはキジトラ猫を抱き寄せると、泣き笑いの顔で言った。

「支度金《したくきん》として、十万円、すでにもらっていたんだよ。しかも、契約書まで交わしていた。途中で逃げ出したら、支度金は三倍返し……っていう契約書。三十万円なんて、とても返せない。支度金の十万円だって、奨学金の返済につかってしまった。それに、それまで住んでいたマンションも解約しちゃったし、逃げ出しても戻るところはなかった。……こうなったら、仕方ない。契約の期間は、稼ぐだけ稼いで、お金を貯《た》めようって……。残りの奨学金の返済もあるしさ」

「でも……」だからって、売春なんて――。

「もちろん、逃げ出そうとしたこともあった。でも、監視の目はいつでもあったし、なにより、『逃げたら殺すぞ』って脅されていたからね」

「だったら、なおさら逃げないと！　警察に連絡しないと！」

「無理よ。あんただって、あの状況に置かれたら、気力も体力もすべて失うから」

「でも！」

「タコ部屋に連れてこられたその日、『話が違う』って一人の女の子が逃げ出そうとしたのね。その子、あっけなく連れ戻されて、みんなの前で真《ま》っ裸《ぱだか》にされて、ロープでぐるぐる巻きにされて、まるでベーコンのように天井から吊《つ》るされた。見せしめってやつよ。あんなの見せられたら、逃げる気なんてすっかりなくなる。むしろ、従順になるってもんよ」

「そんな……」

「仕切っていたのは、ヤクザだからさ。私たちみたいなトーシローなんて太刀《たち》打《う》ちできないよ。で、犬に追い立てられて柵《さく》の中に収まる羊のように、私たちはタコ部屋に大人しく落ち着いたってわけ」

「……」

「それにさ。人って、環境に順応するもんなんだよ。一週間もすれば、自分たちがやっていることがあたりまえになってくるものなの。仕事だってそう。はじめは、こんなことできない！と思っても一週間もすれば、自らお客を部屋に引っ張り込んでいた。そして、足を開いていた」

「……」

「ここだけの話ね。私、バージンだったんだよね、当時。初日、経営スタッフの一人に教育されたときが初体験だった」

「あの。……教育って？」

「やだ、あなた。マスコミなのに、そんなのも知らないの？　いい歳して、ウブなんだ」

「……」

「教育っていうのは、文字通り、仕事の仕方を教わること。あんなことやこんなことをね。当時、私もウブでさ、なんにも知らない女の子だった。エッチな漫画すら読んだことがなかった。そんな子が、いきなりハードな性体験。そりゃ、もう、洗脳されるよね」

「洗脳？」

「そう、洗脳。私、すっかりセックス大好き女になってた。だから、本音を言えば、仕事も苦じゃなかった。むしろ、楽しかった。相手がどんなにキモいおっさんでも平気だった。セックスの快楽が得られるなら、誰でもよかった。天職なんじゃないか？　と思えるほど。……だから、コンパニオンを仕切っていたヤクザが摘発されて、あのタコ部屋から解放されたあとも、私、熱海に残って、ソープ嬢になったんだ。ストリッパーもやったよ。セックスにかかわる仕事なら、なんでもした」

「……」

「でもさ。閉経しちゃったら、性欲がとたんになくなって。むしろ苦痛になっちゃって。……どうしようって街を彷徨《さまよ》っていたら、猫に出会ってね。めちゃドキドキした。セックスのときに得られるドキドキとは違う、もっと深くて優しいドキドキ。……そう、母性っていうやつかもしれない。そう、私がいつのまにか見失っていたもの。私の夢。……私、お母さんになりたかったことを思い出した。小さい頃は、お人形を子供に見立てて、よくママゴトもしていた。中学の卒業アルバムの寄せ書きには『将来の夢はお母さんです。子供達のいいお母さんになります』って。っていうのもさ、さっきも言ったけどうちの両親は八百屋をしていて母親も仕事優先。子育てには熱心ではなくて。ご飯なんかもスーパーのお惣菜《そうざい》とかで。保護者会にも顔を出さないような人だった。……だから、私は絶対、こんな親にはならない！　いい親になる！　っていう反抗心があったんだと思う。でも、子供が好きなのは純粋な本心で、高校生の頃は保母さんになるのが夢だった。だから、大学も教育関係の学部を選んだ。……なのに、いつのまにかすっかり忘れていたんだよね。自分が本当にやりたかったことを。……ほんと、情けないわよ。お母さんにはもうなれない歳になって、強烈な母性が疼きだすんだから」

「それで、猫ですか？」

「安易だって笑う人もいるんだけど、私にしてみれば、猫は子供なの。どの子もかわいい子供なの。どんなことでもしてやりたいし、この子たちの幸せを一番に願っているの」

「素晴らしいですね」

「素晴らしくなんかないわよ。私は、私のために猫につくしているだけだから。つくす……って、結局、快楽のひとつでしょう？」

「そう……でしょうか？」

「そうよ。だって、つくしていると、なんだかワクワクするしドキドキするし、なにより楽しいじゃない。人生がキラキラしてくる感じがする」

「は……」

「あ、ごめんなさい。なんだか、自分のことばかり。……さっちゃんの取材だったわよね」

ヒロミさんは、猫用おやつを手にした。猫たちがわらわらと集まってくる。祐子の足元を、数匹の猫が通り過ぎて行った。祐子はくしゃみを飲み込んだ。

「さっきも話したけど。私、さっちゃんとはそんなに仲がよかったわけではないのよ。ただ、一度だけ、なんかの拍子《ひょうし》にさっちゃんが身の上話をはじめたときがあってね。……あ、そうそう、あれは、台風の日だった。お茶を挽《ひ》いていた私たちは――」

「お茶を挽く？」

「お客がつかなくて、暇しているってこと。……続けていい？」

「あ、すみません、お願いします」

「お茶を挽いていた私たちは、花札をしたりテレビゲームをしたり漫画を読んだりしていた。いつもは、イヤホンをしながら部屋の隅《すみ》で難しそうな本を読んでいたさっちゃんが、いきなりこちらにやってきてね。……そのとき、私は漫画を読んでいたんだけど、『なに、読んでるの？　それ、面白い？　そういうの、好き？』って。特に好きってわけではなくて、たまたまあの部屋にあったから読んでいただけなんだけど。……たぶん、見張りのヤクザの一人が読んでいたやつだと思う。だって、その手の漫画だったから。ヤクザが出てくる漫画。暴走族も出てきたかな。いわゆる、ヤンキー漫画ってやつよ。まあまあ面白かった。だから、そう答えたら、『それ、私の高校時代の友人が描いた漫画なんだ……』って」

「え？　高校時代の友人が漫画家ってことですか？」

「そう。それからは、嘘のように饒舌《じょうぜつ》になってね。……高校は地元でも屈指の進学校で、みんな勉強に明け暮れていたのに、その友人だけはいつも漫画を描いていて、出版社に漫画を投稿し続けて、高校二年生のときにめでたくデビューして、それからはとんとん拍子。またたくまに売れっ子になったんだよって、まるで恋する娘のように顔を紅潮させて話していたっけ。で、自分も出版関係の仕事がしたくて、一度は地元のデパートで働いたけれど、いくつか出版社を受けたって。でも、結局は広告代理店に就職したとか……そんな自慢話をされたっけ」

「広告代理店？」やはり、西早稲田にある、あの広告代理店だろうか？

「さっちゃん、今でいう陰《いん》キャって感じだったんだけど、そのときだけは、リア充って感じで、聞いてもないことをハイテンションで次から次へと。なんか変な薬でもやってんじゃないの？と疑っちゃうほどあのときは、なんだか変だったな」

「薬？」

「まあ、今だから言うけどさ。……言うことをきかないコンパニオンは、薬を与えられていたのよ。そう、いわゆる、ドラッグ。私は割と従順なほうだったから免《まぬが》れたけど、生意気で反抗的な人は、片《かた》っ端《ぱし》から打たれていた。……たぶん、さっちゃんもそうだったんじゃないかな？」

祐子の背中にぞわぞわが走り抜ける。

なんて異常な世界だ。アルバイト情報誌の募集広告に応募しただけなのに、タコ部屋に軟禁状態にされて、ヤクザに教育されて、お客をとらされて。さらには、薬？

なんて凄まじい転落劇。……これって、アルバイト情報誌にも責任があるんじゃないか？

「いずれにしても、警察の手入れがあって、私たちはそこには一ヵ月しかいなかったんだけどさ」

凄絶な転落劇は、たった一ヵ月の話なんだ……。

「そのあとは？」

「蜘蛛《くも》の子を散らすように、みんなバラバラ。私とさっちゃんだけが熱海に残った。私はソープ嬢になって――」

「ちょっと待ってください。公賀さんも熱海に残ったんですか？」

「一度は東京に行ったみたいだけど、戻るところがないからって。しばらくは、旅館の住み込みの中居をしていた」

中居？　あ、そうか。そこで、あのマッサージ師のおばあさんと出会うんだ。

「中居は、半年ぐらいしてたんじゃないかな？　でも、事件を起こして……夜逃げするようにいなくなった」

定食屋のおじさんも言っていた。事件を起こして、熱海にいられなくなった……って。

「あの、公賀さんはどんな事件を？」

訊くと、ヒロミさんはにやりと笑った。そして、

「まあ、簡単に言えば、痴情のもつれ……ってやつ。三角関係よ」

「そう。先輩の中居の男を寝とったのよ。それで、先輩が怒り狂ってね、さっちゃんとその先輩、もみあっているうちに海に落ちちゃったの。でも、二人とも命に別状はなかったし警察沙汰《ざた》にもならなかったんだけど。……でも、さっちゃんもその先輩も、もう熱海にはいられなくなった。で、翌日には姿を消した」

「三角関係ってことは、もう一人いますよね？　その人は？」

「その人は、今でもしれっと定食屋をしているよ」

「え？　定食屋？」まさか……。

「そう。あなたが行った、定食屋のおっちゃん」

「えええぇ！」

「あの人、この辺じゃ有名なスケコマシだからさ。ちょいちょい事件を起こすのよ」

マジか。あのおじさん、まるで他人事《ひとごと》のように公賀さんのことを話していたのに。

……熱海にいられなくなった件の当事者だったんだ！

「あのおっちゃん、元はカメラマンだったみたいだけど大手芸能事務所のアイドルに手を出して、芸能事務所と懇意にしているヤクザに追いかけられるハメに。で、熱海のヤクザに泣きついたってわけ。つまり、ヤクザに中に入ってもらって芸能事務所と和解したの。多額の示談金を払ってさ。そのときに二度と東京には戻らないという誓約書も書かされて。で、今に至る……と」

全然、話が違うじゃない。なにが、〝縁〟よ。祐子は、脱力した。

「でも、女癖はなかなか直らない。あのおっちゃん、今もちょいちょい女関係で問題を起こしているよ。先月なんて、定食屋の客にまで手を出してさ。ちょっとした騒ぎになった。……あなたは、大丈夫だった？」

「ええ、まあ」

本当は、お勘定のときにちょっと手を握られたような気がした。気のせいかと思ったが、マジだったのかもしれない。祐子は、ウエットティッシュを取り出すと、触られた指先をそっと拭《ぬぐ》った。

「で、公賀さんなんですが。……その事件のあとは？」

「だから、熱海を出て行った」

「それからは？」

「分からない。……ああ、でも、もしかしたら、ジ、ジュン、ジュンちゃん、が知っているかも」

「ジュンちゃん？」

「タコ部屋の住人の一人なんだけど。一度、手紙が来たことがあってね、その手紙に、さっちゃんのことがちらっと書いてあって。その手紙、見る？」

「え？　いいんですか？」

「うん、いいよ。私も興味あるからさ。さっちゃんが、どうしてあんな死に方をしたのか。あなたのようなマスコミ、本当は嫌いだけど、でも、今回だけは協力してあげる。だから、さっちゃんの足取り、ちゃんと追ってあげて」

「……」

「じゃ、ちょっと待ってて。今、手紙を探してくるから」

それから十五分ほどが経った頃。

「あった、あった、これよ。十年前に来たやつよ」

言いながら、ヒロミさんが祐子に見せたのは、手紙というよりは、ダイレクトメールのような封書だった。青色のそれには、蓮《はす》の花と太陽が描かれている。……うん？天照蓮華教《てんしょうれんげ》？

「ジュンちゃん、なんだか変な宗教に入っちゃったみたいね。手紙には、汚れた世の中を清らかな太陽の光で照らしましょう……とか、前世の悪業を断ち切って輝かしい来世を手に入れましょう……とか。いったい、どこでこんなことになったのか」

ヒロミさんは、長いため息を吐《は》き出《だ》した。そして肩を竦めると、

「ジュンちゃんも、色々あったんだろうね。確か、ジュンちゃん、主婦だった。タコ部屋の中でも最年長で、『おかあさん』なんていうあだ名をつけられていた」

それって、まるで私だ。祐子は、わけもなく笑った。

「ジュンちゃん、今頃どうしているかな？」

言いながら、ヒロミさんが、祐子の手に手紙を握らせた。

「え？　でも——」

「いいよ、その手紙、あんたに預ける。だから、持っていって。……期待しているね」

＋

「私、マジでなにやってんだろう……」

祐子は、車窓に映る自身の姿に向かって、顔をしかめて見せた。

片道二千円近くかけてまで熱海に行って、見知らぬ二人から「期待しているね」なんて言われて。

「私のやったことって、もしかして詐欺行為なんじゃない？」

いや、でも、自分から「記者」とも「マスコミ」とも名乗っていない。相手が勝手に勘違いしたのだ。だから、私は悪くない。……たぶん。

「ほんと、なにやってんだろう」

祐子は、ヒロミさんから預かった手紙を改めて読んでみた。これで、三回目だ。

それは十五枚にわたる壮大な手紙で、その大半は、『天照蓮華教』という宗教の偉大さと教祖の素晴らしさを訴えるものだった。

『きっと、あなたも来世で光り輝く人生を掴むことができると思います。だから、今すぐ、覚醒《かくせい》してください。お返事、待ってます』

筆で書かれたそれは、まるで呪文《じゅもん》のようだ。こうやって持っているだけで、呪《のろ》われそうだ。……そうか。もしかしたら、ヒロミさんも同じことを考えて、これを私に押し付けたのかもしれない。

まるで、不幸の手紙じゃない。

祐子は、唇を緩ませた。車窓に、笑っている自分が映る。

っていうか。この手紙、「来世、来世」って。現世のことにはまったく触れていない。つまり、今生きている世の中では、輝かしい人生を掴むのは無理だってことなんだろうか？　現世の不幸は前世の報《むく》いだと、手紙にはある。つまり自業自得なのだから、どんな理不尽にも耐えろ……ということなのだろうか？

ここでも、自己責任。

思えば、私たち世代はずっとずっと言われ続けてきたように思う。「自己責任」。これって、いつから言われるようになったんだろう？　祐子はスマートフォンをカバンから取り出した。そして、〝自己〟と入力したところでアナウンスが響いた。

「次は小田原《おだわら》です」

行きは新宿駅から湘南新宿ラインに飛び乗ったが、小田急線を利用したほうが運賃が少し浮く。祐子は迷わず、小田原駅で降りた。

「やっぱり、あのまま湘南新宿ラインに乗っていたほうがよかったかな？」

夜の十一時過ぎ。ようやく自宅アパートに辿《たど》り着《つ》いた祐子は、玄関ドアを開けたとたん、へたり込んだ。

「まさか、小田急線で人身事故があるなんてね。そのせいで、二時間も立ち往生するなんて。……なんで、私の選択ってこうも悪い方ばかりなんだろう？」

これも、前世の報いなんだろうか？

なら、私、前世でいったい、どんな悪業を？

電車が立ち往生していた間、祐子は、ヒロミさんから預かった手紙を十回、繰り返し読んでしまった。そして、同封されていたパンフレットも三回、目を通してしまった。そのせいで、〝前世〟とか〝報い〟とか〝悪業〟とかが、頭の中に渦巻《うずま》いている。

「スマホの充電まで切れちゃってさ」

そう、スマートフォンの充電が切れてしまったから、仕方なく、手紙とパンフレットを繰り返し読んでいたのだ。だって、なにかをしていないと落ち着かない。なにもしないでぼぉーっとしていたら、きっと、みんな変に思う。……そんな強迫観念に囚《とら》われるようになったのは、いつ頃だろうか？　スマートフォンも携帯もなかった時代、私はどうやってああいう時間を過ごしていたんだっけ？　思い出せない。

いずれにしてもだ。今は、ひどく疲れている。もう限界だ。

祐子は、スマートフォンを充電器に接続すると、ベッドに倒れ込んだ。

7

「あ、しまった！　寝過ごした！」

スマートフォンを手繰《たぐ》り寄《よ》せ電源を入れると、〝8:37〟の表示。祐子は飛び起きたが、トイレのドアノブに手をかけたとき、ふと思い出した。

「そうか。私、失業中じゃん」

一気に脱力した。

とりあえず便座に座ってみるも、力は入らない。

「今日、なにをしよう？」

仕事を探すしかないでしょ！

用を足し終えると、祐子はとりあえず歯を磨《みが》いた。そして、薬缶《やかん》を火にかける。

そのガスの火を見ながら、祐子は泣きそうになった。

仕事なんか、見つかるはずがない。だって、この不景気。しかも、自分は正社員にもなったことがないまま四十を超えようとしている女だ。……そんな女を誰が雇ってくれるというんだろう？

いや、それでも仕事をしなくちゃ。貯金は二十万円もないのだ。一ヵ月無職のままだったら、間違いなく、来月の今頃は破綻《はたん》だ。

……もう、最終手段に出るしかないのだろうか？　祐子は、ベッドのすぐ横にある収納棚を見つめた。あの中に、バイト仲間の一人……馴れ馴れしくてうかつで無神経なクドウさんが無理やりくれた情報誌がある。いわゆる風俗専門の求人情報誌だ。あの子は「拾った」と言っていたが、嘘だろう。私に見つかって、咄嗟にそんなことを言ったのだろう。しかもあの子は、「これ、あげます」と、私に押し付けた。なんていう子だ。……が、それを素直に受け取ってしまった私も私だ。しかも、捨てられずにいる。

祐子は、棚を開けてみた。そして、それを引っ張り出してみたが――。

いやいや、無理だ。無理。

私には、無理！

情報誌を元の場所に押し込むと、祐子は大きくかぶりを振った。

とりあえず、今週いっぱいは全力で仕事を探そう。こんな時代だって、なにかしら仕事はあるはずだ。きっと、大丈夫。

薬缶を火からおろすと、いつものマグカップに注ぐ。白湯といえば聞こえがいいが、ただの〝お湯〟だ。

お湯を啜りながら、スマートフォンのメールをチェック。登録している派遣会社から、いくつか仕事の紹介がきている。が、どれも日雇い仕事で、荷物の仕分けとか梱《こん》包《ぽう》作業とか。あまり得意な仕事ではない。が、今はそんなことは言っていられない。祐子は、紹介されている仕事すべてにエントリーしてみた。反応はすぐに来た。が、すべて、不可。応募が殺到していて、公開した途端に埋まってしまうのだろう。……一足、遅かった。まあ、仕方がない。他の派遣を探すか……と、お湯が入ったマグカップを手にしたとき、テーブルの上のノートパソコンに焦点が合った。

「ああ、そういえば、昨日、ブログ、更新していない」

もしかしたら、更新を休んだのは初めてかもしれない。祐子は、慌てて、ノートパソコンを引き寄せた。

二十年間ブログをやってきて、はじめて、更新を休んでしまいました。なんだろう、この罪悪感。なにも強制されているわけでもないのに、ルーチンを一日でも止めると、なんとなく気持ち悪いものですね。

そういえば、昨夜は、歯も磨かずに寝てしまった。歯を磨かずに寝てしまうなんて、私の人生で、はじめてのことかもしれません

ここまで入力して、祐子は指に違和感を覚えた。

あ、そうだった！［！］キーが行方不明だったんだ！

本当に、どこに行ってしまったんだろう？　キーがなくても文字は打てるが、やはり、なにかと不便だ。でも、なくてもまあ、いいか。

祐子は、引き続き、キーを叩き出した。


昨日、熱海に行ってきました。

成り行きです。そう、成り行きで、電車に飛び乗ってしまったら、いつのまにか熱海に到着していたというパターン。

別に、自殺しにいったわけではありません（笑）

確かに、めちゃ詰んでいますが。

でも、まだまだ、抗《あらが》ってみたい。

だって、今死んだら、悔しいですからね。なんか、世間に負けたみたいで。

きっと、公賀沙知さんも、悔しかったんじゃないかな。あんな形で死んでしまったことが。

公賀沙知さんというのは、先日、西早稲田の公園で殺害された女性のことです。公賀さんとは面識はありませんが、何度か目撃していました。私がバイトしていたカフェで。しかも、私が通っているマッサージの担当さんが、公賀さんのかつての同僚で。さらに、私が今住んでいる部屋に、公賀さんも住んでいたようなんです。しかも、〝さっちゃん〟というそのニックネーム……。

ここまで偶然が続いたら、気になりますよね？　なにか〝縁〟があるんじゃないかって。その〝縁〟に引っ張られる形で、熱海まで行ってしまったというわけです。というのも、かつて公賀さんは熱海で働いていたことがあり、その足跡を追ってみたくなって。

自分でも、なにやってんだろう……とは思うんですが、なにかずっとずっと引っかかっているんですよね。

なんで、公賀さんは、あんな形で死ななくてはならなかったのか。

公賀さんの死は、なにか自分の行く末を暗示しているようで、見過ごせないのです。

もちろん、公賀さんと私とではまったく違います。

公賀さんはいわゆるバブル世代で、私は氷河期世代。まったくの正反対です。歩んできた人生もまったく違います。

でも、背景や経緯は違っていても、なにかのきっかけで同じような最期を迎えることになるんじゃないか？

そんな恐怖が、ここのところずっとつきまとっているのです。

だから、見極めたいのです。公賀さんの人生を狂わせた、きっかけを。

もちろん、それは好奇心でもあります。どんなに気取った言い方をしても、所詮、好奇心なのです。事件の当事者がどんな人生を送ったのか、それを知りたいと思うのは、下衆な野次馬根性に過ぎません。

でも、好奇心があるうちは、まだまだ大丈夫かな……という思いがあります。だって、まだまだこの世に執着があるってことですから。執着や好奇心がなくなったら、本当にヤバいときかもですね（苦笑）

とりあえずは、まだ、この執着と好奇心に寄り添ってみたいと思い

［M］キーに指を置いたときだった。

スマートフォンが鳴った。

見ると、ショートメールが来ている。さきほど、ダメ元で登録してみた派遣会社か

らだった。

『明日からの土日、短期のお仕事がありますが、いかがでしょうか？』

短期でも構わない、祐子はすぐに返事を出した。

「もちろん、ＯＫです！」

っていうか。明日、土曜日だったんだ。

そうか。……世の中的には、週末なんだ。

ま、私には関係ないけどさ。

祐子は、再びノートパソコンに向かった。

8

「嘘でしょ！」

そう言いながら駆け寄ってきたのは、

「え？　モリタさん？」

先日まで池袋の雑居ビルで一緒に入力の仕事をしていた、モリタさん？

祐子は、つい、体を引いてしまった。

が、モリタさんはぐいぐいと迫ってくる。

「いやだぁ。ぐっ、ちゃ、ん、もここに派遣されたんだぁ」

ぐっちゃんというのは、祐子のあだ名だった。苗字の〝関口〟をもじったものだが、こう呼ばれるのはあまり好きじゃない。というのも、小学校時代、苦手な同級生からもぐっちゃんと呼ばれていて、そいつのことを思い出してしまうからだ。

祐子は、さらに、もう一歩引いた。

「あたしとぐっちゃん、縁あるねー！」

「は……」

祐子は、無理やり笑ってみせた。

「で、ぐっちゃんはどこの売り場？」

「私は催事のヘルプで――」

祐子は、新宿から一時間ほどの場所にある、都下のスーパーに来ていた。週末だけの短期の仕事だが、日給は一万円と、まあまあいい。だから飛びついたのだが、今は少し後悔している。販売の仕事は、実はこれが初めてだ。カフェのバイトで接客業には慣れていると思っていたが、給仕と販売ではあまりに勝手が違う。注文されたものを運ぶのは得意だが、こちらからあれこれ売り込むのは、苦手だ。まだ三時間しか働いていないが、まるで何日間も強制労働させられているような疲労感。昼休憩に行っていいと言われたときは、オアシスに辿り着いた旅人の気分だった。

なのに、オアシスでまさかこんな邂逅《かいこう》があるなんて。祐子の疲労感が倍に膨《ふく》らんだ。

一方、モリタさんはこの邂逅を喜んでいるようで、女子高校生のような甲高《かんだか》い声で言った。

「催事かぁ。商品はなに？」

「……ランドセルです」

「ランドセルかぁ！　じゃ、楽勝だね。だって、客が向こうからやってくるじゃん？　今はランドセルの争奪戦がすごいからさ。うちの子供のときも大変だった。小学校入学の二年も前からランドセルのパンフレットをかき集めてさ。ラン活っていうんだけど、知ってた？」

「ええ、もちろん」本当は、つい三時間ほど前に知ったのだが、知っていて当然とばかりに祐子は無理やり笑った。

「ランドセルかぁ、いいなぁ。あたしなんて、食品売り場で豆乳ヨーグルト。全然人気なくてさ、誰も寄ってくれないのよ。まいっちゃう」

「は……」

「ぐっちゃんも、今から休憩？」

この流れでは、モリタさんと一緒にお昼をとることになる。なんとか、その流れを

断ち切れないだろうか。あれこれと思案していると、

「ね、あそこの席が空いている。行こうよ。ここ、すぐに満席になるからさ。空いたらすぐにとらないと」

と、モリタさんが祐子を休憩室の中に引《ひ》き摺《ず》り込《こ》んだ。


結局、モリタさんと一緒に昼食をとることになった。

モリタさんの前には酢豚定食。

祐子の前には焼き魚定食。

焼き魚はアジの開きだったが、ぺらぺらでぱさぱさしていて、ひどく味気がなかった。ご飯も味噌汁も味気がない。漬物も安っぽい味がする。それでも食べるしかない。五百円も払ったのだし、今、エネルギーを補給しておかないと、あと五時間、もたない。……ああ、あと五時間もあるのか……。祐子は、いつのまにか、ずしんと重たいため息をついていた。

「どうしたの？」モリタさんの顔が近づいてくる。

「いえ。……こういう仕事、初めてなもんで」祐子は、またもや無理やり笑った。

「え？　初めてなの？」

「はい。ずっと、事務職だったもんで」

「でも、カフェでバイトしているんでしょう？」

「同じ接客でも、全然違いますよ。もうくたくたです」

「まあ、確かに、あたしもはじめてこの仕事をしたときは、めちゃ凹《へこ》んだ。勝手は分からないわ、誰も教えてくれないわ、お客さんから叱られるわで、パニックになった。でも、二、三日もすれば慣れるよ。はじめだけだからさ」

「は……」

「あ、そういえば。例のホームレス」

「え？」

「だから、西早稲田で殺害されたホームレスの女性」

「ああ、公賀沙知さん」

「そう。その人を知っているって人に会ったよ」

「え？」祐子の声が、自然と弾む。

「あたしの隣で、ビタミン飲料を売っている人なんだけどさ。……そのビタミン飲料も全然売れてなくてさ、なんかかわいそうになって声をかけてみたのね。で、先日、たまたま休憩時間が一緒になったんで、こうやって定食をつつきながら世間話をしていたらさ……あ、噓。噂《うわさ》をすればなんとやらよ。ビタミンさんだ」

モリタさんが、箸で祐子の後ろを指した。振り向くと、白い三角巾《さんかくきん》をしたおばあちゃんが、トレイを持ってきょろきょろと席を探している。

モリタさんは箸を置くと、両手を大きく広げた。それに気がついたおばあちゃんが、「あらー」と、こちらに走り寄ってくる。トレイの上のうどんが大きく波打って、その飛沫《ひまつ》が、祐子の肩をかすめた。熱い！

が、祐子の声はおばあちゃんには届かなかったようで、おばあちゃんはトレイを乱暴にテーブルに置くと、

「あー、助かった。ありがとう豆乳さん」

豆乳さんとは、モリタさんのことなのだろうか？　そのモリタさんもおばあちゃんのことを「ビタミンさん」と呼んでいたが。

「ね、ビタミンさん。先日の話、この人にしてやってよ」

モリタさんが、箸を掴むとそれで祐子のほうを指した。

「先日の話って？」

「ほら。西早稲田で殺害されたホームレスの女性の話よ」

「ああ、ポップコーンさんのことね」

ポップコーンさん？

「彼女とはじめて会ったのは、二〇〇二年頃。勤めていた麻雀屋《マージャン》が潰れてこの仕事をはじめた年だから、あの頃のことは昨日のことのように覚えているの」

「っていうか、なんで、〝ポップコーン〟さんなんですか？」

「簡単よ。彼女、ポップコーンを試食販売していてね」

ああ、だから、ポップコーンさん。……どうも、この業界の人は、販売している商品をそのままあだ名にしているようだ。

試食販売は、大概、短期だ。短くて一日、長くて一週間。名前を覚える暇もない。だから、商品名やメーカー名でお互いを認識し合うのだろう。

「ポップコーンさんとは、そのあともちょくちょく顔を合わせてね。たぶん、元締めの事務所が同じだったんだろうね。最初に会ったのは吉祥寺《きちじょうじ》のスーパーだったんだけど、次に会ったのは所沢《ところざわ》のスーパー、そして三度目は八王子《はちおうじ》のスーパーだった。ポップコーンさんは毎回同じメーカーのポップコーンを売ってたんで、たぶん、専属だったんだと思う」

ビタミンさんはうどんに唐辛子をたっぷりとふりかけると、

「たぶん、メーカーのほうから指名されていたんだろうね。だって、ポップコーン、飛ぶように売れていたからさ。まあ、おまけにつられてだけど」

一旦《いったん》ここで言葉を止めるとビタミンさんは、うどんをずぅぅぅと啜った。

「おまけって？」モリタさんが口を挟んだ。

「あたしはよく分からないけど、子供に人気の、漫画の絵が描かれていたカードを配ってた。……ほら、覚えてない？　昔流行ったヤンキー漫画。えっと、確か……そうそう、『てっぺんエレジー』とかいうやつ」

「ああ、『てっぺんエレジー』、覚えてる！　めちゃ流行ったよね！　あたしも読んだことあるよ」モリタさんが箸を振り回した。

「でも、そのカード、どうも自腹で仕入れていたらしい」

「自腹？」今度は、祐子が口を挟んだ。

「そう。……まあ、契約にもよるんだけど、試食に使う食材やおまけなんかは、自腹のことがほとんどなのよ。時には、そっちのほうにお金がかかって、赤字になることもある」

「今、まさにあたしがそれよ」モリタさんが、大袈裟に頭を抱えた。「豆乳ヨーグルトの中に入れて試食させようと、イチゴやらジャムやらマンゴーやら買い込んだんだけど、それでもちっとも売れないのよ、あの豆乳ヨーグルト。マジ、赤字よ」

ってていうか、なんで赤字覚悟で、食材を買ったりおまけをつけたりするんだろう？本末転倒じゃないか。

祐子は、味気のない味噌汁を啜った。そして、

「公賀沙知さんは、そのときはどんな感じだったんですか？」

「元気はつらつ。毎回、誰よりも早く売り場に来て、楽しそうに試食の準備をしてい

た。『この仕事、天職かもしれない。この仕事が楽しくて仕方ない』とも言っていた。実際、売り上げも凄かったから、ギャラもよかったと思うよ」

「でも、試食販売って、ノルマ制ではないでしょう？　決まったギャラでしょう？」

酢豚のパイナップルを箸でよけながら、モリタさん。

「彼女の場合、たぶん、出来高制だったんだと思う」

「売った分だけ、給料が入る？」

「そう。だから、必死だったんだと思うよ。あとで知ったんだけど、おまけにつけていたカード、あれ、結構な値段するみたい。中には、高額なカードもあったりしたから、かなり自腹を切っていたんじゃないかな」

「じゃ、ギャラが良くても、プラマイゼロ的な？」

「もしかしたら、赤字になったこともあるかもね」

ビタミンさんが、意地の悪い顔で、うどんを勢いよく啜る。

「時々いるのよ。頑張りすぎちゃう人が。担当によく見られたい、褒められたい一心で、無茶する人が。……彼女は、その典型だったわね」

「どういうことですか？」祐子は、身を乗り出した。

「だから、ポップコーンさん、メーカーの営業担当さんにほの字だったのよ。というか、できていた可能性大ね。どうってことのない冴《さ》えない男だったけどさ、そいつが来るとポップコーンさんの顔がぱぁっと明るくなるわけ。声なんかも甘ったるくなってね、見ているほうが恥ずかしかったわよ。担当の男も男よ。左薬指に指輪をしていたから間違いなく既婚者。なのに、そいつもでれっと鼻の下を伸ばして、売り場で堂々とポップコーンさんの体を触ったりしていちゃついてるんだもの」

ビタミンさんは、ネギのかけらがついた歯を、品なく剝《む》き出《だ》しにした。そして、

「まあ、ダブル不倫ってやつね」

「え？」ダブル不倫？　ということは、「公賀沙知さんも、結婚していたんですか?!」

「うん。間違いない。だって、彼女も左薬指に指輪してたし。それに、確か当時は、〝ヤマガタ〟とかいう苗字だったはず」

「ヤマガタ……」

「子供もいたはずだよ」

「子供？」

「そう。娘さん。二〇〇二年でもうすぐ小学校入学って言っていたから、今は二十五、六歳じゃないかしら」

「娘さんがいたんですか」

「うん、そう。……そのあともポップコーンさんとはちょくちょく現場が一緒になったんだけど、あるとき指輪がなくなって、ああ、離婚したんだな……って。その頃か

ら、なんだか人が変わったようになっちゃって。あんなに元気だったのに、下を向きながらぶつぶつとずっとなにかを喋《しゃべ》っているの。なんかおかしいな……って思って。派遣所の所長に聞いたら、娘さん、施設にとられたんだって」

「施設？　どういうことですか？」

「たぶん、だけど。……児童相談所だと思う。なんか家庭で揉《も》め事《ごと》があったんだろうね。まあ、ダブル不倫しているぐらいだもん、破綻していたと思うよ。……もしかしたら、児童虐待とかもあったのかもね」

「それから公賀沙知さんはどうなりました？」

「風の便りでは、福島のほうに行ったらしい。そこで、同じような仕事をしているって」

「ポップコーンを売ってた？」

「ポップコーンかなにかは分からないけど、試食販売をしていたんじゃないかしらね。……ああ、そうそう。二〇一四年だか二〇一五年頃、立川《たちかわ》のスーパーで久しぶりに公賀さんに会ってね。『久しぶりですね』と声をかけられたんだけど、全然分からなかった。割と派手目の美人さんだったのに、すっかり変わっちゃって。なんていうか。……げっそり痩せちゃって。……そのときは、昔のようにポップコーンを売ってたわね。彼女言ってた。『ポップコーンを売っていると昔のことを思い出すんですよ。娘が好きだったんで』って。そして『いつかは娘を迎えに行きたいって思っているんです。だから、お金を貯めているんです』って」

＋

驚いた。

公賀沙知さんは結婚していて、どうやら娘もいたようなんです。

二〇〇二年当時で小学校入学前というから、今年二十六歳ぐらい。

なのに、なんで公賀沙知さんは、ホームレスになったのか。

ますます気になります。


祐子が、ブログの記事を更新したのは、二十三時五十九分。

ギリギリだ。日付が変わってしまったら、また、更新をサボったことになる。

……いや、サボってもいいのだけど。だって、誰が見ているわけでもないし、義務でもないし、ペナルティがあるわけでもない。

それでもやっぱり、更新しないと気持ちが悪いのだ。

気持ち悪いといえば。

いまだに［！］キーが出てこない。いったい、どこに行ってしまったのか。

いつものマグカップで白湯を飲んでいると、ブログの記事にコメントがついた。

「え？」

祐子は目を疑った。

「嘘でしょう？」

コメントがつくなんて、この二十年ではじめてかもしれない。ブログをはじめた頃はみんなに見られることを意識して、コメントも待ち望んでいたが、その望みはすぐに捨てた。別に、見られなくてもいい。これは日記なのだ。プライベートな日記なのだ……と言い聞かせ、二十年が経った。

そんなブログなのに、コメントがついた！

嬉しさよりも、部屋を覗き見されているような恐怖が先に立った。つい、きょろきょろと周囲を見回す。

「いや、でも。一応世界に公開しているブログなんだから、誰かしら見ているのは当たり前。狼狽《うろた》えるな、私」

祐子は、鳩尾《みぞおち》近くを軽く撫《な》でてみた。こうすると、不思議と気持ちが落ち着く。

「そうだよ。実際、アクセス解析を見てみると、一日十人程度は見に来ているじゃない。間違って来てしまった人ばかりだろうけど」

と、祐子は久しぶりにアクセス解析のページを開いてみた。その数字を見て、

「嘘でしょ！」

と、思わず、大きな声が出た。

「閲覧者、九百五十七人?!」

その数字がとても信じられなくて、祐子は、マグカップ片手に、部屋を歩き回った。

「なんで？　なにかの間違い？」

が、間違いではなさそうだった。今日だけではなくて、ここ数日のアクセス数が急激に伸びている。検索ワードを見てみると、『公賀沙知』『西早稲田』『殺害されたホームレス』というワードが並んでいる。

「そうか。公賀沙知さんの事件を調べようとした人たちが、私のブログに辿り着いてしまったというわけか」

つまり、それだけ、この事件は世間の関心が高いということだ。

そりゃそうだろう。だって、まだ犯人は捕まっていない。犯人はいまだに、どこかを普通の顔をしてうろついているのだ。気にならないはずがない。

それだけじゃない。どこかのニュース番組でもやっていたが、「#公賀さんは私だったかもしれない」というハッシュタグがＳＮＳで大量に拡散されているらしい。公

賀さんの痛ましい最期に、自分の人生を重ねる女性が多く存在すると。自分も、公賀さんのような最期を迎えてしまうかもしれないと。公賀さんはいまや、世のおひとりさま女性の不安の象徴になっていると。

「うん？」

祐子は、検索ワードの中に『氷と泡』という言葉を見つけた。『氷と泡』というのは祐子がつけたタイトル。最初に公賀沙知さんの記事をアップしたときにつけたものだ。氷河期世代の〝氷〟と、バブル世代の〝泡〟を意味したタイトルで、つまりそれは、自分と公賀沙知さんを表したものだ。以降、公賀沙知さん関連の記事は、『氷と泡2』『氷と泡3』……というように、シリーズ化して更新している。

「ということは、私のブログ自体が目的でアクセスしている人もいるってこと？」

正解だった。

コメントをつけた人が、まさにそうだった。

『はじめまして。「氷と泡」シリーズ、楽しみに拝見しています。楽しみ……というのはちょっと語弊がありますね。だって、人が一人亡くなったんですから。

それにしても、エリザベスさん――』

ここまで読んで、祐子は「あちゃー」と頭を抱えた。〝エリザベス〟とは、祐子のハンドルネームだ。特に深い意味はなく、なんとなくつけたネームだ。が、こうやって、エリザベスさん……と呼ばれると、とてつもなく恥ずかしい。背中がむずむずする。もっと違う名前にするんだった……。

『それにしても、エリザベスさんと公賀沙知さんの奇遇な〝縁〟に驚いています。公賀沙知さんが通っていたカフェでバイトをしていて、しかもエリザベスさんを担当しているマッサージ師さんが公賀沙知さんのかつての同僚。これだけでも凄いのに、なんと、エリザベスさんが住んでいる部屋に、かつて公賀沙知さんも住んでいたなんて！　さらにさらに、短期の派遣先で、昔の公賀沙知さんを知っている人に出会うなんて、ここまで来ると、偶然では片付けられません。まさに、〝縁〟ですね。

いいえ、〝縁〟以上のものかもしれません。

もしかしたら、エリザベスさんは、公賀沙知さんと同じ運命を辿っているのかもしれません。だから、公賀沙知さんと〝縁〟がある人と、エリザベスさんも自然と出会ってしまうんです。

心配です。

お気をつけて。』

いる。

「え？」

お気をつけて……って、どういうこと？

祐子は、マグカップを両手で包み込んだ。白湯はすっかり冷え、ただの水になって
祐子は、それを一気に喉《のど》に流し込んだ。

「つまり、私も、殺人犯に出会ってしまうってこと？　公賀沙知さんのように？」

そして祐子は、まさに氷のように固まった。

いやいや、そんなことはない。

だって、あっちはバブル世代。そして私は氷河期世代。その間には、フォッサマグナほどの深い溝がある。同じような運命を辿るはずがない。実際、辿っていない。

あっちは、広告代理店の正社員だったこともあるようだが、私なんて一度も正社員になんてなったことがない。あっちは（騙された結果としても）性産業に足を突っ込んだが、私はまだ踏みとどまっている。あっちは結婚して子供も儲けたようだが、私は非モテのおひとりさま一筋だ。

まったくの対極だ。

馬鹿馬鹿しい。

ただ、ちょっと偶然が重なっただけ。それを〝縁〟で片付けないでほしい。

ほんと、馬鹿馬鹿しい。

祐子はノートパソコンをパタリと閉じると、そのままベッドに転がり込んだ。

はあ。明日もまたランドセルを売るために、一日中、立ちっぱなしか。

は……。疲れた。ってか、お腹すいた。そういえば、今日、夕飯食べてない。コンビニでいつものたまごサンドと野菜ジュースを買ってきたけれど。

……酢豚食べたい。

9

「お疲れ」

職場の休憩室、モリタさんに声をかけられた。

「え？」

見ると、モリタさんが昨日と同じ酢豚定食のトレイを持って立っている。

モリタさんとも、こうやってよく遭遇する。これも〝縁〟というやつだろうか。

……いや、違う。モリタさんのほうが、積極的にこちらに近づいてくるのだ。〝縁〟というより、つきまといだ。

「あれ？　ぐっちゃんも酢豚定食？」

言われて、祐子は咄嗟にトレイを自分から遠ざけた。

「いえ、……その」

自分でもなぜ酢豚定食にしたのかは分からない。もしかしたら、モリタさんの影響があったのかもしれない。でも、そんなことは口が裂けても言いたくない。

「隣、いい？」

「え。……はい、どうぞ」

ダメですなんて言えるはずもなく。祐子は、椅子ごと少し右側に体を寄せた。が、モリタさんが座ったのは、右側の席だった。

「あたし、相手が左側でないとダメなんだよね。……右の耳、聞こえないから」

「え？」

「鼓膜がちょっとね」

鼓膜？　病気？　事故？　なんて返したらいいのか分からず、曖昧な表情を浮かべていると、

「旦那にね、殴られて」

「旦那って……」

確か、モリタさん、シングルマザーだったんじゃ？

「正式には離婚してないのよ。旦那から逃げている状態。……今、こうしていても、旦那に見つかるんじゃないかって。つい、後ろを確認しちゃう」

「……え、旦那さんにストーキングされているんですか？」

「ま、今は見つかる心配はないんだけど。だって、あいつ、今刑務所の中だからさ」

「………」

祐子は、またもや返す言葉を失った。

「あたしが警察に突き出したの。だって、本当に殺されそうになったのよ。子供も危なかった。だから、殺人未遂。七年の刑がくだった。あと三年は刑務所の中」

「それでも……」祐子は、声を絞り出した。「それでも、離婚はしないんですか？」

「子供は離婚しろっていうんだけどさ。……なんかさ。刑期が明けて娑婆《しゃば》にでてきたとき、帰る場所がないのはちょっとかわいそうかな……って」

「は？」

「だって、あいつ、親にも見捨てられちゃってるから、ほんと、帰る場所がないのよ。だから……」

それって、もしかして、ＤＶ夫に未練があるっていうこと？　つまり、共依存ってやつ？

「まあ、バカな話だってことは分かっている。でも、あいつ、法廷でわんわん泣くのよ。悪かった、悪かった、許してくれって。土下座までして。……まあ、根はいい人なんだよね、あいつは。酒が入るとアレだけど。……よくある話よ」

「……」

「ああ、そんなことより。例の殺されたホームレスの女性」

「公賀沙知さんですか？」

「そう、その人。記事になっていたよ。ほら、これ」

言いながら、モリタさんは私物用の透明バッグから週刊誌を引き抜いた。

『週刊トドロキ』だ。主《おも》に男性を対象にした週刊誌だ。

「旦那が毎週買っていた週刊誌だからさ、あたしもつい買っちゃうの。で、昨日、キヨスクで買ったんだけどね、ほら、見て、この見出し」

モリタさんが、表紙の上のほうに指を置いた。

『路上で殺害された女性ホームレスの悲劇』

その見出しにつられ、祐子の手が、つい伸びる。

「いいわよ、それ。あげる」

「え？」

「あたしはあらかた読んだし。どうせ捨てるやつだから」

そんなことを言われて、じゃ遠慮なく……とほいほい手にするのも、なんだか癪《しゃく》に障《さわ》る。まるで、自分がこの事件にめちゃくちゃ興味を持っている下世話な女のようで。

「ほら、いいからいいから」

モリタさんがぐいぐいと、週刊誌を押し付けてくる。

「あ、じゃ、遠慮なく」

祐子は、圧に負けて仕方なく……という体《てい》で週刊誌を引き寄せた。

「そんなことより、なんかあった？」

「え？」

「だって、せっかくの酢豚定食をそのままにして、じっと遠くを見ているからさ」

「いえ、その……」

「売り場でいじめられた？」

「え？」

「あの催事の担当、パワハラで有名な人なのよ。実は、あたしも一度、あの催事担当に当たったことあるんだけど。マジで酷かった。あたし、生まれてはじめて人前で泣いたわよ。旦那に殴られたときだって泣いたことがないのに」

確かに、あの担当は意地悪だけど。

「いえ、今のところ、いじめはありません」

「じゃ、なんで黄昏《たそがれ》てんの？」

それは……。

公賀沙知と自分の〝縁〟がリンクしている、つまり私もいつかは殺されるのではないか？　そう指摘されたことが、昨夜からずっと引っかかっている。

「まあ、ぐっちゃんの気持ちも分からないではない。だって、顔見知りだったんでしょう？　ホームレスの女性とは」

「顔見知りってほどでは。カフェのスタッフと客という関係ってだけで」

「立派な〝顔見知り〟よ。あたしだったら、一ヵ月は引きずるな。だって、ただ死んだってわけじゃないんだよ？　殺されたんだよ？　しかも、犯人、まだ捕まってないんだよ？　もしかしたら、その犯人とばったり出会っちゃうかもしれないじゃん」

「え？」祐子は持っていた箸をぽろりと落とした。

「嘘、嘘。今のは冗談。……でもさ、今朝、ニュースでやってたけど、防犯カメラの映像が公開されてた」

「防犯カメラの映像？」

「そう。殺害現場近くのコンビニの防犯カメラの映像。だから、犯人逮捕も近いんじゃない？」

「犯人が映ってたんですか？」

「はっきりとではないんだけど、それらしき人が映ってたね。わざわざ映像を公表したってことは、犯人の可能性が高いんだろうね」

「それは、どんな映像ですか？」

「朝の支度をしながらちらっと見ただけだから、よく分かんないけど。あたしには女の人に見えた」

「女の人？」

「もちろん、テレビでは女とは一言も言ってないけど。ほら、そういう先入観って邪魔になるじゃん？　もしかしたら男の人が女装していただけかもしれないし。……でも、あたしには間違いなく、女に見えたな」

「どんな女の人？」祐子は、落とした箸もそのままに、身を乗り出した。

「いやだ、どうしたの、ぐっちゃん。そんなに興奮して」

「いえ。……あ、なんかすみません。やっぱり、他人事《ひとごと》とは思えなくて」

「分かる、分かる。だよねぇ。……あ、見て」

モリタさんが、唐突に、右斜めを指さした。指の先には、テレビモニター。お昼のワイドショーが流れている。

「ほら、今、ちょうどやっているじゃん、ホームレス殺害事件のこと。きっと、例の防犯カメラの映像も紹介されると思う」

モリタさんの予言はあたり、数分後、防犯カメラの映像がモニターに大写しになった。

「いやだ。こうやってちゃんと見ると、割と鮮明に映っているじゃん。夜に撮ったやつなのに、最近の防犯カメラはすごいね」

箸の間に酢豚を挟んだまま、モリタさんが興奮した様子で言った。

祐子も、箸を握り直すと、酢豚をつまんだ。

「本当ですね。公賀沙知さんの顔もくっきりと映ってますね。……でも、犯人の顔は分かりませんね。背中しか映ってない」

「なんか、赤っぽいジャージ着てるね。ジョギングかなにかをしている途中って感じに見える」

「服装からは女性か男性かは分かりませんね」

「うそ。あれ、どこから見ても、女じゃん」

「そうですか？」

「いやだ、分からない？　女だって、女！」

モリタさんは、ペンライトを振るかのように箸を大きく振り回しながら自身の意見を主張し続けた。……これだから、この人は苦手なんだよな。絶対、自分の意見を曲げない。それが、単なる思い込みだとしても。

「……そうですね。女かもしれませんね」

祐子は、仕方なくモリタさんの主張を呑《の》み込《こ》んだ。でなければ、酢豚のタレがこちらに飛んできそうだ。

「でしょう？　女でしょう？　女よ、女に決まってる」

「女だとしたら。……いったい、誰なんでしょうか？　なんだか、公賀沙知さんと話し込んでいるようですが」

「ただの通りすがりか、それとも顔見知りか。いずれにしても、あの女が犯人だと思う。……うん、間違いない」

＋

「嘘！　一万を超えている！」

自宅に戻ると、祐子は早速パソコンを立ち上げた。そして、真っ先にブログのアクセス数を確認してみた。

検索ワードのトップは『氷と泡』。つまり、大多数の人は、祐子のブログを直接検索してやってきていることになる。

つまり、一万人超えの人が、祐子のブログを認知しているということだ。ただの通りすがりではない。

指が震える。祐子は、学生時代に友人に誘われて行った、なんとかというバンドの武道館コンサートを思い出していた。武道館は想像以上に大きくて、身震いした。そして、続々と入場する観客の多さに眩暈《めまい》を覚えた。

そう、一万人とは、それほどの数なのだ。つまり祐子は、満杯の武道館の舞台に立っているようなものなのだ。

「嘘でしょう……」

一週間前までは、十人いるかどうかだった客席が、一万人で埋まっている。

「これが、バズる……ってやつか」

言葉はよく目にするが、自分とは関係ないことだと思っていた。当事者になるなんて夢にも思っていなかった。

しかも、コメントがこんなにたくさん。

中には、メディアの名前も。

「嘘。日界《にっかい》新聞からコメント？」

祐子は、思わず正座した。日界新聞といえば、全国紙のなかでも老舗《しにせ》じゃない！

『はじめまして。日界新聞社会部の高崎千佳子《たかさきちかこ》と申します。ブログ、興味深く拝見しました。公賀沙知さん、お子さんがいらっしゃったんですね！　それはどこからの情報でしょうか？　詳しく教えていただけたら幸いです。メールアドレスを貼り付けておきますので、ご連絡をお待ちしております』

祐子は、すかさずそのメールアドレスをクリックした。メールソフトが立ち上がる。

いやいや、ちょっと待って。もしかしたら、ただのイタズラかもしれない。なりすましかもしれない。詐欺師かもしれない。

そう思い直し、メールソフトをいったん、閉じた。

そうこうしていると、新たなコメントが届いた。

『はじめまして。公賀沙知さんとは以前、少しだけ一緒に仕事をしました。亡くなったというニュースを聞いてとても驚いています。あなたの記事を読んで、色々と思い出しているところです。ただ、あなたの記事には少し誤りがありますが。

香川順子（ハーリーティー）』

「うん？　香川順子？　この名前……」

見覚えがある。最近、見たような気がする。……えっと。

「あ。ヒロミさんから預かったあの手紙だ！」

祐子は、熱海で出会った猫カフェのオーナー……そう、ヒロミさんから預かった手紙を思い出した。

まさに、目の前にある。カバンから取り出して、捨てようかどうか迷った結果、座卓の上に放置した格好だ。

祐子は、封筒をひっくり返してみた。

『東京都立川市……　　香川順子』

10

『え？　あなた、あのブログの人？　「氷と泡」の？　……まあ、わざわざお電話をいただきまして、恐縮です』

スマートフォンから聞こえてくるその声は、いかにも優しげで上品で、つい、心が解《ほど》けるようだった。

祐子は、手紙に記されていた番号に電話していた。自分でもずいぶんと大胆な行動だと思った。いったい、どこからそんな行動力が？

「でも、どうして私の電話番号を？」

「実は——」祐子は、ヒロミさんから手紙を預かった経緯を簡単に説明した。その手紙には、固定電話の電話番号も記されていた。「で、私のブログのコメントに、その手紙の送り主であるあなたの名前を見つけまして。それで、ご連絡差し上げました」

『まあ、それで、わざわざお電話を？』

その口調は相変わらず優しげだが、なぜ電話なのだ？　コメントに返信すればいいいだけの話じゃないか？　というぼやきが少しだけ滲《にじ》んでいるように思えた。

そりゃそうだろう。だって、今は夜の十時半。知らない人に電話をするような時間ではない。

『それで、どのようなご用件でございましょうか？』

問われて、

「コメントの内容が気になりまして——」

『あ、なにか、気を悪くされました？』

気を悪くするというより、気になるじゃないか。『あなたの記事には少し誤りがありますが』なんて指摘されたら。

だからといって、なにも電話までする事はなかったと、祐子は後悔を覚えていた。

なぜ、電話なんかしてしまったんだろう？　しかも、固定電話に。そうだ、コメントに返信すれば済むことじゃないか。

「すみません。コメントに返信します。では、これで――」

『ちょっと待ってください。せっかくなので、今ここで、あなたの誤りを正したいと思います』

「あ、はい。……よろしくお願いします」

『公賀沙知さんは、ホームレスなんかじゃありません』

「は？」

『たまたま、外で寝泊まりをしていただけです』

「それを、ホームレスというのでは？」

『いいえ。私たちにとって、地球そのものが〝ホーム〟つまり、〝家〟なのです。ですから、この地球に住んでいる限り、〝ホームレス〟、つまり〝家がない〟という人はいないのです』

「………」

祐子は、先ほどとは違った意味で後悔していた。ヤバい、……この人。

『それに、〝公賀沙知〟という名前も、厳密には間違っています。〝ヤクシー〟というセント・ネームが、彼女の本当の名前です』

セ、セント・ネーム？　つまり、キリスト教でいうところの、クリスチャン・ネーム的な？

ってていうか、ヤクシーって？

祐子は、スマートフォンをスピーカーモードにすると、空いた手でノートパソコンを引き寄せた。続けて〝ヤクシー〟と検索。検索結果は、

夜叉《やしや》？　……阿修羅《あしゆら》？

『彼女にぴったりのセント・ネームです。私がつけたんです。だって、彼女を折伏《しやくぶく》したのは私ですから。だから私は、彼女にとって〝親〟も同然。名付け親になるのは自然なことなのです』

「折伏？」

『折伏とは、その人の過ちを悟らせ、正しい道に導くことです』

「つまり、宗教に勧誘したってことですか？」

『まあ、下世話に言えば、そういうことです』

「折伏は、熱海で一緒に働いていたときですか？」

〝熱海〟という言葉に反応したのか、香川順子の息遣いが荒くなった。もしかしたら、熱海のことはあまり思い出したくないのだろうか？　そりゃそうだよな……。だって、熱海ではいかがわしいことをさせられたのだ。いってみれば黒歴史だ。できれ

ば葬ってしまいたい記憶だろう。

「あ、なんかすみません」祐子は、反射的に謝った。

『なんで、謝るんですか？』

「いえ、その……」

『それにしても。あなたはなぜ、公賀沙知《ヤクシー》さんのことがそれほどまでに気になるんですか？』

「ブログでもちらっと書きましたが、公賀沙知さんにどうしても引き寄せられて……。というのも、あまりに偶然が重なって……」

『ええ、読みました。怖いぐらい、偶然が重なったようですね』

「そうなんです。めちゃくちゃ〝縁〟があるんです。だから、公賀さんがどうして亡くなったのか気になって仕方ないんです」

『それは、〝縁〟というより、シンクロでしょうね』

「シンクロ？」

『そうです。あなたの魂とヤクシーさんの魂が、共鳴しているのです。共鳴以上のものかもしれません。あなたたちの魂は、同一なのかもしれません』

「同一？」

『そう。簡単に言えば、鏡の向こう側とこちら側。あなたとヤクシーさんは、別々に見えて、実は同じ魂を共有しているのです』

「まさか。だって、公賀さんと私とでは、年齢も違いますし、今まで生きてきた人生もまったく違う。……同じはずありません」

『そういうことではないのです。……ああ、もうこんな時間。勤行《ごんぎょう》の時間なので、もう電話を切っていいでしょうか』

「あ、なんかすみません」

『あなた、謝ってばかりですね。そういうところも、ヤクシーさんに似ています。あの人の口癖も、〝すみません〟でした。やはり、同じ魂を共有している可能性があります』

〝すみません〟が口癖の人なんて、この世にはごまんといる。だったら、なに？〝すみません〟が口癖の人は、みな魂を共有しているってことなの？　はっ、馬鹿馬鹿しい。

もういい。おしまいにしよう。「では、失礼しました」と電話を切ろうとしたそのとき、

『明日、お暇《ひま》ですか？』

「え？」

『もし、お暇なら、直接お会いしませんか。ヤクシーさんのことをお知りになりたい

んでしょう？』

公賀沙知のことは知りたい。でも、直接会うのは……。だって、なんだかんだと勧誘されそうだ。一度、西新宿で新興宗教の勧誘にあったことがある。ものすごい迫力と執念だった。どんなに断ってもスッポンのように食いついてきた。その状況から一刻も早く脱したくて、つい、誘いに乗りそうになってしまった。あのとき、待ち合わせの相手が現れなかったら、今頃……。

そう、折れちゃいけないんだ。ねじ伏せられてはいけないんだ。

祐子は姿勢を正すと、

「あ、すみません。……当分は仕事が忙しくて」

そうして祐子は、「すみません」を三回ほど繰り返しながら、電話を切った。

三章

「あら、いらっしゃい」

玄関ドアの隙間からのそりと現れたその女性は、想像していたイメージとは少し違っていた。

赤紫色の上下のスウェット。まるで、今からジョギングにでも行くおばあちゃんのようだ。

戸《と》谷《たに》つぐみは、警戒を少しだけ緩めた。

「あらあら、あなたが、彼女のお子さん？」

つぐみは、ゆっくりと頷いた。

「でも、なんで、〝戸谷〟？」

「通名みたいなものです。母の苗字はどうしても使いたくなくて」

つぐみの記憶に、母親の姿はない。記録によれば小学校に上がる少し前、六歳のときにつぐみは施設に預けられた。

よそ行きの青いワンピースを着てランドセルを背負った女の子。

鏡に映る自分の姿が、つぐみの最初の記憶だ。それ以前の記憶はまったくない。

「辛《つら》いことは全部忘れちゃったのね」

施設の人たちは口々にそう言った。

辛いこと？　なんのことか分からない。

「あの子、母親からひどい虐待にあっていたんだって。で、児童相談所に保護されたらしいわよ」

そんなことを噂しあっていたのは、小学校の先生たち。

そうか。母親に虐待されていたのか。

でも、記憶にない。まったくない。

だから、母親を恨めしいと思ったことはない。涙がにじむほど目を瞑《つぶ》って当時の記憶を探ってみても、母親の記憶は欠片《かけら》さえも見つからない。それが悲しいとか悔しいとか思ったこともなかった。母親を思って泣いたこともなければ、怒ったこともない。

そんなつぐみに、母親の存在を突きつけてきたのは、ネットニュースだった。

『西早稲田の公園でホームレスの女性が遺体で見つかった事件で、女性の身元が分かりました。女性の名前は公賀沙知さん（57）で――』

公賀沙知。その名前は、戸籍謄本を取り寄せるたびに目にした。〝母〟の欄に記されている名前だ。

同一人物だろうか？　別人だろうか？

気がつけば、つぐみは警察に問い合わせていた。

「もしかしたら、私の母親かもしれません」

なぜそのような行動に出たのか、自分でも分からなかった。記憶にもない母親なのに。自分を虐待していた母親なのに。会いたいと思ったこともない母親なのに。

〝縁〟が切れた母親なのに。なぜ、自らその〝縁〟を手繰り寄せてしまったのか。

しかも、こうやって母親の足跡を追って、立川なんていう、今まで行ったこともない街にまで来てしまった。

「……あなたが、香川順子さんですか？」つぐみは、恐る恐る、視線を上げた。

「はい、そうですよ。私が、香川順子です。……まあ、仮の名前ですが」

「仮の名前？」

「本当の名前は、ハ、ハーリ、リ、ーテ、ティ、ィーといいます」

「は……」

なんて返せばいいのか分からず、つぐみは再び目を伏せた。

「まあ、こんなところではなんですから。さあさあ、お上がりください」

通されたのは、だだっぴろい和室だった。旅館の宴会場ほどの広さがある。前方には、お葬式のような祭壇。その中央には、太陽を象《かたど》った金色の彫刻。

……お寺？　いや、お寺とも違う。なにより、このハーブの香り。お寺というより、スパのようだ。

「メールをいただいたとき、とても驚きました。まさか、ヤクシーさんのお子さんから連絡をいただくなんて」

ヤクシー？

「あ、公賀沙知さんのセント・ネームです。分かりづらいですか？　ならば、公賀沙知さんとお呼びしましょうかね」

「それで、お願いします」

「で、私のことはなんで知ったんですか？」

「ブログ。……一般人がやっているブログがあるんですが、それで知ったんです」

「もしかして、関口祐子さんかしら」

「あ、名前までは分からないのですが――」

「『氷と泡』？」

「あ、はい、そうです。そんなタイトルのブログの記事を見まして、香川さんのことを知ったのです」

「やっぱり」

香川さんは、大袈裟に肩を竦めてみせた。

「あのブログには迷惑しているの。私のことも書かれていて。それと分かるように具体的に」

確かにあの記事は分かりやすかった。もちろん匿名ではあるが、地名や宗教名などはズバリと書かれていた。しかも、リンクまで貼られていた。きっと、たくさんの人が、あのリンクを踏んだことだろう。

つぐみもその一人だった。

つい、そのリンクをクリックしてしまった。現れたのは『天照蓮華教』という名の宗教法人のサイトだった。

そして、訳のわからない震えがやってきて、つぐみはまたもや衝動的に、そこに記されていたアドレスにメールを送っていた。

『私は、公賀沙知の娘です。でも、母の記憶はありません。母のことを教えてください』

母のことを知りたい？　そんなこと、一度も考えたことはなかったのに。なぜ、そんなメールを送ってしまったのか。

まるで、自分の中に、もう一人自分がいるような感覚だった。そのもう一人の自分が、自分の後ろに回り、二《に》人《にん》羽《ば》織《おり》のごとく自分を操っている。

それとも、もう一人の自分こそが、本当の自分なのだろうか。自分が封印した、本物なのだろうか。

分からない。分からないが、もう、成り行きに任せるしかない。

「あなたからメールをいただいたとき、とても驚きました」お茶を運びながら、香川さんは言った。「……あなた、お幾つ？」

「二十六歳です」

「二十六歳？　ということは――」指を折りながら、香川さん。そして、「一九九六年生まれ？」

「はい」

「ああ、そうだったわね」香川さんが一瞬、複雑な表情をしてみせた。「そうそう。……公賀さんが入信する前だったわね」

「母は、こちらに入信していたんですか？」つぐみは、視線だけで、太陽の彫刻を指した。

「ええ、立派な信者さんでしたよ」

「入信は、いつですか？」

「ちょっと、待っててね」

香川さんが、フットワーク軽く部屋を出て行った。

一人残されたつぐみは、出されたお茶を啜ってみた。

不思議な香りのお茶だ。緑茶とミントと……ローズヒップも入っているのだろうか。その味は舌が痺《しび》れるほど酸っぱい。

それにしても、本当に広い部屋だ。自分が今住んでいる部屋の五倍はありそうだ。家そのものも立派だし。門から玄関までのアプローチも距離があって、なにやら高級料亭のような趣だ。

ここ、香川さんの持ち家なのかな？

『氷と泡』というブログによると、香川さんはかつて、母と同様、熱海でタコ部屋に詰め込まれて、コンパニオンという名の売春をさせられていたという。母がどうしてそんなことになったのかはまだ分からないが、香川さんもなぜ、そんなことになったのだろう？　そして、そこまで堕《お》ちたのに、こんな立派な家に住めるようになったのは、なぜ？

宗教のおかげ？

想像するに、香川さんは『天照蓮華教』の中では高い地位にいるようだ。『天照蓮華教』の代表メールアドレスと直接つながっているほどには。

「お待たせしました」

香川さんが戻ってきた。そして、分厚いファイルを数冊、どさっと畳の上に置いた。続けて、

「えっと、確か、公賀さんは——」と、ファイルの一冊をめくり出したところで、

「香川さんは、なぜ、熱海に？」

と、つぐみは質問してみた。

「え？」

香川さんの目が、少し釣り上がった気がした。

「あ、すみません」咄嗟に謝ると、「……『氷と泡』というブログに、そんなようなことが」

「本当にあのブログは、迷惑です。他者《ひと》のプライバシーにことごとく踏み込んで。……ジャーナリストのつもりなんでしょうかね。ただの素人《しろうと》なのに。素人はひっこんでろって」

宗教家とは思えない辛辣《しんらつ》な言葉に、つぐみは思わず笑った。

「あら、なにか？　私、おかしなこと言いました？」

「いいえ。うちの職場の先輩がよく口にする言葉だったんで。『ひっこんでろ』って」

「あら、いやだ。私、そんなこと、言いました？」

「はい」

「いやだ、恥ずかしい。私もまだまだですね……。まだまだ、魂が浄化されていないようです。修行が足りない」

香川さんは、昭和の少女漫画の脇役《わきやく》のように、ぺろっと舌を出した。そして、「なんで、私のことを知りたいんです？」

「いえ。……ただ気になって」

「どうして？」

香川さんの視線が迫ってくる。その視線は、つぐみの内面の奥底まで覗き込むようだった。

「私も、風俗で働いているんです」覗き込まれる前に、つぐみは自ら白状した。「大《おお》塚《つか》のピンサロで」

「大塚の……ピンサロ？」香川さんが、大袈裟に肩を竦めた。

「ピンサロって、あなた。……あなたぐらい若ければ、同じ風俗でももっとマシなところがあるでしょう？」

香川さんは、〝ピンサロ〟がどういうところか知っているようだった。

「うちには、風俗業で働いていた人が結構いますからね。ソープ、イメクラ、そして一番多いのはデリバリー。……言っちゃ悪いけど、ピンサロなんて、底辺のそのまた底辺じゃないですか。しかも、大塚のピンサロは、低料金で有名。労働の割には、お給料だって少ないでしょ？　まさに――」

性奴隷。それは分かっている。でも、仕方なかったんだ。だって――。

「玄人《くろうと》は、ピンサロなんかでは働かないものなんだけど。……もしかして、あなた、求人広告に騙されちゃいました？」

その通りだった。キャバクラのホールでの仕事……という求人チラシを信じて面接に行ってみたら、ピンサロだった。その後は、ずるずると。

「私も似たようなもんですよ」香川さんは、また、ぺろりと舌を出した。

「あのときのことは、よく覚えてますよ。きっと、ほかのことはすべて忘れても、あのときの記憶だけは残ると思いますよ。だって、私と『天照蓮華教』を結びつけてくれた出来事ですから」

そうして、香川さんは自身のことを語りはじめた。

＋

一九九四年、当時、私は三十六歳。小石川《こいしかわ》の小さな印刷会社に嫁《とつ》いで十年目。会社とは名ばかりの、本当に小さな印刷屋で。チラシとか同人誌とか、そんなものを印刷していた。従業員はバイトの女性二人。お姑さんが輪転機を回し、夫が営業に出て、そして私が経理。絵に描いたような零細企業。

それでも、バブルの頃は羽振りがよくてね。多い時で年商三億円は超えていたと思う。夫は高級時計をいくつも持っていたし、私も新年ごとにエルメスの財布を買い換えるほど、景気がよかった。「どうかお金を借りてください」と毎日のように銀行員もやってきて。銀行員の誘惑に負けて、夫は二十億円を借り入れた。それで、自社ビルを建てたの。後楽園《こうらくえん》駅から徒歩五分の一等地、八階建てのビルが建ったのは、一九九〇年の春。一階と二階は作業場、三階から七階が賃貸マンション、そして最上階が私たちのマイホーム。

少しずつ歯車が狂い出したのは、まさに、ビルが竣工したその年。出入りしていた銀行員がよく口にした「総量規制」という言葉が、呪文のようだった。まさに、バブル崩壊のスタートね。でも、印刷業界の好調は続き、むしろ、手に負えないほど仕事は舞い込んだ。バブルの崩壊なんて、他人事のようだった。

そんなことより、我が家《わや》の問題は、姑の不機嫌と、そして長男が小学校受験に失敗したこと。特に姑の不機嫌は深刻で、それまでの穏《おだ》やかな性格が嘘のように過激になった。長男の受験の失敗も「嫁のおまえが悪い」と散々、口汚くなじられた。そんな中、私は二人目を妊娠。つわりが酷く、立っているのもやっとなのに、姑は「働け、働け」と鞭《むち》をふるう。出産してからも酷くて、「あの子供は他の男の種だ」なんて、真っ赤な嘘を夫や近所の人に言いふらす始末。……今思えば、認知症のはじまりだったのね。でも、当時は、そんなことはつゆほどにも思わず。夫なんて、「母さんがあんなふうになったのはおまえのせいだ」と私を責めるばかり。私も私で、ストレスでおかしくなっちゃって、過食と浪費に逃げた。気がつけば、ホストクラブ通い。生まれたばかりの赤ん坊を置いて、会社の売り上げを握りしめて、歌舞伎町《かぶきちよう》に通ったものよ。

一億以上は使い込んだと思う。

それでも足りなくて。サラ金にも手を出した。ついには、取り立てのヤクザが会社にもくるようになって。

姑にはなじられ、夫にも責められ、長男には反抗され、赤ん坊も泣いてばかりで。ほんと、なにもかも嫌になっちゃったの。

で、ある日、家にあるだけのお金を持って衝動的に家を出た。北海道から沖縄まで、ぶらぶらと一人旅。そんなあてのない旅が一ヵ月ほど続いたところで、お金が尽きた。そんなときよ。ふと手にした求人情報誌に、『リゾートで遊びながら稼ごう』というようなコピーを見つけたのは。

私は、飛びついた。

面接会場が、中野《なかの》サンプラザってところにも惹かれた。中野サンプラザといえば、私の青春そのものだもの。学生時代、私、あるバンドの追っかけをしていてね。中野サンプラザにはよく行ったものよ。

それに、中野サンプラザっていえば、公共施設。そんなところで面接するということは、間違いのない会社なんだ……って思った。もしかしたら、中野区が募集しているのかも……とすら。

でも、全然違った。それは、面接会場に入った瞬間に分かった。身なりはちゃんとしているんだけど、眼光が堅気ではない男たちがずらりと。彼らは面接に集まった私たちを、卸市場に並ぶマグロを品定めするように、ギラギラとした目で見つめていた。そして、私たちを横一列に並ばせて、

「スリーサイズは？」とか「体重は？」とか「セックスは好き？」とか、そんな質問を次々と投げかけたの。

そのとき気がついた。中野サンプラザというブランドに、騙されたって。今なら、暴対法も厳しくなって、そんな怪しい人には施設は貸さないんだろうけど、当時はなんでもありだったんでしょうね。手続きを踏めば、誰にでも貸していたんだと思う。公共の施設なんだから。

それでも、私は認めたくなかった。私が騙されるはずがない。この人たちはちゃんとした会社の人に違いない……って。正常性バイアスってやつよ。

もっといえば、私も、面接会場に足を踏み込んだ時点で、あの人たちの協力者になってしまっていたのかもしれない。ストックホルム症候群に似たような心理状態よ。

＋

「せいじょうせいばいあす」「すとっくほるむしょうこうぐん」

つぐみは、香川さんの言葉を追うように、メモに書き殴った。

「意味、分かります？」

と、香川さんがそのメモを覗き込んだ。

実を言うと、香川さんの早口に、ついていけてない。つぐみは、曖昧に笑った。

「正常性バイアスというのは、都合の悪い情報は無視して、自分に都合のいい情報しか見ないこと。ストックホルム症候群というのは、長時間一緒にいることにより、被害者が加害者に共感して協力者になること」

その言いようは、まるで教師のようだと、つぐみは思った。だから、つぐみは、

「はい、分かりました」と、従順な生徒のように答えた。

「はははは」香川さんが、突然笑い出した。「ごめんなさい、ごめんなさい。私、小さい頃から教師になるのが夢で。小学校の教員免許もとったものだから。……つい、

上から目線な言い方になるの。こんなんだから、姑にも嫌われたのね。姑にはよく言われたものよ。『あなた、その偉そうな性格なおさないと、いつかひどい目にあうわよ』って。……姑の言う通りだった。当時の私は、妙な自信に溢《あふ》れていた。私は悪くない、私は間違ってない……って。だから、自分の間違いをどうしても認めたくなくて——」

＋

——いずれにしても、面接会場で数人の怖い男たちに囲まれた私は、逃げる気力を失っていた。むしろ、そこに留まることが正しいことだと信じてしまった。

もちろん、何人かは、「お手洗いに行ってきます」とかなんとか言って、逃げ出した。その人たちは、自身の間違いをちゃんと認識できる人たち。間違ったと気づいた瞬間に、軌道修正ができる人たち。こういう人たちは、災害に直面しても、真っ先に逃げる選択ができる人たち。

でも、その選択がどうしてもできない人たちがいる。それが、あの面接会場に残った十五人。私もその一人だった。公賀沙知さんもね。

私たち十五人は逃げることもなく、ただその場に立ち尽くし、そのあとは、男たちの指示に従って、進行方向を示されたアリのように、マイクロバスに乗り込んだの。

マイクロバスは、どのぐらい走ったかしら。一時間？　二時間？　もっと長く感じられた。正常性バイアスがかかった状態だったけれど、頭の深いところでは、ずっと警告音が鳴り響いていた。でも、私は耳を塞《ふさ》ぎ、それを無視した。

私がこれから行くところは素晴らしいところ。そこで、遊びながら稼ぐのよ。

私は自分に言い聞かせた。

思えば、あのときの私は、ずっと、私自身が発する危機感に蓋《ふた》をしていたところがあったわね。マイクロバスに同乗していた皆もおんなじ。

でも、公賀沙知さんはちょっと違っていた。

公賀さんは、私の隣に座っていてね、無印良品のメモ帳に、ずっとなにかをメモしていた。覗き込んでみると、「ヤバい、危険、ヤバい、危険……」って。彼女は、地獄行きだということをちゃんと認識しながらも、マイクロバスに揺られていたんだと思う。……つまり、自殺行為ね。そう、自らの意思で、地獄に臨んでいたようなところがあった。

話しかけようとは何度も試みたけれど、話しかけるなオーラがすごくて。

一方、バスの中の空気はどんどん綻んでいった。さながら、修学旅行のようだった。私たちの不安と恐怖を封じ込めようというのか、例の怖い男たちがあの手この手で私たちにサービスしてくれて、お菓子を配ったり、お酒を振る舞ったり、カラオケまではじめたの。真鶴《まなづる》あたりを過ぎた頃には、私たちはどんちゃん騒ぎだった。でも、公賀さんだけは、メモをとり続けていてね。そう、そのときから、公賀さんの周りには分厚いバリアが張り巡らされていた。カラオケの歌本が回ってきたときも、公賀さんはそれを受け取らず、ひたすらメモしていた。

結局、公賀さんは順番が回ってきてもカラオケは歌わず、お菓子が回ってきても受け取らず、お酒も拒否した。

公賀さんのそんな態度は、それからもずっと続いた。

熱海に到着した私たちは、今は潰れちゃったあるホテルの部屋に通されて。

綺麗な部屋だったわよ。窓の外は、全面海。

「リゾートで遊びながら稼ごう……というのは、嘘じゃなかったんだ。ここに来てよかった」

私は、心底、自分の幸運を喜んだ。だって、その日の夕食はまるで結婚式の披露宴のような豪華さだったし、大浴場の温泉は心も体も溶かすようだったし、しかも、私たちはその場で十万円という前金を渡された。食事して温泉に入っただけで、十万円！　まさに天国だ！

その十万円はどうしたかって？

その夜、遊びに行ったホストクラブで全部つかっちゃった。他の人も、パチンコに行ったり、ホテルで開かれていた即売会で真珠を買ったり、着物を買ったりして、全員、つかっちゃったんじゃないかしら。

あ、公賀さんはどうだったかしら。あの人も、つかっちゃったんじゃないかしら。……というか、借金返済にまわしたんじゃないかしら。だって、銀行のＡＴＭに駆け込んでいった姿、見たから。

今思うに、そこにいた皆は、私同様、お金に困っていて、なのに、お金を正しくつかうことができない人たちばかりだったのね。

翌日、例の怖い人たちに仕事の内容を聞かされたとき、もう私たちは逃げることができない状態だった。だって、仕事を放棄したら、前金は三倍返しだ……っていうのよ。それができないなら、働けって。働けば、一日一万円やるって。そんな二択を突きつけられたら、迷わず、後者を選ぶ。というか、それしか選べない。それから私たちは一人ずつ別の部屋に呼ばれ、怖い男たちから〝授業〟を受けた。

……その授業の内容は、つぐみさん、あなたなら分かるわよね。あなただって、仕事に入る前に、色々と調教されたんでしょう？

そう訊かれて、つぐみは、「はい」と小さく頷いた。

あのときのことは、忘れられない。忘れたくても、忘れられない。

「つぐみさん、あなた、そのとき処女だった？」

つぐみは、無言のままうなずいた。

「もしかして、今も処女？」

つぐみは、少し間を置いて、

「膣《ちつ》に男性の性器が挿入されることを〝非処女〟というなら、私はいまだに処女です」

「そう。処女のまま、男性客の性器を咥《くわ》えたり、肛門《こうもん》を舐《な》めたり、サービスをしているのね」

「……はい」

「案外、良心的なお店なのね。ちゃんと、法律は守っている」

「でも、辛いです。……同じ施設にいた子でソープに行った子がいるんですけど、一回、挿入させれば、それだけで数万円。一方、私は、何時間もかけて何人もの男性の性器を咥えて、精液を浴びて、それでようやく、一万円」

「じゃ、売春したい？」

「……」

「やめなさい。売春は。あれは、結局、体じゃなくて、心を売っているのよ。……一番守らなくちゃいけない、大切な尊厳をね」

「尊厳？　じゃ、きもいおっさんの臭いイチモツをしゃぶり続けるのは、尊厳があると？」

「まあ、それもそれでアレだけど。でも、売春は、だめ。心が壊れます」

売春していなくても、もう心は壊れかけているけど？　思ったが、つぐみは唇を噛み締めた。

今日は、そんなことを討論しにきたわけじゃない。

私は、母のことが知りたいだけだ。

「あなたと母は、どんな関係だったんですか？」

「関係？」

「だって、母を天照蓮華教に誘ったのは、あなたなんですよね？」

ええ、そうよ。でも、それはもっと後のこと。熱海にいたときは、あなたのお母さん……公賀さんとはそんなに仲がよかったわけではなかった。だって、彼女、孤立していたから。あの人だけは、最後まで、私たちを拒絶していたから。

私も、色々と試みたわよ？　ことあるごとに話しかけたり、食事につきあったり。だって、私はあの中では最年長だったし、いつのまにか、とりまとめ……みたいな役割を担っていた。悩みをきいたり、アドバイスしたり、喧嘩《けんか》を仲裁したり。そんなことをしているうちに、〝おかあさん〟なんて呼ばれるようになったりして。

〝おかあさん〟と呼ばれているうちに、なんだか、本当に母性が滲《にじ》み出してきてね。……残してきた子供たちのことが無性に心配になった。恋しくなってきた。お乳が張る感じ。思えば、下の子はまだ乳飲児《ちのみご》。いったいあの子はどうなったのか。会いたい、会いたい。

でも、それは叶《かな》わぬ願い。だって、私はすっかり売春婦。多いときで一日に十人の男たちを相手にした。すっかり、穢《けが》れてしまった。……そんなことを言うと、古い考えだと思うでしょうね。女が穢れる……なんていうのは、古い価値観の男の考えだと。でも、違うのよ。本当に穢れるの。だって、男の精液は異物に他ならない。受け入れるごとに、女の体はそれと闘うのよ。そう、精液は細菌と同じ、ウイルスと同じ。実際、不特定多数の男と交わることで、病気のリスクもある。私も、性病を伝染《うつ》された。最初はヘルペス。そして、梅毒。あのときは驚いた。いまだに梅毒なんてあるんだ……！って。

ね、なんで、女は貞操を守るべき……という概念が、各宗教にあると思う？　男の勝手な願望だろう？って。違う違う。そんな薄っぺらなものじゃない。

病気から……もっと言えば〝死〟から女を守るためよ。少なくとも、特定の人……夫だけを相手にしていれば、病気のリスクは減る。まあ、相手の男が浮気していたら別だけどね。……だから、浮気相手の女は憎まれるの。売春婦は嫌われるの。だって、夫に病気を伝染《うつ》す媒体に他ならないから。自分の命を危険に晒《さら》す媒体に他ならないから。穢れた病原体に他ならないから！

いい？　セックスというのは命懸けなのよ。病気を伝染されるかもしれない……という恐怖のもと行われる儀式。ロシアンルーレットとも似ている。だからこそ、あんなにも興奮するの、そして快楽が生じるの。ギャンブルだから。命をはったギャンブルだから。……そして興奮が常態化し、リミッターがはずれて、さらなる興奮を求め、そしてある日突然、壊れるの。

そう。私も例に漏れず、壊れた。それは、突然やってきた。

ある朝起きたら、世界が色をなくしていた。


結局、熱海にいたのは約一ヵ月。

一九九四年の十月の終わりから十二月の初めまで。

そう。あの日は、十二月だというのにやたらと暖かい日だった。警察の手入れがあると聞かされた私たちは、夜逃げするようにその場を去った。

ある者は熱海に残り、ある者は家に帰り、ある者は男を捕まえ、ある者は安住の地を求めて遠くへ行った。

私は、とりあえずは、上りの東海道《とうかいどう》本線に乗った。家に戻れるはずはないと思ったけれど、無性に東京が恋しくなってね。同じ電車に乗ったのが、公賀さん。

珍しく、公賀さんから声をかけてきたの。

「私、結婚しようと思うんです」

その顔は、嬉しそうでもあり、青ざめているようでもあった。

「そうなの。……相手は？」

訊くと、

「仕事で知り合った人です」と。続けて、「以前、プロポーズされたんですけど、そのときは断ってしまったんです。仕事が忙しいから。仕事を辞めたくないから……っていう理由で」

それから、公賀さんは、訊いてもないことを自分から語り出した。

「その人は、とても優しくて、いい人で、呼び出せばいつでも来てくれるような人で、あそこに行きたいと言えば連れて行ってくれて、あれを食べたいと言えば、無理をしてでも食べさせてくれる人だった。でも、プロポーズされたときは、ちょっと違うかな……って。いい人なんだけど、この人じゃないな……って。だから、『今は友達のままでいましょう』って。でも、そのあとすぐですよ。私が勤めていた会社が突然、潰れてしまったんです。……一九九二年の夏のことです。でも、すぐに次の仕事が見つかる……と思っていましたから、楽観してました。実際、求人情報誌は相変わらず分厚かったし、履歴書を送れば、必ずいい返事が来ました。それで、選り好みしちゃったんですね。気がつけば、年を越してしまった。そして一月。失業保険の支給期間が終わり、慌てました。貯金もほとんどないので。来月のお家賃、どうしようって。で、クレジットカードのキャッシングを利用しようとATMに走ったんですが、キャッシングできませんでした。クレジットカードの支払いが滞っていて、キャッシングを止められていたんです。

その前年の秋に、イギリスに一ヵ月、旅行に行っていて。その他にも、あちこち旅行に行ったものですから、そのツケが回ってきたんです。

それでも私はまだ楽観的で、仕事が決まればすぐに返せるって、サラ金に走っちゃったんです。……その恐ろしさも知らずに。

気がつけば、多重債務者。なのに、仕事はなかなか見つからず。求人情報誌も、週を追うごとに薄くなっていって。

借金の返済とお家賃の支払い。首が回らないとはまさにこのことなんですね。

そんなときです。事件が起きたんです。一九九三年三月のことです。部屋に、泥棒が入りまして。……犯人はたぶん、大家です。だって、大家だったら、合鍵《あいかぎ》を持っている。間違いなく、あの大家です！　あの大家の旦那です！　あの旦那、日頃から私に色目を使ってきて気持ち悪かったんです。だから、一度言ってやったんです。奥さんに言いつけますよって。たぶん、それを根に持ったんでしょう。だからって、あんなひどいこと……。

私は、覚悟を決めました。実家に助けを求めることにしたんです。親の反対を押し切って上京したものですから、とても勇気がいりました。でも、背に腹はかえられません。私は、母親に電話しました。助けて！　もうこの部屋にいられない！って。そのとき、実家まで車を出してくれたのが、さっき話した彼です。この人です」

公賀さんは、一枚の名刺を見せてくれた。

名刺に刻まれていたのは、誰もが知っている大手の家電メーカーの工場。

「仕事で知り合ったんです。私が勤めていた会社のクライアント側の人だったんです。私、広告代理店で、コピーライターをしていました。この家電メーカーのワープロを担当することになって——」

『広告代理店』という言葉を出したときの、公賀さんの得意げな眼差しが忘れられないわ。きっと、プライドを持って仕事をしていたんでしょうね。

「私、この人と結婚しようと思います」

公賀さんは、名刺を見ながら言った。

「もう、それしかないんです」

まるで、望まないところにいやいや嫁ぐような言い方だった。

「なんで、その人と結婚しようと思ったの？」

「もう、結婚するしかないじゃないですか。この不景気ですよ？　仕事なんて見つからない。いい、見つかったとしても、ロクな仕事じゃない。また、タコ部屋に押し込められて、あんなことをさせられるだけ」

「だから、結婚するの？」

「はい。だって、昔から〝永久就職〟っていうじゃないですか。結婚も、就職のひとつなんですよ」

「でも」

結婚生活を破綻させた私は、その考えにどうしても同意ができなかった。だからといって、公賀さんの決意に水を差す権利はない。

「そうね。結婚も就職のひとつかもしれない」同意してみたものの、なにか引っかかる。

「その相手は、今、どうしているの？　あなたを実家に送って、そのあとは？」

「そのときは、別れました。今まで色々とありがとうって、握手して別れました。……でも、その翌年、そう今年の秋、私、実家を出たんです。母が脳卒中で急死して。残ったのは、母が作った借金。実家も人手に渡り、地元にもいられなくなって。東京に戻るしかありませんでした。そして、見つけた例の求人広告。それに応募しようと、彼を呼んだんです。ポケベルを鳴らしたら、その日のうちに来てくれました。そして、中野サンプラザまで送ってもらって。そのあと、あの面接に行って、熱海に連れていかれて。だから、彼とはそれっきりなんです」

＋

「は？」つぐみは、つい、声を上げてしまった。「それっきりって？」

「つまり、中野サンプラザまで送ってもらって、それっきりってことよ。……まさしく、〝アッシーくん〟ね」

「それっきり会っていない人と、母は結婚するつもりだったんですか？」

「そうみたい。私も呆《あき》れた。さすがにそのアッシーくんだって、公賀さんのことは見限ったんじゃない？って。でも、そんなことは言えなくて。気がつけば、新橋《しんばし》駅。私はそこで降りて、公賀さんとは別れた。もうきっと、会うこともないだろうって思った。だから、『結婚式、呼んでね』なんて、心にもないことを言って、別れたの」

「母は、その後、アッシーくんに会ったんでしょうかね？」

「たぶん、会ってない。だって、風の便りでは、あれから公賀さんは熱海に戻って旅館の中居をしているって」

「母は、結局、熱海に帰ったんですね」

「そう。……それから二年後の一九九六年、彼女から結婚式の招待状が届いてね。結婚相手の名前を見たら、アッシーくんではなかった。〝山形〟って名前だった」

「あ」つぐみは、身を乗り出した。もしかして、その相手は――

「そう、あなたのお父さんでしょうね。だって、招待状には、手書きで『できちゃった婚です』って、小さく書いてあった」

「あの、ちなみに。母は、どうして香川さんの居場所を知っていたんですか？　新橋駅で別れたとき、教えたんですか？」

「ううん。あのときは、まだどこに戻るか決めてなかったし」

「じゃ、なぜ？」

「私、新聞に載ったのよ。一九九五年の暮れのこと。……小石川、印刷会社、一家惨殺　で検索してみて。すぐヒットするから」

「え？」促《うなが》されて、つぐみは自身のスマートフォンで、言われたワードで検索してみた。すると、一番上に表示されたのは、「小石川一家惨殺事件」という文字列。うそ、まさか。つぐみは、恐る恐る、視線を上げた。

「違うわよ。私は被害者。たった一人の生き残り。そして、犯人は、姑」

「え？」

＋

——結局、あのあと、私は小石川の嫁ぎ先に戻ったの。といっても、建てたばかりのビルは人の手に渡り、夫は、近くの廃屋を借りて一から印刷屋をはじめていた。子供二人は施設に預けられ、姑も介護施設へ。小さな輪転機を回す夫を見て、私、わんわん泣いた。やりなおそう。やりなおさせて……って。そして、私たちはよりを戻し、子供たちも引き取った。姑だけは施設に入れたままだったのだけれど、ある日、ひょっこり戻ってきたのね。どうやら、脱走してきたみたい。このまま引き取ろうか……と話し合っていたときよ。姑が豹変《ひょうへん》してね。

包丁を持ちだすと、訳のわからないことを言いながら、まずは子供たちを襲った。そして、夫、私……と襲いかかり。……騒ぎに驚いた近所の人が通報して、そして警察が駆けつけたのだけど、二人の子供と夫は、息絶えていた。私も首を切られて、重体。姑は、そのまま逮捕されたのだけど、「強盗がいたからやっつけただけ」って。その時点で、姑は、夫のことも私のことも孫のこともすっかり忘れていたみたいで、強盗だと思ってしまったみたい。そのまま施設に送られて、不起訴になった。……いずれにしても、私は、一度に夫と子供たちを失い、気がつけば、病院のベッドの上。なんにも考えられなかった。何度も死のうとした。そんなときよ、公賀さんから、結婚式の招待状が届いたのは。事件のことを新聞かなにかで知って、そして私が入院している病院を突き止めたんでしょうね。

それにしても、一家を惨殺された生き残りに、結婚式の招待状を送る？　あまりの非常識に、私、なんか笑っちゃったの。久しぶりに、笑ったな。……そしたら、隣のベッドの人が話しかけてくれた。「ようやく、魂が戻ってきたようですね」って。その人がきっかけで、今の宗教に入信したの。……私は、生まれ変わったの。

え？　結婚式には行ったのかって？　行ける訳ないじゃない。だって、頭を八針、二の腕を九針、首を二十五針縫ったのよ？　そんな傷だらけの状態で、おめでたい席には出られないわ。だから、少しばかりのご祝儀を包んで、送った。

そのあとも、なんだかんだ連絡はとりあっていた。連絡といっても、暑中見舞いとか年賀状とか、折々の挨拶程度だけども。でも、あるときから、なんか様子がおかしくなったの。そう、あれは二〇〇三年だったかしら。年賀状なのに、まるで喪中葉書のように暗くてね。……よく見たら、住所も変わっていた。それまで東京都の東村山《ひがしむらやま》に住んでいたはずなのに、東北のほうの住所になっていた。

＋

「その前年、私は児童相談所に保護されたんです」

つぐみは、できるだけ感情を無にして、言った。

「原因は、虐待」

「あら――」

香川さんが、軽く頭を振った。そして、つぐみの手をとると、

「かわいそうに……」と、眉毛《まゆげ》をハの字に垂らした。

「いえ、全然、かわいそうではありません。だって、私、虐待されていたことなんて、ひとつも覚えていないので」

「覚えていないの？」

「はい。……覚えていないことを同情されても、……なんか、ピンとこない」

「まったく覚えてないの？　お母さんのことも？」

「はい。まったく覚えていません」

「施設に入ってから、お母さんとは？」

「一度も会っていません」

「一度も？」

「はい。一度も」

「そう……」

「あの。……なんで、父のことは訊かないんですか？」

「え？」

「さっきから、母のことばかり」

「だって……」

「もしかして、父のこと、ご存じなんですか？」

――一度ね、彼女から電話があったの。あれは確か……結婚して二、三年ぐらい経った頃かしら。そう、一九九九年のことよ。確か、電話の第一声が、『人類、滅亡するかしら？』だったから。

ノストラダムスの大予言って、知っている？　一九九九年七の月に、人類が滅亡する……というやつよ。

「滅亡？　するわけないじゃない。あんなの、ただのインチキよ」

私がそう言うと、

「インチキでもいい。滅亡しないかな……」なんて、言い出して。

「どうしたの？　なにかあったの？」

「私、離婚しようと思うの」

「離婚？　どうして？」

「旦那が、暴力を振るうの。もう耐えられない」

そう言いながら、彼女、泣き出して。それで、私、ずっと考えていたことをいよいよ実行するときだと思って。

「ね、あなたに会わせたい人がいるの。きっと、その人なら、あなたの今の悩みを解決してくれる」

そう、私は、沙知さんを折伏しようとしていた。天照蓮華教に入信してもらおうと。すでに、セント・ネームも考えていた。

でも、そのときは、

「ううん、ごめんなさい。大丈夫、自分でなんとかするから」

と、電話を切られた。

そのあとすぐに暑中お見舞いの葉書が来て。『すべて解決しました。もう大丈夫です』って。

折伏の機会は逃したけれど、焦ってはいけない。腰を据えて、次の機会を待とうと、そのときは諦《あきら》めたのだけど。

でも、そのあとすぐに、知らない男性から電話がかかってきた。男性は、〝山形〟と名乗った。

「あ、もしかして、沙知さんの旦那さんですか?」

訊くと、

「そうだ。妻の行方を知らないか?」

その言い方ですぐに分かった。カタギの人間じゃないって。

「いいから、あの女を出せよ！」

どうやら、沙知さん、家を出てしまったらしい。

全然大丈夫じゃないじゃない！　最悪なことになっているじゃやない！

しかも、旦那さんは、私のことを疑っている。妻を隠しているんじゃないかって、しつこく食い下がってきた。

そのとき、旦那さんの声の後ろのほうで、子供の泣き声がした。……たぶん、つぐみさん、あなたの泣き声だったのね。

「お願いだ。妻に会わせてくれ、頼む！」

そんなことを言われても……。

「妻が持ち逃げしたあの金がないと、大変なことになるんだ！」

私は、「だから、知りません！」と、電話を切った。……宗教人としては、失格ね。修羅場面倒に巻き込まれたくないと思ってしまった。当時の私はまだまだ未熟で。の気配を察し、そこから逃げ出したんだから。

自分の未熟さに自己嫌悪を覚えていると、なんと、沙知さんが実際にやってきたのよ！　大きな紙袋を持ってね。家出してきたと。

「ね、沙知さん、その紙袋の中身、もしかして……」

「安心して。これは表には出せないお金だから」

「ね、沙知さん。あなたの旦那さんって、いったい……」

「飲食業の経営者ってことになっているけど、暴力団の構成員よ。下っ端《したっぱ》の下っ端」

「あなた、まさか……」

そう、沙知さんは、よりによって、熱海で私たちをこき使っていた暴力団の一人と結婚してしまったのよ。……そういえば、〝ヤマちゃん〟と呼ばれていた、見張りのチンピラがいたけど。……そいつと結婚したの？

「そう。ほんと、腐れ縁ね。熱海から逃げ出して東京駅をうろついていた私は、まんまとあの男に捕まった。あの男も熱海を逃げ出して、同じ東海道線に乗っていたのよ。で、私たちをつけていたのよ。あなたは新橋駅で降りたからあの男の毒牙《どくが》にはかからずに済んだけど、その代わりに私は捕まった。その日のうちに熱海に連れ戻されて、旅館に枕《まくら》中居として売り飛ばされた。そしてあの男は私のヒモになった。……でもすぐにいざこざに巻き込まれて、私たちは熱海を追われた。それからは、上野《うえの》、五反田《ごたんだ》、錦糸町《きんしちょう》、西川口《にしかわぐち》、東村山……と転々とした。あの男と一緒に」

「で、結婚したの？」

「だって、結婚しなくちゃ、お腹には子供が。未婚の母になっちゃう。未婚の母だけはいや。……それじゃ、私の母親と同じだもん」

「そんな理由で、ヤクザと結婚したの？」

「ヤクザといっても、優しい人よ。ちゃんと、ゴミだって出してくれた」

逃げ出したというのに、男を擁護《ようご》するんだ。……私は呆れた。

「とにかく、あなた、これからどうするの？　あの人、血眼《ちまなこ》になってあなたを探しているわよ」

「あの人が探しているのは私じゃなくて、このお金よ」

「あなた、ヤクザのお金を横領したの？」

私は、震えた。この世で最も手を出してはいけないお金。そんなものを持ち込まれてしまっては、私まで巻き込まれてしまう。

なのに、沙知さんは土下座しながら、

「ね、お願いよ。私をしばらく、ここに匿《かくま》って。ね、お願いよ。私、なんでもする。このお金だってあげる。もちろん、天照蓮華教にも入信する。私が入信すれば、あなただって、教団の中のステータスが上がるんでしょう？　週刊誌で読んだことがある。天照蓮華教には、折伏のノルマがあるって。ノルマが果たせなかったら、寄付金を積まなくちゃいけないって。その両方を私がかなえてあげる」

折伏のノルマも寄付金も、すべては週刊誌のでっち上げだったけれど、でも、折伏はしたいと思っていた。だって、それが、お釈迦様《しゃかさま》の教えだから。修行だから。一人でも多くの人を救いなさい。……それが、私たちの使命だから。

私はすぐに、幹部に相談した。幹部はおっしゃった。どんな人であろうと、入信を希望する人を拒絶してはいけないって。だから、その場で、簡単な入信式を行ったの。セント・ネームは、ヤクシー。〝夜叉〟のサンスクリット語よ。沙知さんにぴったりだと思った。彼女は、まさに、〝夜叉〟だもの。

そう、嘘つきな夜叉。その場凌《しの》ぎの夜叉。恩知らずの夜叉。

沙知さんは、結局、翌日にはいなくなっていた。お金もね。

旦那のもとに帰ったの。

バカな人って思った。

教団にいれば、少なくとも、ヤクザとは縁が切れるのに。でも、あの人は、娑婆世界を選んだのよ。修羅の世界をね。

＋

「母と会ったのは、それっきりなんですか？」

つぐみが訊くと、

「そう。会ったのはそれが最後。でも、さっきも言ったように、暑中お見舞いやら年賀状やらのやりとりは続けていてね。……ああ、そうそう、あれはいつだったかしら。旦那とは別れて、今はスーパーで働いているって、そんなことが書かれた暑中お見舞いが届いたことがあったっけ。……ああ、たぶん、二〇〇二年とか、そんな頃よ」

「スーパー？」

「そう。ポップコーンを売っているって」

「ポップコーン？」

つぐみの鼻腔《びこう》に、ふと匂《にお》いが再現された。甘く香ばしい匂いだ。と、同時に、皿の上に山と積まれたポップコーンの映像が頭をよぎった。その映像には、誰かが映り込んでいる。……お母さん？

「あ。……私、なんか思い出したかも」

つぐみは、呟くように言った。

「なにを思い出したの？」

「母が、ポップコーンを作ってくれたときのことを」

「あら」

「売れ残りだって言っていました。赤字だって。めちゃくちゃイライラしていて。せっかくのポップコーンなのに、全然美味しくなくて。でも、食べないと叱られるんです。だから、私、泣きながら口の中に詰め込んでいました。……ううん、違う。母が詰め込んだんです。熱々のポップコーンを。熱くて、痛くて、それでも、母はポップコーンを詰め込んできました。どうしても我慢できなくて吐き出したら、母がランドセルを投げつけてきました。……ああ、そうです。買ってもらったばかりのランドセル。私は、その翌月に小学校に入学する予定でした」

つぐみの記憶が、芋づる式で掘り起こされる。その記憶が消えないように、つぐみは喋り続けた。

「……そのランドセルの角が唇に当たって、血がでました。血はランドセルにもついてしまって。……母をますますイラつかせました。一生懸命働いて買ったランドセルを汚しやがって！って、ランドセルの角で何度も何度も何度も頭を叩かれて――」

「つぐみさん、いいのよ。思い出さなくてもいいのよ。辛い記憶は消してしまってもいいのよ」

「いいえ、思い出したいんです。どんな記憶であったとしても、ちゃんと思い出して、そしてちゃんと母を憎みたいんです。でなければ、なんで今の私がこんなに惨めなのか、分からないままです。それじゃ、理不尽すぎます。せめて、今の不幸の原因が母であるということを実感できれば、その恨みをバネに生きることもできると思うんです」

「恨みをバネにするなんて――」

「だって、私にはなんにもないんだから！　せめて、恨みぐらい抱かせてください！　でなければ、私、なんのために生まれてきたんです？」

「………」

「せめてせめて、母を恨ませてください！　でなければ、私は透明人間のままなんです！　この世に存在しないのと同じなんです！」

つぐみは嗚咽《おえつ》した。自分でも分からない。なぜ、こんなにも興奮しているのか。

「分かった、分かった。荒療治だけれど、それであなたが生きる実感を得られるのなら、それも方便よ」

「……方便？」

「そう。お釈迦様はね、人々を悟りの入り口に導くために、その人の能力や知能や環境に合わせて、教えを変えていたの。人参《にんじん》が嫌いな子に、人参を細かく刻んで甘く味付けして人参と分からないように与えるようなもの」

「それって、騙しているってことじゃないですか？　嘘ってことでは？」

「嘘でもいいのよ。結果的に悟りが得られれば。……嘘も方便って言うでしょう？」

「あ……はい。確かに、言いますね」

「嘘は、一概に悪いと言い切れない。嘘で救われる人もいる。〝恨み〟もそうよ。恨みの対象を具体化することであなたが救われるというなら、私は止めない」

「……」

「でもね。これだけは分かってちょうだい。方便は、過程に過ぎない。だからどんなに回り道をしてもいいけれど、いつかは真実を見出《みいだ》さなくちゃいけないのよ。それが、悟るってことなの」

「……」

「悟りの境地にたどり着けば、あなたもきっと変われる。ううん、世界が変わる。だから、つぐみさんにも、そんな悟りの境地にいつかは到達してほしい」

「あなたは、悟りの境地に到達したんですか？」

「私はまだまだかな。私もその過程の途中。でも、もうすぐな気がするの。徐々に変わりはじめている。……つぐみさん、あなたがこうやって訪ねてくれたのも、世界が変わったひとつの証拠ね」

「どういう意味ですか？」

「意味は訊くもんじゃなくて、自分で探すものよ」

「……？」

「あら、お茶。お代わりします？」

言われてカップを見ると、確かに空だった。いつのまに。

いいえ、もう大丈夫です。そう断ってもよかったが、つぐみの口の中はパサパサに乾いていた。潤《うるお》いがほしい。

「はい。お願いします」

つぐみは、カップをそっと押し戻した。

二杯目のお茶を飲み干した頃、

「……その後、母はどうしたんでしょう？　さっき、二〇〇三年の年賀状では住所が変わっていたって」

「たぶん、スーパーでポップコーンを売り続けていたんじゃないかしら。そんなようなことが書かれていたから」

「その頃、母はどこに？」

「だから、東北のほうよ。……そうそう、福島県だったかしらね。ちょっと待っててね。年賀状、とってあるから」

と、香川さんが立ち上がったが、つぐみはそれを止めた。

「いいです。年賀状は、いいです」

「あら、なんで？」

だって。……母の字を見たら、きっと情が込み上げてくるだろう。そして、あっというまに恨みつらみを飲み込んでしまうのだ。……たぶん、自分にとってはそのほうが辛い。

「……うん、分かった」

香川さんが、すべてを承知したという目で、つぐみを見た。そして再び座ると、

「年賀状は、それから何年か続けて届いた。その間は生活も安定していたんだと思う」

何年も生活が安定していたというのに、母は娘のことを一度でも考えたことがあるのだろうか？　迎えに行こうと考えたことがあるのだろうか？

「男の人と一緒に写った写真が印刷されていたときもあったから、……結婚していたか同棲《どうせい》していたか。そんな時期もあったんだと思う」

なるほど。私のことなんか思い出す暇もないほど、男と充実した生活を送っていたということか。

「でも。年賀状は……うん、そう。二〇一一年が最後だったわ」

そして、ゆっくりと目を閉じると、

「その年の三月、東日本大震災があって。……きっと、公賀さん、被災してしまったんだと思う。だって、福島県に住んでいたんだもの。……だから、私、てっきり亡くなったと思っていたの。……ああ、とうとう呪いからは逃げられなかったんだな……と」

「呪い？」

「そう。公賀さん、よく言っていた。私には呪いがかけられている。だから、いい死に方はしないだろうって。私は何度も、『そんなことはない。呪いなんてない』と慰めたんだけど。……でも、無駄だった。結局、公賀さんは呪いからは逃げられなかったのよ」

「どういうことですか？」

「私ね、連絡が途絶えた公賀さんのことがどうしても気になって。うちの教団の福島支部の人に協力してもらって彼女の行方を探したことがあるのよ。二〇一五年頃の話よ。もしかしたら亡くなっているかも……と半分諦めながら。そしたら」

「そしたら？」

「生きてらした。……とある、病棟でね」

「病棟？」

「そう。病棟で、拘束されていた」

「なにがあったんですか？」

「震災のあと、公賀さんはしばらくは避難所にいたらしいのだけど。……まあ、あまり詳しくはわからないのだけど、あの当時、全国から筋の悪い人たちが被災地に潜り込んで、どさくさに紛《まぎ》れてあくどい仕事をしていたみたいなのね。……まあ、戦後のどさくさみたいなものよ。そういう状態ではどうしても筋の悪い人たちが暗躍してしまうものなの」

「つまり、風俗業的な？」

「まあ、それもひとつね」

「母は、また体を売っていた？」

「まあ、……そういうことだと思う。当時一緒に暮らしていた男性が、その筋の人だったようだから」

「またですか？　なんで母は、次から次へと、そんな男にばかり」

「公賀さんいわく、呪いだと」

「だから、呪いってなんですか？」

「公賀さん、よく言っていた。女には呪いがかかっているんだって。どの女にもね。一見、幸せそうに見える人も、呪いからは逃げられないって」

「なんなんですか、それは！」

「たぶん、それは〝運命〟の別名ではないかしら」

「運命？　……ええ、そうですね。確かに、母の運命は呪われているとしかいえない。そして、その呪いは、私にも受け継がれているのかもしれません」

つぐみは、興奮した頭をなだめるように、ショルダーバッグを抱《かか》え込《こ》んだ。そしてバッグの中から、いつものピルケースを取り出した。

「それは？」

　香川さんが、心配顔で覗き込んでくる。

「詳しくは知りません。病院で処方されました」

「お水、いる？」

「いいえ、大丈夫です。このままで」

　そして、つぐみはケースの中の錠剤をすべて口の中に放り込むと、ラムネを食べるようにそれらを噛み砕いた。

「あまり、薬には頼らないほうが」

「でも、これがないと私、変になっちゃうんで。……母とおんなじですよ。一度、強制入院させられたんです。二年前のことです。……突然、『殺される、殺される、逃げろ！』という声が聞こえてきて。怖くなって警察に駆け込んだら、病院送りにされました。……和式の便器ときったないベッドだけがある部屋で、一日中ベッドに拘束されていました。……たぶん、母とおんなじです。今も、気を抜くと、どこからともなく声が聞こえてくるんです。だから、薬は手放せません」

「まあ……」

「それで、母はその病院にはどのぐらい？」

「その病院には半年ぐらい入院していたみたいだけど、そのあとも病院を転々としていて。……風の便りでは、二〇一五年頃、八王子のスーパーの試食コーナーで公賀さんを見かけたって。ポップコーンを売っていたって。……もしかしたら、公賀さん、あなたと暮らしていた頃に戻りたかったんじゃないのかしら。だから、またポップコーンの試食販売に戻ったんじゃないかしら」

「そんな浪花節《なにわぶし》、私は信じません。母は私のことなんか一ミリも覚えていないと思います。というか、そうであってほしいと思います。……ときどき聞こえてくる『殺される、殺される、逃げろ！』というのは虐待されていた頃の私自身の声なんだと思います。……そう、母は私を殺そうとしたんです。何度も。だから、私はこれからも母を許さない。そのためには、母も私のことなんか忘れていてくれたほうがいいんです。だから――」

そこまで言うと、つぐみの声はとうとう涙に飲み込まれた。喉の奥がひくひく痙攣《けいれん》し、これ以上は言葉にならない。

それでも、つぐみは言葉を吐き続けた。蚕《かいこ》が糸を吐き出すように。

「だから、母が殺されるのなら、殺すのは私でなければいけなかったんです。でなければ、私は一生、母の呪われた運命から解放されることはありません。……私が殺したかった。私が殺すべきでした。私の権利を奪った犯人が許せないんです。……母を殺した犯人が許せないんです！　犯人が捕まったら、必ず裁判所に行きます。そして言ってやりたいんです。この馬鹿野郎って。だから、だから、一刻も早く、犯人を捕まえて欲しいんです！」

四章

1

「犯人、まだ捕まらないのかな」

広告代理店、万博舎のオフィス。柴田朱美《しばたあけみ》は、片肘《かたひじ》をつきながらマウスをゆっくりと動かした。

パソコンの画面には、大手検索サイトのトップ画面。ニュースの見出しがずらりと並んでいる。しかし、目当ての見出しはなかなか見つからない。

仕方ない。検索するか。

朱美はマウスから右手を浮かせると、キーボードの上に載せた。そして、

「公賀沙知」「ホームレス」「殺人事件」

と、入力。検索ボタンをクリックした。

そんなことをしている場合ではないことはよくよく承知している。今は、午前十一

時過ぎ。仕事の時間だ。このあと、オンライン会議も控《ひか》えている。

朱美は、キーボードに置いた指をいったん、ひっこめた。後ろを振り返る。

がらんとしたオフィス。本来ならば百人近くの社員を収容できるスペースだが、正社員《プロパー》は、みな自宅待機中《リモートワーク》。コロナ禍ですっかり定着してしまった。今、オフィスにいるのは数えるほど。みな、契約社員か派遣社員だ。

そう、朱美もまた契約社員だった。正社員だった時期もあるが、妊娠を機に契約社員になった。いや、させられた。人事部のその手口は見事なものだった。きっと、マニュアルがあるのだろう。契約社員になるか退職するか。その二択しか与えられなかったら、前者を選ぶしかない。中には抗議する者もあったが、彼女たちはみな後者を選ばされた。裁判沙汰になったケースもあるが、結局は退職金の額が少々増えたにすぎなかった。

バブル期に採用された人間は、あの手この手で切られた。下の世代からは「バカバブル」と見下され、上の世代からは「使えない」と軽くあしらわれ。

なのに、世間一般からは「一番美味しい思いをしている世代」なんて思われて。反論してやりたい。バブル入社の私たちは、全然美味しい思いなんてしていない！

確かに、入社するときは他の世代よりは少しは楽だったかもしれないけれど、入社してすぐにバブル崩壊。一番美味しい思いをしているのは上の世代。ゴルフだ宴会だ買春ツアーだとやり放題だった。なのに、なんで、バブル期に入社したってだけの私たちが、バブルの代表格として叩かれなくちゃいけないの？　馬鹿にされなくちゃいけないの？　排除されなくちゃいけないの？

そうよそうよ、あの画像もいけないのよ。バブルといえば、必ず流れるあの破廉恥な画像。パンツが見えるほどのミニで羽扇子を振り回しているあれ。そう、ジュリアナ東京のあれ！　あんなことをしていたのはほんの一部の馬鹿女たちだけだし、そもそもバブルがはじけたあとのことだし、なのに、バブル時代はみんなあんなことをしていたというミスリードができあがっている。

ほとんどのバブル入社組は馬車馬のように働いていたし、遊んでいる暇もなかったのに。どちらかといえば、「二十四時間戦えますか」のほうが現実のイメージだ。

私だってそうだ。プレゼン前は家にも帰れなくて何日も職場に寝泊まりしていた。椅子を並べてベッド代わりにして、椅子が足りなかったら床に寝転んで。朝シャンが流行っていた時代だけれど、シャンプーするどころかお風呂《ふろ》にだって何日も入れなかった。髪は、皮脂がワックス代わり。激務の職場に配属されたバブル入社組の女性なんて、そんなものだ。

……でも、公賀さんは違った。あの人は、いつだってシャンプーの香りを漂わせ、ヘアセットもメイクも完璧《かんぺき》だった。あの前髪を作るにはかなり時間をかけていたに違いない。

仕事もできた。私が五時間かける仕事を一時間でやってのけ、私が残業用の夜食を買い込む頃、彼女は颯爽《さっそう》とベルさした。

「ベルさ。懐かしい」

久しぶりにこの言葉を思い出し、朱美の唇が少しだけ綻ぶ。

「ベルさなんて、今の子が聞いたら、きょとんとするわよね」

ベルさ。ベルさっさ。つまり、終業時間のベルが鳴ると同時にさっさとタイムカードを押すことだ。

めかしこんでタイムカードを押す公賀さんと何度入れ違いになったことか。「おつかれー」と晴れ晴れとした表情で帰って行く彼女と、コンビニのレジ袋をぶら下げた、青い顔の私。

あの頃は、公賀さんとずいぶんと比較されたものだ。公賀さんはおじさん連中にも人気があり、特に課長のお気に入りで、大切なクライアントを訪問するときは必ず彼女を同伴させた。一方、私はいつだって、隠された。会議のときだって、お茶汲《く》みすらさせてもらえなかった。やらされたのは、会議室の手配と、大量のコピーと帳合と、そして後片付けだ。

あの課長はことあるごとに言ったもんだ。

「正社員より、派遣のほうが華があるし使えるな」

そう。私は正社員で、公賀さんは派遣。といっても、当時はその立場はまるで逆だった。派遣といえば、その道のプロ。高い時給を出しても来てほしいスペシャリストのような立場だった。なにしろ公賀さんはタイピングのプロで、当時普及しはじめていたワープロ専用機を華麗に使いこなした。議事録もプレゼン用の書類も、彼女が作る書類はどれも見事で、「彼女が作った書類があれば百パーセント仕事が取れる」とまで言われていた。

一方、私はワープロには不慣れで、コピー機すら使いこなすことができなかった。

「下手な大卒よりも、仕事ができる高卒だな」

例の課長はそんなことも言った。

「そうだった。公賀さん、歳は私と同じだったけど、確か、高卒だった」

朱美は、パソコンのディスプレイに表示されているニュースの見出しを見ながら、呟いた。

「そうそう高卒で、地元は確か、……静岡県の沼津《ぬまづ》じゃなかった？」

そうだ、そうだ。

確か、あれは——。

朱美は、頭の時系列を三十年前に戻した。

「え？　公賀さん、出身は沼津なの？」

リフレッシュルーム。

朱美は、イチゴ大福に手を伸ばした。取引先の印刷屋のお土産だ。この店のイチゴ大福は大人気で、いつ行っても長蛇の列。朝の六時から並ぶ人もいるという。……個人ではなかなかありつけないお宝おやつだ。この会社に入社して毎日のように後悔しているが、唯一、メリットがあるとするならば、珍しいおやつを毎日のようにいただけることだ。どれも、下請けの会社があれこれと苦労して手に入れた逸品《いっぴん》だ。

「私は、三島《みしま》よ！」

朱美は、前に座る公賀さんめがけて体を伸ばした。

「え？　三島なんですか？」公賀さんの大きな目がさらに大きくなった。

「うん。三島といっても、最寄駅は裾野《すその》なんだけどね。……そうか、公賀さん、沼津か！　いやだ、もしかしたら、すれ違っていたかもね！」

「うん。……そうですね」

「高校は？　私は、M女。公賀さんはどこ？」

訊いたあと、朱美ははっと口をイチゴ大福で覆《おお》った。……学歴とか、そういうことは直接本人に訊いちゃダメ。答えにくい人だっているんだから。ほんと、あんたはそういうところ無神経なのよ。……姉にそう何度も注意されていたからだ。が、

「私は、……N高」

公賀さんが、小さな声で答えた。声は小さいが、その唇はどこか得意げだ。

そりゃそうだ。N高といえば、静岡でも一、二を争う、共学の進学校だ。朱美の第一志望校でもあったが、担任に諦めろと言われて、M女に絞った。M女だって、かなり名の知れた進学校で、静岡でその名を言えば誰だって目を見張ってくれる。……でも、やっぱり、N高にはかなわないが。うちの中学では、学年トップの常連ですら、落ちたほどだ。

「へえー、N高か！ すごいね！ じゃ、大学も東大とか？ それとも」

「ううん。大学には行ってない」

「え？ そうなの？ じゃ、短大とか？」

「ううん。高校まで」

とても信じられなくて、朱美はマグカップのお茶をがぶ飲みした。……N高の出身者で、大学に進学しない人なんているの？ 中退した人なら分かるけど、卒業した人で？ ……ああ、もしかしたら、浪人して、そのまま諦めちゃったケース？ それと

も。

「うち、貧乏だったんですよね。母子家庭で。高校までは出してやるけど、大学は無理だって言われたんです」

公賀さんが、やけに明るい調子で言った。さらに、

「でも、私だけじゃないんですよ、大学に行かなかったのは。同級生で漫画家になった人がいるんですけどね。高校在学中に漫画家デビューして、今は割と売れっ子です。少年漫画誌に、ヤンキー漫画を描いています。名前は――」

が、それは知らない名前だった。漫画のタイトルも聞いたが、やはり知らなかった。……少年漫画とか、苦手だ。それまでの人生で、読んだことは一度もない。

でも、朱美は知っているフリをした。そうしないと、公賀さんを傷つけてしまいそうで。

「へー、すごいね。あの漫画、面白いよね」

「本当にすごいんです、あの人。あの人がいたから、私も肩身の狭い思いはせずに、地元のデパートに就職することができたんです」

「デパート？　もしかして、沼津の駅前にある――」

「そうそう、あのデパートです！　最初は食品売り場、次の年から紳士服売り場、そして三年目からは外商。割と出世コースでした」

た。

「じゃ、なぜ、東京に？」

「……まあ、いろいろとありまして」

公賀さんが、イチゴ大福を口に押し込んだ。これ以上は訊くなというサインだろう。無神経で鈍感だと言われる朱美だったが、さすがにそのサインは分かりやすかった。

「まあ、いずれにしても。公賀さんの事務能力の高さとコミュニケーション力の高さは、デパートで培ったものなんだね。……私も、学生の頃に、仕事の役に立つアルバイトでもしておけばよかったよ」

「アルバイトはなにを？」

「まあ、よくあるパターン。家庭教師とか塾の講師とか。……どれも、長くは続かなかったけれど。おまえは使えない、首だー！　って。……なんか、ダメなんだよね。空回りばかりでさ。一生懸命やってんだけど、やればやるほど、相手を怒らせるというか。ミスをするというか。……ほんと、いやんなっちゃうよ。今の仕事も、長く続かないかも。昨日もさ――」

そして、朱美は自分のことを語りはじめた。語り出したら止まらなくなった。三十分は、しゃべり続けたと思う。最後のほうでは泣きじゃくっていた。

「大丈夫ですよ、大丈夫だから」

公賀さんがおろおろと、朱美を慰める。

「仕事、大変だったら、私が手伝いますから」

そんな言葉に甘えて、朱美は公賀さんとの距離を縮めていった。

＋

だからといって、〝親友〟になったわけではない。

朱美は、三十年前の短いタイムトリップから、現実に戻ってきた。

「そう、ただの仕事仲間。正社員と派遣という関係」

朱美は、パソコンの時計表示をちらちら見ながらも、検索を続けた。

「だって、〝親友〟というのは、秘密を打ち明けたり、一緒に食事したり、旅行したり、お互いの家に泊まったり、そんな関係をいうんでしょう？　でも、私たちは、そんなことは一切なかった。ただ、休憩時間を一緒に過ごしたり、公賀さんが私の仕事を手伝ってくれたり。……その程度の関係だった」

しかも、公賀さんは、翌年には職場を去ってしまった。

風の便りでは、小さな広告代理店の正社員になったと聞く。なんでも、その会社の社長にスカウトされたとか。

「広告代理店といっても、下請け。万博舎を辞めた人が立ち上げた小さな会社。社長は女癖が悪く、トラブルばかりを起こしている。資金繰りも怪しく、悪い噂しかきかない会社だったな」

案の定、すぐに倒産。公賀さんが万博舎を去って半年後のことだ。つまり、公賀さんが入社してすぐに倒産したというわけだ。

「バブルの崩壊も原因のひとつかもしれないけれど、あんな経営してんだもん、潰れて当たり前」

みんなそう噂しあった。さらに、

「聞いた話だと、あの社長、失踪したみたいだよ」

「東京湾に沈められたんじゃない？」

「あるかもな……」

もちろん冗談だったが、その冗談には裏付けがあった。その社長が万博舎を辞めた理由が裏社会とのつながりだ。ドラッグを売買していたとか人身売買の片棒を担いでいたとか、色々と噂があった。

公賀さんの噂も聞いた。……そう、あれは、プロジェクト成功の打ち上げ会のときだ。

「ほら、以前、うちに派遣できていた子、いたろう？　あの子、例の会社に就職したみたいだけど、今はどうしてるんだろうな？」

頭にネクタイを巻いた課長が、赤ら顔で言った。

「ああ、公賀さんですか。そういえば、熱海で見かけたっていう噂を聞きましたよ」

課長の腰巾着が、課長のコップにビールをつぎながら答える。

「熱海？」

「はい。お座敷コンパニオンをしているらしいですよ」

「お座敷……コンパニオン？」

途端に、空気が卑猥《ひわい》な感じになった。男性陣の顔がいっせいにニヤつく。

「公賀さんもさ。うちで派遣を続けていればよかったのに。なんだってまた、あんな男に見初《みそ》められたんだろうね。まさに、地獄への片道切符のようなものだよ。……ね、柴田さんはその辺のことなんか聞いてない？　公賀さんとは仲良かったよね？　親友だったよね？」

課長の酒臭い息が、朱美の頬に当たる。そして、その右手が朱美のスカートをまさぐる。そしていよいよその手が、ショーツまで辿り着いた。

ここで抗ったら、また、「しゃれの分からないやつ」と言われる。

「ね、柴田さんは、公賀さんとは親友だったんでしょう？」

課長の息が、朱美の唇をかすめる。朱美は頷くでも否定するでもなく、その息を飲み込んだ。

2

「……親友だったんですか？」

そう言われて、朱美は一瞬、唇を噛み締めた。

会社近くの馴染《なじ》みのカフェ。いつものようにランチをとっていたら、声をかけられた。日界新聞の記者だと名乗る女だ。渡された名刺には「高崎千佳子」とある。馴れ馴れしく、そして空気を読まない女だった。取材なんか受けたくないのに強引に隣の席に陣取り、「あなた、亡くなった公賀沙知さんと親しくお話をされていたとか？　どんな関係だったんですか？」と、なんだかんだと質問してくる。まるで、キャッチセールスのようだった。答えたくもないのに、そのしつこさに負けてつい答えてしまう。……結局、朱美は公賀沙知との馴《な》れ初《そ》めを話す羽目になった。

話がいったん終わると、

「……親友だったんですか？」

女記者が訊いてきた。

……親友？　いやいや、あの関係は親友ではない。じゃなにかと言われれば、「利用し、利用される」関係だ。

そう、仕事がうまくできなかった私は仕事ができる公賀さんを利用し、公賀さんは私の「正社員」という立場を利用した。仮に、私が正社員でなかったら、公賀さんは私のことなんか洟《はな》もひっかけなかっただろう。派遣どうしでつるんでいるより、正社員とつるんでいたほうが見栄えがする。私がどんなに無能だったとしても、正社員といっしょにランチしたり談笑したりする姿は、他の派遣からは一目置かれていたはずだ。

「公賀さんは、コピーライターをしていたとか？」

女記者の問いに、

「え？」

と、朱美の動きが止まった。

「コピーライター？　誰がそんなことを？」

「公賀さんがその昔住んでいたアパートの大家さんから聞きました」

「違いますよ。公賀さんは、ただの派遣ですから」

言って、自分でもどきっとした。

「いいえ、なにも、派遣さんを馬鹿にしているわけではないですよ？　しかも当時の派遣はその道のプロ集団ですからね。実際、公賀さんは仕事もできて――」

一度言い訳がはじまると止まらないのはなぜか。朱美は喋り続けた。

「公賀さんは、事務系の派遣さんだったんですよ。ファイリングとか入力とか、右に出る人はいませんでしたね。とにかく正確で速いんです。ビジネスショウっていうのが当時あったんですが、……そう、晴海《はるみ》の国際見本市会場で年に一度やっていた展示会。モーターショーの事務機器版とでもいえば分かりやすいかな。そのショーでも、公賀さん大活躍。コンパニオンとして、各メーカーから引っ張りだこだったんですから。……コピーライター？　まあ、確かに、社内で公募したキャッチフレーズに応募したことはあるようですが、そんなの誰でもしてますからね。決して、コピーライターではありません。というか、コピーライターなんて。……ほんと、いったいぜんたい、なんだってそんなことを。きっとあれですよ。アパートの大家さんに見栄《みえ》をはったんじゃないですか？　……ああ、ごめんなさい、なにも、公賀さんが見栄っ張りって言っているんじゃないんですよ。……きっとあれですよ。派遣という肩書きでは、アパートの審査に通らなかったのかもしれませんね。だから、当時流行っていたコピーライターだなんて」

喋りながら、朱美は当時のことを思い出していた。

国が主導の大きなプロジェクト。そのキャッチコピーを社内で公募した。いわゆる社内コンペが行われ、もちろん、自分も参加した。公賀さんも特別に参加した。……そして選ばれたのは公賀さんが考えたキャッチコピーだった。それは一時期、日本中に貼られたポスターに採用され、どこに行っても目にした。……だからといって、公賀さんはコピーライターではない。たまたま幸運に恵まれただけだ。くじ運がよかっただけだ。

朱美は、喉の奥のイガイガをとるために、残りのアイスコーヒーを飲み干した。そして、

「公賀さんがうちの会社にいたのは、一年ほど。そのあと小さな会社の正社員になって、そこではコピーライターのようなこともしていたかもしれません」

「その会社は？」

「すぐに潰れました。公賀さんが入社して半年ぐらいで」

「そのあと、公賀さんは？」

「さあ。……ああ、熱海でコ、ン、パ、ニ、オ、ン、をしていたとか、そんな噂を聞きました」

「コンパニオン？　……ああ、もしかしてお座敷コンパニオン？」

「はい、そうです。モーターショーやビジネスシヨウで活躍するコンパニオンではなくて、お座敷で客を接待するコンパニオンです。……客にあんなことやこんなことをするコンパニオンです」

ここまで言って、朱美の喉の奥がまたイガイガしてきた。

空になったアイスコーヒーのグラスを握りしめると、底にたまった氷を喉に流し込む。

あのときの課長の酒臭い息が甦《よみがえ》るようだ。「君も、僕のコンパニオンになってくれないかな？」と言いながら、その指を執拗《しつよう》にショーツの中に忍び込ませてきた男。そしてトイレに連れ込まれて、それから――。

その記憶を振り払うかのように、朱美はゆっくりと頭を振った。そして、

「当時、社内では、公賀さんの噂でもちきりだったんです。好奇心の強い社員の一人がわざわざ熱海まで行って、公賀さんの客になったと吹聴《ふいちよう》してました。その人は笑ってました。『公賀さんが売春婦になった』と。お金と引き換えに体を売る女に成り下がったと」

……だとしたら、課長の欲望をすんなりと受け入れたあのときの自分もまた、「売春婦」なのではないか？　公賀さんと同じなのではないか？

――そうだ、お前は売春婦だ。仕事ができないことを周囲から責められないように、自ら課長を味方につけたのだ。その体を差し出して。課長だけじゃない、部長にもクライアントにも、お前は仕事で失敗するたびに、その代償として体を差し出した。まさに売春婦だ。お前も、公賀さんと同じだ。同じだ――。

朱美は両手で耳を押さえた。

「どうしました？」

女記者が戸惑いながら顔を覗き込んできた。

「あ、すみません。更年期障害なんです。……ときどき、頭がぐるぐるしちゃって」

「あ、分かります。私も去年から。……私の場合は、ホットフラッシュがひどくて。なにかの拍子に体中がかぁぁっと熱くなって、汗がふきだしちゃうんです」言いながら、女記者が額の汗を拭う。そして、

「公賀さんも、こうやって更年期障害と闘っていたんでしょうかね？」

「さあ。よく分かりません」

朱美は、意識して冷たく言い放った。これでおしまい……のサインだったが、女記者は懲《こ》りずに続けた。

「私ね、公賀さんの事件にとてもショックを受けているんですよ」

「ええ、もちろん、私もです」

「この事件、反響もすごいんです。多いのが三十代から五十代までの女性。中には二十代の女性も。……みなさん言うんです。『公賀さんは私かもしれない』って」

「ええ。……そうですね」

売春婦。そんな罵声《ばせい》が耳の奥で響き、朱美はまた、両手で耳を押さえた。

棘

五章

（日界新聞　日曜版エッセイ）
【fの呪い――公賀さんは私かもしれない】

新宿区西早稲田。都電O橋駅を降り、新目白通りを南方面に横切り狭い路地に入ると、途端に景色が変わる。

それまで煌々《こうこう》と輝いていた街灯もまばらになり、夜十一時ともなると深海のような静けさが広がる。心細さをまといながら闇《やみ》をかき分け進むと、ふと、ぼんやりとした明かりが見えてくる。まるで、漆黒の海を照らす灯台。または、暗闇をさまよう虫たちを惑わす誘蛾灯《ゆうがとう》。それは、小さな公園。中央にポールが伸び、その先には円形のアナログ時計がついている。ぼんやりとした明かりの正体だ。

六月六日、午後十一時。その時計の下のベンチで、一人の路上生活者の女性の遺体が発見された。

殺されたのだ。

女性の名前は公賀沙知さん。五十七歳。


さて。

♀。これをなんと読むか、ご存じだろうか。メス？　正解だ。金星？　それも正解だ。が、他にもこう読む。

フェミニン（feminine）。

「フェミニン」とは言わずもがな、〝女性らしさ〟を意味する言葉だ。転じて〝母性〟や〝優雅で可愛らしいファッション〟という意味も持つようになった。

ま、簡単に言えば、「女性」という意味だ。では、女性とはなにか？

今の時代、それを定義するのはとても難しい。体が「女性」でも心は異なる場合がある。その逆もしかり。

が、ひとつだけ確かなことがある。

それは、「女」という文字に隠されている。

私は以前、「社会的な女」とはなにか?という問いに対して、〝女〟という文字を手がかりに、以下のような文章を寄稿したことがある。それを引用してみよう。

古来、女は〝奴隷〟だった。なにしろ、〝奴隷〟の〝奴〟は〝女〟偏だ。本来〝奴〟は男の奴隷のことをさすのだが、男であっても奴隷となれば〝女〟と同様……というわけだ。いわゆる、男尊女卑。

今では当たり前のように言われている男女平等。が、その歴史は浅い。先進国の欧米ですら女性には長らく参政権がなく、二十世紀に入ってようやく各国で女性参政権が認められるようになった。女が〝奴隷〟という立場に甘んじてきた長い時間を考えれば、つい昨日のことである。女とはなにか? を考える際、この長い長い奴隷時代を抜きにして語ることはできない。奴隷時代の記憶が、細胞の隅々《すみずみ》まで深く刻み込まれているからである。あるいは〝文化〟や〝伝統〟や〝心理〟といった名を借りて、生活のあちこちに息づいているからである。

例えば、女はなぜ自身の〝姿〟に拘るのか。それは、ずっと選ばれる立場だったからだ。より条件のいい男に選ばれるためには、より艶《なまめ》かしい姿で男を誘わなければならない。

例えば、女はなぜ〝妄《うそ》〟をつくのか。それは、ずっと男をつなぎ止めることだけを考えてきたからだ。男の気を引くために、ときには死んだ振りもする。

例えば、女はなぜ〝妬《ねた》む〟のか。それは、ずっと男の移り気に悩まされてきたからだ。自分が捨てられる前に、〝石〟でライバルを打ちのめす。

例えば、女はなぜ〝母〟になりたがるのか。それは、〝奴隷〟の立場から抜け出せるたったひとつの道だからだ。〝母〟という文字をよく見てほしい。〝女〟の中に〝、〟（子）が見える。これは、子を持つことではじめて〝女〟から解放されて、〝母〟という一段上の立場を得ることを表している。女は弱し、されど母は強し……とはまさにこのことだ。

だが、ここで終わりではない。〝母〟に〝草〟を表す〝屮〟をつけると、〝毒〟になる。〝毒〟の意味は、言うまでもない。害や災《わざわ》いや死をもたらすものを指す。憎しみ、怨《うら》みという意味もある。女は母になることで、内なる毒を子に伝える……とでもいうのだろうか。

ところが、〝毒〟にはもうひとつ意味があった。それは、「育てる」「養う」「おさめる」。毒を以《もっ》て毒を制す……というやつだ。

〝女〟という文字に戻そう。これは、祈りを捧《ささ》げている姿を表しているという。つまり、本来、〝女〟は神に近い存在だった。それがどこでどうなって、〝奴隷〟となったのか。……このあたりに、女の毒の秘密が隠されているような気がする。（以下略）

この文章を書いたときは、私はまだ女の意味を完全に摑み取れていなかった。だから、〝毒〟という言葉を導き出してそれで終わりにした。

確かに、女には、〝毒〟という要素も含まれているだろう。が、最近になって、〝女〟という文字は〝呪〟という文字とひどく似ていると感じるようになった。

〝女〟という文字は「祈りを捧げている姿」を表しているが、〝呪〟もまた、「祈りを捧げている姿」を表しているのだ。つまり、〝女〟＝〝呪〟なのだ。

〝呪〟という文字は、今では〝呪い〟や〝呪詛《じゅそ》〟など、なにか魔術的な意味で捉《とら》えられることが多いが、そもそもは神事を行う姿を示したもので、すなわち、魔術もまた神事のひとつだったといえる。

私が〝女〟＝〝呪〟を強く感じたのは、ある事件がきっかけだった。

そう、冒頭で紹介した、西早稲田の小さな公園で起きた女性ホームレス殺害事件だ。

被害者の公賀さんの姿が、現場となった公園で目撃されるようになったのは今年の三月はじめ。事件の三ヵ月前だ。

身なりがきっちりとしている公賀さんを、はじめは誰も路上生活者だとは思わなかったそうだ。

「てっきり、この辺に住んでいる人かと思いました。仕事帰り、公園のベンチで一休みしているのかと」

公賀さんを公園で何度か見かけた近所の住民は語る。

「だって、ノートパソコンを持っていたんです。ノートパソコンを持ったホームレスなんて聞いたことないですからね。ただ、毎晩のように公園のベンチに座っているので、変だな……とは思ったんです。なにか事情があって、家には帰りたくないのかな？　もしかして、旦那にＤＶされているとか？　なんて、妄想もしてみたんですが」

また、公園近くの、新目白通り沿いのカフェに勤めていた元店員は、

「朝八時から午後の二時ぐらいまで、店の隅のカウンターテーブルにいっつも座っていました。注文するのは決まってアールグレイティー。それ一杯で六時間も粘《ねば》っているんです。まあ、迷惑なお客さんではありますが、身なりはちゃんとしていましたし、ノートパソコンで何かを入力しているようでしたので、てっきり、物書きかノマドワークの人かと。多いんですよ、そういう人。場所柄《がら》学生も多いので、ノートパソコンやタブレットを広げて何時間も占領するって人が。だから、その人もてっきり。……でも、ホームレスなんじゃないかとアルバイトの一人が言い出して。なんで

も、近くの公園の公衆トイレをねぐらにしているようだって。……で、私、あるとき、たまたま深夜にその公園を通りかかりましたら、急にトイレに行きたくなって、その公衆トイレに駆け込んだんです。そしたら女子トイレのひとつが閉まっていて、こんな夜遅く、自分以外に誰が使っているんだろう？と不思議に思いながら通り過ぎたら、扉が薄く開いている。覗いてみたら、女の人が便器に腰掛けて眠っているんですよ！

もう、あのときは本当に驚きました。幽霊かと思いました。または死体かと。逃げだそうとしたんですが、『あ、ごめんなさい、脅かしちゃって』と、声が聞こえてきて。扉が開いて、その女性がにこっと笑ったんです。あ、あのお客さんだ！って。やっぱり、噂は本当だったんだ。この人、公衆トイレをねぐらにしているホームレスなんだ！って」

事件までの三ヵ月間、公賀さんは公園の公衆トイレで寝泊まりし朝八時頃になると近くのカフェに行きアールグレイティー一杯で午後の二時まで粘った。

カフェの別の店員は言う。

「近くに、大手広告代理店の本社があるんですが、どうやらその社員たちの何人かとは面識があったようです。親しく話しているのを目撃しました。ランチをおごってもらったりしてました。ときには、お金も借りていたようです。たぶん、ですが。元々は、その広告代理店に勤めていた人だったんじゃないでしょうか」

その広告代理店に勤めるカフェの常連客、Sさんにも話を聞いてみた。

「ええ、確かに、公賀さんと私は同じ職場で働いていました。といっても、もう三十年ほど前の話で、公賀さんと一緒に仕事をしたのは一年ぐらいです。

こういってはなんですが、公賀さんのことはずっと忘れていたんです。ところが、事件の三ヵ月ほど前、職場近くのカフェでランチをしていると声をかけられたんです。『うそ、久しぶりね！』って。でも、そのときは誰かまったく分かりませんでした。『あなた、全然変わってないわね。すぐに分かったわ』そんなことを言われても、私のほうは全然分からなくて。なにか新手の勧誘なのか？と呆気《あっけ》にとられていると、『クガよ、クガサチ！』。

その名前を言われても、？で。『だから、クガよ、クガ！』。連呼するその口元を見ているうちに、思い出してきました。あ、唇の左下にあるホクロ！

『公賀さん？』そう応えると、彼女は破顔しながら、私の手を取りました。すると、ぷーんと独特な臭《にお》いがしてきて。……そう、それは、何日もお風呂に入っていない例の臭いです。私はえずきそうになりながらも、笑顔を必死に作りました。

『公賀さん、今、なにをしているの？』

『え？　私？　私はノマドワークをしているところ』

でも、嘘だということはすぐに分かりました。

ぴんときましたね。ホームレスしてるって。

というのも、そのちょっと前から職場で変な噂があったんです。カフェで女性のホームレスが声をかけてくる。声をかけられたらお金を無心されるから気をつけろって。まるで、トイレの花子さんとか口裂け女のようなおどろおどろしい口調で語られていたもんで、てっきり都市伝説みたいな冗談かと思っていたら、本当でした。

……でも、あの公賀さんがまさかホームレスだなんて。ショックでしたね。公賀さん、かつては職場の華で、仕事もできて、バリバリのキャリアウーマンって感じだったんですよ。……それなのに、なんで？って。もう、なんていうか、どうしようもなく気持ちが沈み込みました。いったい、公賀さんはどこで道を間違えたんだろう？私と同じような道を歩んでいたはずなのに、なんで？って。もしかしたら、私も公賀さんのようになっていた可能性があるの？って。そう思ったら、泣けてきて。そのときはランチをおごって、一時間ばかり昔話をして。そして、公賀さんに無心される前に、五千円札を彼女のカップの下に滑《すべ》り込《こ》ませました。

……そのあとも、数回、公賀さんとあのカフェでランチをしました。だって、やっぱり気になって。できたらなにか助けてあげたいとも思ったんですが、彼女は『ノマドワークをしている。今の自由な暮らしが一番幸せ』と言い張るものですから、それ以上はなにもできなくて。下手に、役所に行ったら？　生活保護の申請をしたら？　宿泊先を探してあげようか？　なんて言ったら、彼女のプライドを傷つけると思いまして。

でも、今思えば、そんな余計な気遣《きづか》いなんかせずに、無理矢理にでも、役所に引っ張っていけばよかったと思います。

彼女が亡くなった日も、私、あのカフェで彼女とランチをとったんです。住宅情報誌をネタに、「熱海に住みたいね」なんて話をして。あれが、最後になってしまいました。……とても残念です。そして後悔しています。……もしかしたら、彼女は私だったのかもしれない。そんなことを最近、ずっと考えているんです」

Sさんの言葉が、心にずしんと響いた。

彼女は私だったのかもしれない。

この事件のニュースを聞いて、そう思った女性は多いのではないだろうか。

左右は険《けわ》しい崖、そんな細い稜線《りょうせん》の上をそろそろと歩かされているのが今という時代だ。ちょっとバランスを崩せば、奈落《ならく》の底まで転げ落ちる。どんなに真面目に正直に生きていてもだ。

なぜ、公賀さんはホームレスという終着点で殺害されなければならなかったのか。

公賀さんを殺害した犯人は、西岡政夫《にしおかまさお》という男だ。公園のベンチに座っていた公賀さんと言い争いになり、持っていたレジ袋で公賀さんを殴りつけた。レジ袋の中には、五つの缶詰が入っていたという。

西岡は、四十四歳、殺害現場となった公園の近くにあるマンションの清掃員をしていた。

同じ職場で働く同僚はこう証言する。

「ちょっと癖のある人でしたね。話しかけづらかった。仕事の態度はまあ真面目なほうでしたが、住民とのトラブルも絶えませんでした。管理会社から何度も注意を受けています。そんな人ですから、今回の事件が起きてもあまり驚きませんでしたね。……ああ、とうとうやらかしたか。としか」

また、西岡の自宅の近所に住む女性はこう語る。

「あの人、引きこもりだったんですよ。仕事も転々として。ゴミのことで、住民と何度もトラブルになっています。言ってみればトラブルメーカーですよ。いつかなにか事件を起こすんじゃないかって、そう思っていました。だからといって、ホームレスを殺害するなんてね。……陰険すぎますよ。弱い者をいじめて快感を覚えていたんでしょうかね。本当に恐ろしい話です。そんな恐ろしい人を野に放ってはいけませんよ。死刑にしてもらいたいですよ」

　また、西岡のかつての同僚は、

「あいつ、ちょっと男尊女卑なところがあったから。……父親を早くに亡くして、母親とずっと二人暮らしだったんですよ。マザコンの気がありましたね。一方、他の女性にはきつかった。なのに、風俗にはちょくちょく通っていたみたいですね。池袋の風俗街でよく目撃されていましたから。きっと、あいつにとっての女性は、『ママか娼婦《しょうふ》』なんでしょうね」


　ママか娼婦。この言葉は、私がずっと追い求めている「女」とはなんぞや?という問題に対する、ひとつの答えだ。

　そう、女は古来、母親か娼婦のどちらかの役割を押し付けられてきた。いや、女が自らその役割を担ったと言ってもいい。なぜか。言うまでもない。男にとって最も都合がいい存在だからだ。だから、ママか娼婦を演じていれば男を手玉にとることができる。男性優位の時代には、女が生きるにはママか娼婦になるしかなかったのだ。

　だが、リスクもある。特に〝娼婦〟は男に殺される危険性が高い。

　かの切り裂きジャックを持ち出すまでもなく、古今東西、娼婦が犠牲になる殺人事件は数知れない。

今回の『西早稲田女性ホームレス殺害事件』もまたしかり。

そう、被害者の公賀さんはある時期、体を売って生計を立てていた。

体を売っていた頃の公賀さんを知るKさんは、こう語った。

「公賀さん、よく言ってました。女には呪いがかかっているんだって。どの女も呪いからは逃げられないって」

呪い？　それは、いったい、なんなのだろうか？

その問いに、Kさんはこう答えた。

「そうですね。……たぶん、それは〝運命〟の別名ではないでしょうか」

六章

1

板野光昭《いたのみつあき》は、運命を信じない。縁も信じない。世の中はただ、確率と偶然と必然によってできあがっているだけだ。

が、その日、光昭は何度も〝縁〟という言葉を聞かされた。

いつも通る道がたまたま工事中だったので誘導に従って、迂回《うかい》した。しばらく歩いていたらまたまた工事中で、またもや迂回。さらに下校時間とぶつかったのか大量の小学生が向こうから群をなしてやってきたので、ここでまた迂回。

気がついたら、まったく知らない景色が広がっていた。どうやら、道に迷ったようだ。日もとっぷり暮れ、薄暗い。年甲斐《としがい》もなく、心細さが襲ってくる。

いったい、ここはどこだ？と、スマートフォンを上着のポケットから出したところで、なにか視線を感じた。

が、あたりを見回しても人はいなかった。まさに、絵に描いたような「閑静な住宅街」。気のせいか？と首をひねったところで、聞いたこともない鳴き声。光昭は、びくっと立ち止まった。

見ると、猫の目が浮いている。

「え？ ……なんだ？」と硬直していると、

「なにかご用ですか？」

と、声をかけられた。

見ると、初老の女性の白い顔が、ガラスドアの隙間からにょっきり飛び出している。

「ひっ！」光昭は、その場を飛び退《の》いた。

と、その拍子に、足がなにかにぶつかった。

それは、立て看板だった。

『保護猫はじめました』

は？

結局、光昭はその家に招かれた。

古民家を今風にリフォームしたようなその家には、所狭しとケージが並んでいる。

並んでいるのはケージばかりではない。その壁一面には、本、そして本。

「ここ、以前は古本屋だったんですよ」

女性が、メニューをそっとテーブルの端に置いた。よくよく見ると、女性の胸にはネームプレート。「タナカ」と書かれている。

「ここのオーナーが古本屋を古本ごと買い取って。古本屋とカフェを合体した店をオープンさせたんです」

タナカさんが、メニューをすすすと光昭の前に滑らせた。

メニューには、コーヒーやら紅茶やらジュースやら、ありきたりな言葉が並んでいる。特に喉は渇いてないがテーブルに着いてしまったからには、なにか注文しなくてはならないだろう。……なんで、こんなことに。まるで、ぼったくりバーじゃないか。

「あ、じゃ、コーヒーを」

光昭が注文すると、すでに用意されていたのか、あっという間にコーヒーカップがテーブルに置かれた。コーヒーカップというか、会社の会議なんかでよく出る、プラスチックカップだ。きっと、中身もインスタントなんだろう。……それで千百円か。

……冗談抜きで、本当にぼったくりだ。

「ところが、カフェも古本も全然で」

　タナカさんは話を続けた。

「それで、猫カフェにしたらいいんじゃないかって安易に考えて猫を集めているうちに、保護猫ボランティアに目覚めてしまったんですよ。今じゃ、すっかりそっちが本業です。古本屋とカフェはおまけ」

「は……」コーヒーを一口啜る。うん？　なかなかいける。

「あなた、猫は？」

「え？」

「猫は好き？」

「いえ、特に。好きでも嫌いでも」

「お歳は？」

「え？」なんで、年齢を訊かれるんだ？と思ったが、タナカさんの圧に押されて、

「今年で四十三歳です」

「一人暮らし？」

「いえ。両親と一緒に暮らしています」

「持ち家？」

「ええ、はい」

「マンション？　一軒家？」

「一軒家ですけど」

「ご職業は？」

「自由業です」

「自由業といいますと？」

さすがに、求職中とは言いづらい。「まあ。……物書き……的な？」

「まあ、もしかして、ライターさん？」

まあ、嘘ではない。以前はそういうこともしていた。光昭はこくりと頷いた。

「だったら、合格ですね！」

「は？」

「あなたは、保護猫を引き取る資格があるってことです」

「資格？」

「あなた、猫、飼いませんか？」

「なぜ？」

「だって、ミモザちゃんがあなたを気に入ったみたいなんですよ。ずっと、あなたのことを見ている」

振り向くと、ショーウインドーのようになっている出窓の床板に、猫が。右耳のところに三日月のような模様がある三毛猫がちょこんと座っている。

ああ、そうか！　あの視線は、この三毛猫か！

「ミモザちゃん、あなたのことをとっても気に入っているみたいですよ。いつもは隠れて人前には出てこないのに、あなたが通りかかったとたんケージから出て、あそこでずっとあなたを見ているんですもの。これは、きっと、運命ですよ、縁ですよ！」

「は？」

「ですから、運命ですよ、縁ですよ！」

「……………」

「どうです？　ミモザちゃん、飼ってみませんか？　ご覧の通りの三毛猫、女の子です。歳は推定で――」

「飼う？　いやいやいやいやいや」光昭は全身で拒絶の意思を表した。が、

「まあまあ、そうですよね。突然、猫を飼えと言われても、困りますよね。分かりました。では。トライアルということで、明日から一週間、ミモザちゃんと暮らしてみませんか？」

「は？　トライアル？」

「明日の夕方、ご自宅にミモザちゃんを連れて行きますので、今日は、心の準備をしてくださいね」

そしてタナカさんは本棚から古本を三冊引き抜くと、それをテーブルに置いた。そ

れはどれも、猫を飼うときのマニュアルだった。

「三冊で、二千五百円です」

2

ミモザとの〝縁〟は、まさに押し売りだった。

千百円のコーヒーを飲まされて、二千五百円で本を三冊買わされて、しかも、猫を押しつけられた。

が、結果的には正解だった。ミモザが来てから、家が明るくなった。子は鎹《かすがい》というが、ペットこそ、バラバラになった家族をつなぐ鎹なのだろう。

父親の体調が少しばかり改善した。父親の介護に疲れ果てていた母親の機嫌も少しばかりなおった。

そして、自分自身の気分も少しばかり上昇した。

父親が脳梗塞《のうこうそく》で半身不随になったのは二年前。母親だけでは手がつけられなくなり、光昭も仕事を辞めざるを得なくなった。……いや、父親の介護を言い訳に、行き詰まった職場から逃げ出したのだ。

逃げ出したはいいが、今度はメランコリーに襲われた。なんだかんだ言って、あの仕事が好きだったんだ。なのに逃げ出した自分が情けなくて惨めで、気がつけば世界が灰色になっていた。

家族全員、まさに、どん詰まりだった。あまりの惨状に、妹は家出した。

外から見れば、誰もが羨ましがる裕福な家だ。なにしろ、家は有名建築家の手による豪邸だし、庭も立派だ。車だって二台ある。が、それらはすべて、父のはりぼての見栄だ。住宅ローンだけは父が障碍《しょうがい》をもったことで返済がちゃらになったが、家計はかつかつで、父の退職金と年金と、そして自分の退職金でなんとかやっている。それだって、いつまでもつか。絶望と失望が家の中を覆っていた。

そんなときにやってきたのが、ミモザだ。

ミモザは、賢い猫だった。そして空気を読むのが天才的にうまい。いつのまにか、家族のアイドルとなり、そして鎹となった。

「それにしても、こんないい子を、前の飼い主はどうして捨てたのかしらね」

ミモザが来て一ヵ月ほど経った頃、母が怒気を含ませて言った。

それは誰もが気にはなっていたが、ミモザのためにも口に出さずにいたのだ。ミモザは、たぶん人間の言葉が分かる。前の飼い主のことを話題にしたら、きっと悲しむに違いない。

タナカさんによると、前の飼い主に捨てられたのだという。

どうして、ミモザは捨てられたのか。

こんなに可愛くて優しくて賢い猫が。もちろん、捨てられたからこうやって我が家で暮らすことになったのだから、我々家族にとってはよかったのだが。でも、ミモザにしてみれば、なんとも理不尽なことだ。捨てるぐらいだから、もしかしたら虐待なんかも受けていた可能性もある。

「私ね、思うんだけど。たぶん、虐待とかはないと思うの。だって、傷ひとつもないし、毛並みだってあんなに綺麗」

ミモザの姿がないことを確認すると、母が囁くように言った。

「そりゃ、そうだよ。だって、保護されていたんだから。傷があっても毛並みがボサボサでも、保護施設にいるあいだに回復したんだよ」

光昭も囁くように答えた。

「そうかしら。元から無傷で毛並みもよかったんじゃないかしら。たぶん、元の飼い主が大切にしていたんだと思う」

「そうかな」

「それに、爪《つめ》を切るときだっておとなしいじゃない。あれは、子猫のときからちゃんとしつけられていた証拠よ。あんただって、覚えているでしょう？　おばあちゃんちにいた猫。元は野良猫だったから、爪切りどころか、抱っこだってさせてくれなかった」

　ああ、あのワイルドな大猫か。あの大猫のせいで、一時は猫嫌いになったものだ。何度も引っかかれた。

「ミモザちゃんは、絶対、引っかかないでしょう？」

「まあ、そうだね」

「抱っこだってさせてくれるでしょう？」

「まあ、そうだね」

「ダメって一度教えたら、同じことはしないでしょう？」

「まあ、そうだね」

「病院だってそうよ。この子、めちゃくちゃおとなしくしているの。暴《あば》れたりしないの、鳴いたりしないの」

「まあ、そうだね」

「お医者さんも言っていた。こんなにいい子はめったにいないって。きっと、子猫の頃から病院にも慣れていて、しつけられているんだろうって。かなり大切にされていたはずだって」

「そんなことあるわけないじゃん。大切にしていたら、なんで捨てたんだよ？」

「それは……」

「虐待だよ、間違いなく、虐待されていたんだよ！」

そう信じたかった。ミモザは虐待されて辛い境遇の中にいた。だから、昔のことは思い出したくもないはずだ。

……そういう設定にしておきたかった。大切にされていた大好きな飼い主に捨てられるよりは、虐待するようなひどい飼い主に捨てられたほうが、ミモザにはいいように思われたからだ。だって、前者だったらあまりに悲しすぎる。今も、その飼い主のことを忘れられずにいるはずだから。

「まあ、それはないよ。だって、猫だ。猫は、昔のことなんか覚えてない」

不自由な口を動かしながら、父も会話に参加した。

「過去と未来を思うのは、人間だけだ。動物には基本、今しかない」

さすがは、元大学教授だ。ときどき、深いことをさらりと言う。

そうか。猫には〝今〟しかないのか。人間もそうだったらなんと楽だったか。

過去の後悔に引きずられ、未来の不安に囚われて。どちらも、幻影のようなものなのに。

「そうだ」父が、ゆっくりと頷いた。「幻影を抱き、そして幻滅する。……それが、人間に課せられた悲しき運命だ」

にゃー。

どこかで昼寝をしていたミモザが起きてきた。

父の口元が綻び、母が破顔し、そして光昭も表情を緩めた。

ああ、本当にかわいらしい猫だ。我が家の天使。

こんな素晴らしい猫を捨てるなんて、本当に許せない。

3

「分かったかもしれない、元の飼い主」

それは、十月のはじめの日曜日のことだった。光昭が日界新聞の日曜版を読んでいると、汗だくの母親がキャリーケースを抱えながら、なんとも言えない複雑な表情でリビングのドアを開けた。

今日はミモザの定期健診の日。それが終わって、母親とミモザが戻ってきたのだ。

「元の飼い主が分かったって、どういうこと？」

光昭は、あらかた読み終えた新聞をテーブルに置くとキャリーケースの扉を開けた。ミモザが元気よく飛び出す。

「先生がおっしゃるの。ミモザちゃんの後ろ首にチップが入っているって」

「チップ？」

「そう、マイクロチップ。たぶん、元の飼い主が入れたもんじゃないかって。このチップを調べたら飼い主の情報が分かるって」

チップが入っている？　そんなこと、あの保護猫シェルターのタナカさんは一言も。

「たぶん、シェルターの人も気がつかなかったんじゃないかって。……で、どうする？」

「どうするって、……なにが？」

「元の飼い主さんのこと、調べる？」

「は？　調べてどうするんだよ」

「そりゃそうなんだけど。……でもね、万が一、ミモザちゃんが迷子になったとき、チップで情報を検索するっていうのよ。そしたら、前の飼い主さんのところに連絡が行くみたいなのよ」

「そんなの、困るよ！」

「でしょう？　だから、チップの情報を更新しなくちゃいけないみたいなのよ。それには、元の飼い主さんと連絡して、更新することを承認してもらわないといけないんじゃないかって、先生がおっしゃるのよ」

「そんなの、聞いてないよ！　ミモザはもううちの子だよ！　前の飼い主なんて関係ないよ！　チップなんか、取り出せよ！」

「そうもいかないらしいのよ」

「じゃ、どうすんだよ！」

「とりあえず、チップの中に入っている情報を読み取ってもらった。これが、それ」

母親が、ポシェットから一枚のプリントを取り出した。

「よく分かんないけど、チップを管理している団体も色々あるらしくて。更新の手続きの手順もそれぞれだから、とりあえずは、その団体に連絡したほうがいいって、先生が。それから――」

母親が差し出したプリントを、光昭は奪うように手にした。

『飼い主・西岡政夫』

うん？　この名前。

……最近、どこかで見たことがある。

……えっと。えっと。

あ。あの事件の犯人だ！

西岡政夫、四十四歳。勤務先はマンション管理会社。事件当時、西早稲田にある大型マンションで清掃員として働き、下落合《しもおちあい》の一戸建てで母親と二人で暮らしていた。

六月六日午後十時半頃、公園のベンチに座っていた公賀沙知さんと口論となり、衝動的に持っていたレジ袋で頭を殴りつけた。レジ袋の中には缶のキャットフード五個が入っており、それが鈍器の役割をはたしたとみられる。

西岡政夫は、「口論になってしまった。まさか死ぬとは思わなかった」と供述している。

＋

光昭は、ここでいったん指を止めた。

我ながら、驚いた。ノートパソコンを開いたのは一年ぶりか？　そうだ。仕事を辞めてから、ずっとしまい込んでいた。もう二度と、開くことはないと思っていた。なにしろ、それが視界の隅に入ってくるだけで吐き気とめまいに襲われて、体が硬直してしまう。

医者は、パニック障害のひとつだと言った。仕事があまりにストレスで、仕事道具を見るだけで体が拒絶反応を示す。

「あなたの心の病《やまい》の原因は、間違いなく〝仕事〟です。仕事を思い出すものは、なるべく、遠ざけるようにしてください」

医者のくせして、当たり前のことしか言わない。ストレスの元を断ち切るのが一番だということは、子供だって分かる。が、そのストレスの源を簡単に断ち切れないのが、今という時代だ。

「新聞記者が、パソコンを遠ざけたら仕事にならないですよ！」

そう泣きながら医者に訴えると、

「じゃ、仕事を辞めてください」

医者は、「今日は夕飯を食べないでください」とでも言うように、軽い口調で言い放った。

ここで下手に反論でもしたら、「では、このまま入院しましょうか」と言われるのがオチだ。

できれば、入院は避けたかった。

「分かりました。仕事は辞めます」

仕事を辞めること、薬を飲むことを条件に光昭は帰された。

あれから一年。

症状が改善しているとはとても思えない。むしろ、薬を飲むたびに悪化しているような気がする。が、光昭はすでに薬を手放せなくなっていた。ありとあらゆる意思が薄れていくのに、「薬を飲まなくちゃ」という意思だけは、むしろ強くなる一方だ。

……これが俺の人生なのかなぁ。薬漬けになって死んでいく人生か。まあ、それも仕方ない。そう言いながら、「破棄」と書いた箱にノートパソコンを入れたのだが。まさか、ここに来て、それを引っ張りだすことになるなんて。

もしかして、一年経ってようやく薬の効き目が出てきたのか？

いや、違う。「性《さが》」が久しぶりに覚醒したのだ。

記者という性が。

そのきっかけは、言うまでもなく猫のミモザだ。彼女の後ろ首に入っていたチップ。その中に記憶されていたのは、なんと、殺人犯の名前だった。

なるほど、これでようやく謎《なぞ》が解けた。大切に育てられてきたはずなのに、なぜ捨てられたのか。

それは、飼い主が逮捕されたからだ。

忘れかけていた「性」がひょっこり顔を出す。もともとワーカホリックで、仕事が大好きなのだ。それが原因で体と精神と脳が悲鳴をあげたというのに、光昭は寝食を忘れて検索を続けた。「西岡政夫」を調べまくった。

そして、その朝。

「ちょっと、出かけてくるよ。ミモザをよろしく」

と、光昭はノートパソコンをリュックに詰め込むと家を出た。

4

光昭は、まず西早稲田の事件現場に向かった。

現場は大通りから少し逸れた住宅街の中にある公園だ。小さな小さな公園で、古い地図によると、元々は住宅が建っていたようだ。相続税が払えずに土地を物納し、それを行政が公園にしたのかもしれない。

公園の中央にはポール時計、針は朝の八時十二分を指している。その下にはベンチ、奥の暗がりには公衆トイレ。遊具らしきものはないので、子供の遊び場としての公園ではなさそうだ。

公園前の道にはタクシーが三台、連なって停まっている。もしかしたらこの公園は、タクシー運転手御用達《ごようたし》のトイレスポットおよび休憩スポットなのかもしれない。

先頭に停まっているタクシーに近づくと、光昭は後ろの窓をトントンと軽く叩いた。仮眠をしていた運転手がびくっと起き上がる。そして、前の窓がするすると開かれた。

「な、なんです？」運転手が警戒の眼差しでこちらを見た。「け、警察ですか？」

そうなのだ。タクシー運転手にとって、後ろの窓を叩かれるのは恐怖でしかない。そこを叩くのは警官であることが多いからだ。以前、取材相手のタクシー運転手に聞いた。だから、眠っている運転手を起こしたいときは、後ろの窓を叩くといいですよ……と。

「いえ、警察ではありません。こういう者です」

光昭は、かつて使用していた名刺を差し出した。今は辞めてしまったから使う権利はないのだが、まあ、嘘も方便だ。

「……日界新聞？」

運転手が、今度はほっとした表情でこちらを見た。

「新聞社の記者がなんの用です？」

「六月にここで起きた殺人事件について、取材をしているんです」

「殺人事件？　……ああ、ホームレスの女性が殴り殺されたっていう、あれ？」

「そうです。なにか、ご存じのことありませんか？」

「でも、もう犯人捕まったんでしょう？　なんで今更？」

「事件の裏側を知りたいんです。なぜ、犯人はホームレスの女性を殺害しなくてはならなかったのか」

「へー、珍しいね」

「なにがですか？」

「被害者の女性にばかり同情が行って、社会問題として扱われていたじゃない。俺も、何度かマスコミ連中に取材されたけど、みんな女性のことしか訊かないの。犯人のことを知りたい……って言ってきたの、あんたが初めてだよ」

「もうすでに、マスコミから取材を受けていらっしゃるんですね」

「うん。おたくの新聞社からも受けたよ。女性の記者でさ、『こんなことは許されません！　どうして女性は死ななくてはならなかったんでしょうか！　女性が安心して住める国にしなくては、日本は滅びます！』なんて演説をはじめるもんだから、じらけちゃってさ。ああいう取材はダメだね。先入観ありきで、自分が作ったストーリーに合わせて取材している。それじゃ、事件の真相なんてつかめないよって」

「おっしゃる通りです」

「俺なんかから言わせると、加害者のほうにシンパシー覚えちゃうんだよね。ニュースによると、俺と同世代。いわゆる氷河期世代だよ。なんだか、自分の人生と重ねちゃってさ。……自分も、もしかしたら、あの加害者みたいな人生を歩むかもしれないな……とかさ。ところで、おたくは、何歳？」

「今年で四十三歳です」

「なんだ。あんたも就職氷河期世代か。……優秀なんだな」

「え？」

「だって、就職氷河期世代って文字通り、大卒でも全然就職できなかった世代でしょう？　なのに、一流紙の記者なんだもん、エリートじゃん」

「……いえいえ、そんな」

「でもさ、氷河期に就職できた連中は、エリート意識が強すぎるんだよな。狭き門を突破して就職したという自負とプライドが高すぎるんだろうね。『自分は特別だ！』という意識が強いというか」

「………」

「俺が前に勤めていた会社にも……俺さ、こう見えて、十年前まではちょっとした商社で働いていたんだよ……その会社にもそういうやつがいたんだよ。俺の同期だったんだけど、入社三ヵ月で『今の仕事は自分がやりたい仕事ではない』って、辞めちゃった」

耳が痛い。自分も、新入社員の頃はいつもそんなことをぼやいていた。『こんなのはジャーナリストの仕事じゃない！』と。

「で、あんたの聞きたいことって、なに？」

「ああ、ですから。加害者の西岡さんを見かけたことはありますか？」

「うん、あるよ。ここはご覧の通り、タクシー運転手の休憩スポット。トイレもあるし、コンビニもすぐそこだし。いろいろと都合がいいんだよ」

「休憩は、いつもこの時間ですか？」

「まあ、時間はまちまちだけど。でも、この時間が多いかな。あとは、夜もときどき」

「西岡さんを見かけたのは？」

「夜の六時ぐらいかな、ときどき見かけたね。……うん、そう。たぶん、あのマンションで働いていたんだと思う」

運転手が、公園向こうの建物を指さした。それは、七階建ての大型マンションだった。

「五年前にできた億ションだよ。金持ちばかりが住んでいる。コンシェルジュもいて、ドアマンまでいて。警備も二十四時間体制。管理費、高いだろうな。きっと、俺の家の家賃ぐらいなんだろうね」

「西岡さんは、そのマンションから？」

「そう。ニュースで知ったけど、職業は『清掃員』だったそうだね。たぶん、あのマンションの清掃員だったんだろうね。でも、いっつもぱりっとしたスーツを着ていたからさ、てっきり住人だと思ってたんだよね」

「ぱりっとしたスーツ？」

「そう。身なりはよかったよ。ただ、どうして、夜にマンションから出てくるんだろう？とは思った。しかも、必ずそこのコンビニに寄って買い物をして、駅のほうに向かっていく。不思議だったけど、清掃員なら合点《がてん》がいくね。あれは、仕事帰りだったんだな」

「被害者の公賀さんが西岡さんに襲われたのは、午後十時半ぐらいだそうですが、なぜそんな時間に西岡さんがここにいたかは分かりますか？」

「いや、さすがにそれは分からないよ。……あ、でも。一度、西岡さんから声をかけられたことがあるよ。猫のことで」

「猫？」

「そう。この辺には地域猫が何匹かいるんだけど、その猫たちが虐待されているようだって。犯人を探しているって」

「それは、いつのことですか？」

「だから、事件のちょっと前だよ。俺が声をかけられたのは一度だったけど――」

「僕も声をかけられましたよ」

煙草を吸いながら、メガネをかけた初老の男がこちらにやってきた。うしろに停まっているタクシーの運転手のようだ。胸の名札には、「船井《ふない》」とある。

「あれは、事件の前日」煙草を携帯灰皿にねじ込むと、船井さんは言った。「夜の十時頃、どうしてもトイレに行きたくなって。それで、ここに寄ったんです。そしたら、あの人がいました」

「西岡さん？」

「はい、たぶん、その人です」

「西岡さんは、なにを？」

「猫を探していたみたいですね」

「猫を？」

「怪我《けが》をしている猫を見かけませんでしたか？って声をかけられました。なんでも、仕事帰りに見かけたんだとか。それで、保護しようと、出直してきたんだとか」

「保護？」

「この公園付近で猫が何匹か死んでいたことがあったんですよ。たぶん、殺されたんでしょうね。それで、あの人は、パトロールのようなことをしていたんだと思いますよ」

「パトロール？」

「そう、犯人捜し。あの人は、ホームレスに疑いをもっていました」

「ホームレス？」

「そう、この公園を根城にしている女のホームレス」

「殺害された公賀さんですか？」

「そう。……ああ、詳しいことは、コイケさんに訊くといいですよ。あの人なら色々と知っているでしょうから」

「コイケ……さん？」

「そう。犯人が勤めていたあのマンションで警備員をしています。もともとはタクシーの運転手でね、それで何回か話したことがあるんですよ。……そろそろ夜勤明けで、マンションから出てくる頃じゃないかな」

＋

タクシーの運転手の言うとおり、午前九時過ぎ、マンションのほうから歩いてきた一人の老人が、コンビニのほうに向かっていく。

「あの」

光昭が声をかけると、老人は一度は立ち止まった。が、なにかを察したのか、軽く首をふると、早足になった。

光昭は追いかけた。

「あの、すみません。少し、お話いいですか？」

老人は応えない。

「タクシー運転手さんの船井さんからあなたのことを聞いたんです」

「え？」

ここでようやく老人は立ち止まった。

「船井さんを知っているの？」

「ええ、さっき、お話を聞かせてもらってました。コイケさん、あなたもタクシー運転手だったんですってね」

「………」コイケさんが、また歩き出した。

「あ、すみません。お伺いしたいのはあなたのことではなくて。……あなたの同僚だった西岡さんのことなんです」

コイケさんの足が、ゆっくりと止まる。が、また早足になると、コンビニのほうに消えていった。

「今日はダメか。……明日、また来るか」

と、ベンチでしばらく体を休めていると、

「西岡さんのこと、知りたいの？」

と、コイケさんが戻ってきた。その手にはレジ袋。コイケさんは光昭の隣にどっこらしょと腰を沈めると、レジ袋の中身を取り出した。おにぎり二個とひじきのサラダと柿《かき》の種と、そして缶ビール。

「今日は、かみさんが仕事でさ。家にいないんだよ。だから、ここで朝食を済まそうと思ってね。あんたは？　朝食は？」

「いえ、まだ」

「じゃ、柿ピー、食う？　このメーカーの柿ピー、美味しいよ」

と、コイケさんが柿ピーを一袋、光昭の膝《ひざ》に置いた。

「いえ、そんな。悪いです」

「いいよ、いいよ、食べなよ。俺の分はちゃんとあるからさ」

「……はぁ」どうやらコイケさんは、光昭の分まで買ってきてくれたようだ。

「あんた、マスコミ関係者？」

「あ、はい、そうです」

光昭は、慌てて名刺を差し出した。

それを受け取ると、

「日界新聞？　あれ？　前にもこの新聞社の記者が取材していたな」

「女性でしたか？」

「そうそう。女性だった。やたらと熱心な人でさ、『正義』だの『女性の権利』だの熱弁を振るっていたね。もっとも、おいらは取材されなかったけどさ。取材されていたのは、フロントのお嬢さんだけ」

「コンシェルジュ？」

「そう。……あの女記者、分かってねぇんだ。フロントのお嬢さんたちに訊いたってさ、西さんのことなんかよく知らないんだから」

「西さんとは、西岡さんのことですか？」

「そう。おいらは、イケちゃんって呼ばれてた」

「仲がよろしかったんですね」

「仲はよくも悪くもないよ。ただの仕事仲間。それに、おいらは夜勤だろう？　西さんは日勤。だから、少なくとも、顔を合わすのは、たまたまシフト時間がダブったほんの一時間ぐらい。でも、フロントのお嬢さんなんかよりは西さんのことは分かっているつもり。あのお嬢さんたちの視界には、おいらたちなんか入ってないからさ。〝おじさん〟ってひとくくりだよ。掃除担当と警備は全部で七人いるけど、区別もついてないんじゃないかな。だって、名前で呼ばれたことないもん」

「それは悲しいですね」

「いや、特に悲しかないぜ。こっちだって、〝フロントのお嬢さん〟ってひとくくりだ。全部で四人いるけど、まったく区別がつかねぇ。みんな同じに見えるもんなぁ。だから、名前も覚えてない」

「なるほど。どっちもどっちということですね」

「そう。……でも、西さんは違ったんだよね。お嬢さんたちの名前もちゃんと覚えていたし、区別もできていた。なんでも、元々は、営業マンだったらしいぜ」

「営業マン？」

「詳しいことは知らねぇが、大きな会社にいたんだとさ」

大企業の営業マンが、なぜ清掃員に？

「大企業の営業マンが、なぜ清掃員になったのか？って顔をしているね。そりゃ、清掃という仕事に対する偏見だぜ、にいさん」

「いえいえ、そんなことは……」

「清掃は大切な仕事だよ」

「ええ、もちろん、大切な仕事です。尊敬しています。……警備の仕事も尊敬しています」

「尊敬？　嫌味かい？」

「いえいえ、そんなことは……」

「いいんだよ、おいらだって、仕事初日は『なんでおいらが……』って思ったもんさ。こう見えてもさ、おいらは根っからの江戸っ子よ。ひいじいちゃんの代からの江戸っ子なんだよ。千駄木《せんだぎ》で老舗の和菓子店を営んでいたんだ。言ってみれば、おぼっちゃんだったんだぜ。でも、おいらの代で店を潰してさ。残ったのは莫大《ばくだい》な借金。そう、お察しの通りだよ。バブル時代に銀行に言われるまま金を借りたら、バブルの崩壊、総額十億円の借金が残った」

「十億円!?」

「すげぇだろう? で、そのあとはお決まりの自己破産。銀行からの借金はチャラになったけどよ、悪い筋から借りた金はそのまま生きちまってさ、借金取りに追われながら職を転々として今まで生きてきたっていう寸法さ。よくある話だよ。大したことはねぇ」

「大したことありますよ」

「でも、そのおかげで、警備という天職に巡りあえたんだから、御の字だ」

「警備という仕事がお好きなんですね」

「ああ、好きだよ。誰か怪しいやつはいねぇかって見回りしているときは、アドレナリンがどばどば出ているぜ」

「西岡さんはどうだったんでしょう? 清掃の仕事ぶりは?」

「西さんも、誇りをもって仕事をしていたと思うぜ。汚れているものが綺麗になるのは快感だって言ってたもん。パチンコでフィーバーが出たときより興奮するって。確かに、仕事は丁寧だったね。分別されていないゴミを丹念に仕分けしていたっけ。ちょっと神経質なところがあったかもしれないね」

「神経質？」

「うん、そう。ゴミの分別も、徹底的にやるんだよ。住人が出したゴミ袋の中身を一度全部だして。で、いちから分別するの。真面目というか、凝《こ》り性《しょう》というか。……やっぱり神経質だったのかな。でも、それは悪いことじゃない。分別を徹底しない住人が悪いんだよ。なのに、住人の中にはさ、『ゴミを漁《あさ》っている。個人情報でも盗もうとしているんではないか』って怒り出す人もいたりしてさ。それで、一度、管理組合でつるし上げられたことがあるんだよ。……あれは、かわいそうだったな」

「つるし上げ……」

「そう。西さん、口下手なところあるからさ、誤解されちゃうんだろうね。ちゃんと説明すれば住人にも分かってもらえるはずなのに、黙っちゃうんだ。それでますます住人の一人がヒートアップしてさ。差別的な言葉とか投げつけてさ。ひどかったよ。でも、あまりにその住人がヒステリックに怒鳴りつけるもんだから、他の住人がドン引きしてさ。結局は西さんに『注意』だけして終わった」

「じゃ、お咎《とが》めなしってことだったんですね」

「お咎めなんかあってたまるかよ。真面目に仕事をしていただけだぜ？　……ただ、さっきも言ったように、西さんは誤解されるタイプの人間なんだよ。裏目裏目に出てしまうというかさ。……だから、あんな事件を引き起こしたのかなって。おいらにはどうも信じられないんだよ。あの西さんがホームレスの女性を殺害するなんて。絶対、なにか理由があるはずなんだよ」

「あなたは、どんな理由があると思いますか？」

「そんなの知るかよ。……まあ、これは憶測だけど、西さん、そのホームレスの女性になにか誤解されるようなことをしたんじゃないかって。それで口論となって衝動的に。つまり、傷害致死なんじゃないかと思うんだ。殺意があったとは、どうしても思えねぇ」

「タクシー運転手は、〝猫〟が原因だったんじゃないかって」

「猫？　……ああ、そういえば、西さん、言ってたな。面倒を見ている地域猫が虐待されているって。許せねぇ、犯人をとっ捕まえてやるって。……あ、もしかしたら、西さん、ホームレスの女性が猫を虐待したと思ったとか？」

「かもしれません」

「それで口論となって、衝動的に？」

「かもしれません。でも、疑問点があるんです」

「疑問点って？」

「ちなみにですが。事件当日、西岡さんはどんな服装でしたか？」

「どんな服装って。そりゃ、作業服だよ。ねずみ色の」

「いえ、仕事中の服装ではなくて。私服のほうです」

「私服？　そりゃ、スーツだよ。西さんは、決まって、スーツとネクタイだったよ」

「事件当日もそうでしたか？」

「そうだよ」

「間違いないですか？」

「間違いないよ。だって、毎日スーツとネクタイなんだから。そういうところも真面目だったんだよ、西さんは。服装は、毎回、きちっとしていたぜ」

「そうですか。ありがとうございます」

光昭は、膝の上の柿ピーの袋を勢いをつけて開けた。そして、柿の種を五つ、ピーナッツを一つ摘むと、それを口の中に放り投げた。

「お、にいさんは、五対一が好きかい。おいらは、六対一が好みだね」

言いながら、コイケさんも柿ピーを口に放り込んだ。その咀嚼音《そしやくおん》を聞きながら、光昭はやおら立ち上がった。

「にいさん、もう行くのかい？」

「はい。今日は、本当にありがとうございました。柿ピーまでいただいて」

「いいんだよ。おいらのほうも感謝しているぜ。おいらみたいな人間を取材の対象に選んでくれてさ。……にいさんがはじめてなんだよ。マンションには大勢のマスコミが来たけどさ、誰一人、おいらたちには目もくれない。……なんか、ちょっと、悲しかったんだよね。でも、にいさんのおかげで、溜飲《りゅういん》が下がったよ、ありがとうな。……あ、そうだ。西さんの自宅にはもう行ったのかい？」

「いいえ、まだです」

「そうかい。……なにかメモ帳とかある？　あと、ペン」

「え？」

「地図、描いてやるよ」

ミモザのチップに入っていた飼い主情報には、西岡政夫の住所も入っていた。だから、地図は必要ないのだが。

「本当ですか？　助かります！」

光昭は、手帳をリュックから取り出すと紙を一枚破りとり、ボールペンと一緒にコイケさんに差し出した。

光昭は、西武新宿線の下落合駅に降り立った。

あの江戸っ子のコイケさんが描いてくれた地図によると、駅から高台に向かって歩いて行くと、西岡政夫の自宅があるらしい。

コイケさん曰《いわ》く、一度だけ西岡政夫の自宅にあがったことがあるという。仲はよくも悪くもなかった……と言っていたが、自宅にあがるぐらいだ、それなりの付き合いはあったのだろう。さらに、「西さんのこと、調べてやってくれよ。きっと、なにか理由があるはずなんだからさ。でないと、西さん、あまりに哀《あわ》れだよ」と、光昭の手に未開封のおにぎり一個を握らせた。まるで調査費だとばかりに。

そのおにぎりは、今、上着のポケットの中だ。がさごそと、心地いい音を立てている。

駅からすぐの大通りを渡ると、そこから先は坂だ。この辺りはいわゆる高級住宅街で、建ち並ぶマンションもいちいち高級仕様だ。

坂を上り詰めると、赤レンガ造りのマンションが見えてきた。地図によると、そのマンションの隣が目的地だ。

「ここか……」

安普請《やすぶしん》の小さな家かと思いきや、なんとも立派な一軒家だ。築年数は経っているようだが、古さを感じさせないコンクリート打ちっぱなし。そして、門構えもしっかりしていて、勝手口まである。

あまりに意外だった。

高級住宅街にこんな立派な家を持つ人がなぜ、清掃員を？

「そりゃ、清掃という仕事に対する偏見だぜ、にいさん」

コイケさんの声がふと蘇《よみがえ》る。……そうだな、偏見だな。清掃員が立派な家に住んでいたって、なんの問題もない。

いやいや、問題はないが、やはり違和感はある。給料は手取りで十九万円ほどだと、コイケさんは教えてくれた。

「もしかして、間違いなんじゃないか？　この地図、あっているのか？」

だって、その家には表札がなかった。誰かが住んでいる気配もなかった。

「……そこ、空き家ですよ」

後ろから、声をかけられた。作業服を着てホウキを持った中年の男性だ。その胸のネームプレートには、〝管理人〟とある。……赤レンガのマンションの管理人か？

光昭は深く一礼すると、

「この家、いつから空き家なんですか？」

「気がついたら、もぬけの殻でしたよ。あなた、不動産会社の人？」

「え？」

「いえね、昨日も一昨日も、不動産関係の人がここで家の中を覗き込んでいましたから。でも、無駄ですよ。ここ、もう売れちゃったみたいだから。来月には取り壊しがはじまるって、うちのマンションにも業者から連絡が入りましたよ」

「あの、この家には以前、西岡政夫さんって方が住んでいたと聞いたのですが」

「え？」管理人の顔が曇った。「ああ、なるほど。あんた、マスコミの人か。あの事件のこと調べてんの？」

「ええ、その通りです」

「どこの人？　テレビ？　週刊誌？　それとも新聞社？」

「新聞社です」

言いながら、光昭は名刺を差し出した。

「え？　日界新聞？　前にも来たけど」

「女性記者ですか？」

「そうそう。熱血記者って感じの早口の女性だった。ちょっと苦手なタイプだな。で、なんで日界新聞がまた来たの？」

「まあ、なんていいますか。……切り口を変えて事件の深淵《しんえん》を覗くためです」

「なるほどね。あの女記者はちょっと偏っていたからね。はなっから、西岡さんを悪者にしていた。感じが悪かったよ」

「西岡さんをご存じで？」

「まあ、挨拶する程度だったけど、マスコミで言われているような悪党ではないよ、断じて。あんな事件を起こしてしまったけど、きっと事故なんだよ」

「西岡さんの職場の同僚も同じようなことを言ってました」

「だろう？　まあ、少し偏屈なところもあったけど、町内会の仕事も熱心にやっててさ」

「西岡さんは、いつからここに住んでいるんですか？」

「よくは知らないけど、中学校の頃にここに越してきたって聞いたな。……ああ、そうだ。マンションの住人に生き字引がいるんだけど、彼女ならなにか知っているかもな。なにしろ、四十年近くここに住んでいる」

「ご紹介いただけませんか？」

「さすがにそれはまずいよ。だって、俺はしがない管理人なんだからさ。……ああ、でも、もうしばらくしたら犬の散歩に出かける時間だから、そのときに声をかけてみたら？」

＋

管理人の言うとおり、十分ほどそこで待っていたら、チワワを連れた中年の女性がエントランスから出てきた。

「あの。日界新聞の者なんですが」

光昭は隙《すき》を突くように名刺を差し出した。

女性ははじめ無視を決め込んでいたが、

「西岡政夫さんのことを調べているんです。僕は、あれは殺人ではなくて事故だったんじゃないかと思うんです」

「え？」女性の足が止まった。「あなた、本当にそう思っているんですか？」

「はい」

「本当に？　マスコミはみんな、政夫くんのことあんなに悪く書いていたのに？」

「はい。事故だったと、思います」

「ええ、私も同じ意見です。事故だと思います」

女性は立ち止まると、光昭の手から名刺を受け取った。

「そう、あれは事故なんです。政夫くんが殺人だなんて――」

チワワが散歩を催促するように、吠《ほ》える。女性は歩き出した。光昭もその後を追った。

「西岡さんとはどんなお知り合いですか？」

「西岡さんのお母様とうちの母親が懇意にしてました。今でいうママ友みたいな関係です。で、私と政夫くんは中学の同級生。三年生のときは同じクラスでした」

「西岡さんの家は、立派ですね」

「まあ、そうですね。亡くなったお父様がお医者様でしたから」

「医者だったんですか？」

「でも、若くして亡くなったんです。政夫くんが高校二年生のとき。脳卒中でした」

「ああ、亡くなったんですか……」

「お父さん子だったので、ショックだったんでしょうね。政夫くん、ちょっとした引きこもり状態になってしまって。それで、大学受験にも失敗して、一浪してしまったんです」

「西岡さんには、ご兄弟は？」

「いません。一人息子です。……だから、母親の期待を一身に背負ってしまったところがありましたね。それも、引きこもりの原因かもしれません。……あ、でも、なにも一日中引きこもっていたわけじゃないんですよ？　引きこもりがちになったというだけで。外に遊びに行かなくなったというだけで、学校にはちゃんと通ってたんです。だから、厳密には引きこもりじゃないんです。……ああ、私、なんで、引きこもりなんて言葉を使ってしまったのかしら。前に、あなたと同じ新聞社の記者にそう言ったら、引きこもりのことを強調されて、まるで政夫くんが病的な変質者のように書かれてしまったんです。……それが悔しくて」

「すみませんでした」

「すみませんと思うなら、今度こそはちゃんと書いてくださいね。先入観で、政夫くんを極悪非道な犯人に仕立てるのはやめてくださいね」

「はい。分かりました」

「まあ、確かに、政夫くんはちょっと癖のある子でしたけど、優しい子だったんですよ」

「癖があるとは？」

「いやだ、また変な言葉を使っちゃった。違うのよ、悪い意味じゃないの。……なんていうか、拘りをもっているという意味ですよ」

「拘り？」

「まあ、真面目過ぎるってことですね」

「なるほど。……ところで、西岡さんは、大学はどこに？」

「K大学です」

「難関校ですね！」

「お母様は、医者にしたかったみたいなんですけど、さすがにご主人亡き後、経済的にそれは無理だったようで。だから、医学部ではなくて文学部に」

「それでも、K大学は私立。大黒柱のご主人が亡くなって、西岡家は経済的にも大変だったんじゃ？」

「死亡保険金とご主人が残してくれた貯金があったようなので、その点は大丈夫だったようですよ。それに、お母様はお花の教室をしてらしたんで、それも家計の助けになっていたんじゃないでしょうか」

「大学を卒業後は？」

「丸《まる》の内《うち》にあるM不動産です」

「M不動産！　超大手じゃないですか！」

光昭は思わず、声を上げた。ここまでの経歴は実に華やかで、一浪はしたものの、エリート街道のそれだ。それなのに、なぜ……。

なにも、清掃員に偏見があるわけではない。でも、丸の内のエリートサラリーマンとマンションの清掃員では、やはり落差を感じてしまうのだ。

そこまで考えて、光昭ははっと思い当たった。自分がなぜ、西岡政夫の人生を追っているのか。それはたぶん、自分自身の人生と似たところがあるからだろう。自分もまた、一流どころの新聞社の記者だった。が、今となっては、ただの無職。しかも、その権利はもうないというのに昔の名刺を利用してこうやって事件を嗅《か》ぎ回っている。詐欺師のようなものだ。……情けない。

「でも、政夫くんはその会社をあまり好きではなかったようでした」チワワに引っ張られながら、女性は続けた。「大学に入って、ようやく元気を取り戻したというのに、就職したらまた塞《ふさ》ぎ込《こ》むことが多くなって。すれ違っても挨拶もしてくれなくなりました。いっつも背中を丸めて、とぼとぼと老人のように歩いているんです。……その頃は、いわゆる〝平成の大不況〟の真《ま》っ只中《ただなか》。不動産業界は阿鼻叫喚《あびきようかん》だったんでしょうね、不良債権を捌《さば》くのに。……真面目で優しい政夫くんには耐えられないことも多かったんじゃないかな」

不動産会社の営業はそれでなくても激務だ。その上、バブル崩壊後は不動産の値崩れも著《いちじる》しく、まさに阿鼻叫喚。想像を絶するようなことも多々あったのだろう。

「……そのせいか、政夫くん、悪い女にひっかかってね」

「悪い女？　水商売の女性ですか？」

「ううん。一応、堅気の人よ。なんでも、ネットの掲示板で知り合ったって」

今でいう、出会い系か。

「政夫くん、ロックが好きだったから。ロック好きな人が集まる掲示板に入り浸るようになって。で、気の合う人を見つけて、メル友になったって聞きました。そして、その人と会うことになって──」

今でいえば、オフ会か。

「そのときはじめて、女性だということを知ったみたい」

「それまでは男性だと思って？」

「そう。だからなんでしょうね、一目《ひとめ》惚《ぼ》れしたらしい。今でいう、ギャップ萌《も》えってやつでしょうかね」

男だと思っていたら、女だった。確かに、そのギャップはなかなかに刺激的だ。

「で、政夫くんとその女は付き合うことになって、その翌月には結婚」

「え？　出会って翌月にですか？」

「そう。スピード婚というやつね。上野の中華レストランでちょっとした結婚式をして。私も呼ばれました。……でも、違和感があったんですよね。新婦側の参列者があまりに少ない。両親もいない。これは、もしかして……って」

「結婚詐欺？」

「入籍はしたようですから、詐欺とは違うとは思うんですが。……でも、はじめからすぐに離婚するつもりだったんでしょうね。お金をひっぱるだけひっぱったら」

「いくら？」

「五千万円」

「五千万円！」

「母親が難病だとか、父親がサラ金に追い込まれているとか」

「でも、新婦のご両親は結婚式には来なかったんでしょう？」

「ええ。でも、政夫くんは信じちゃって。いろんなところからお金をかき集めてましたね。私のところにも借金の申し込みがありました。お母様も貯金を取り崩して。それでようやく作った五千万円。それを手にすると、女は姿を消したんです」

「あちゃ……」

「政夫くん、ショックで体を壊してしまって。……会社も休みがちになって、とうとう辞めてしまったんです。それが、二〇〇三年のことです」

二〇〇三年。まさに、先の見えない不景気に、日本中が喘《あえ》いでいた年だ。

「退職金で借金を返済したようなんですが、それでは全然足りなくて。……政夫くん、早く次の仕事を見つけなくちゃって、毎日のように就活。履歴書も何十枚と書いていたようです。……私もなにか助けてあげたかったけど、私が勤めていた会社も危うくなって、いつリストラされるか分からない身でした。……まったく、あの頃は生きた心地がしませんでしたよ。私の場合は、辛《かろ》うじて首はつながったんですが、政夫くんはとうとう再就職はかなわず――」

当時、再就職どころか新卒の就職もままならない時代だった。

「記者さん、あなた、お歳は？」

「え？　……今年四十三歳です」

「なら、あなたも就職氷河期世代ですね。就活、大変だったでしょう？」

「いえ、ええ、まあ――」

「あ、そうか。日界新聞社ですもんね。あの新聞社は、東大閥が幅を利かせているって聞いたことありますよ。あなたも？」

「……ええ、まあ」

「だったら、あの時代とはいえ、内定をもらうのは簡単だったんでしょうね」

「いえ、そんなことは――」

簡単ではなかったが、難しくもなかった。大学教授をしていた父のコネがあったからだ。

「いずれにしても、政夫くん、思うように再就職できなくて。それで、パートやアルバイトをはじめて。……ときには、風俗店の呼び込みなんていうアルバイトも」

風俗店の呼び込みのバイト？　なるほど、それに尾鰭《おひれ》がついて「風俗店に通っていた」なんていう噂が立ったわけか。

「派遣会社にも登録していましたね」

派遣の規制が緩和され、それまでは禁止されていた分野にまで派遣労働者が解禁になった頃だ。いわゆる、非正規雇用時代の到来だ。

「政夫くん、宅建の資格を持っていましたから、独立して不動産屋をはじめたら？なんてアドバイスしたこともあるんですよ。でも、不動産屋は自分には向いていないって。じゃ、宅建の資格を誰かに貸したら？って。……ほら、そういうの、昔よくあったじゃないですか。資格貸し。今もあるかもしれないけど、宅建の資格は引く手あまた。ちょっとした不労所得になるからいいんじゃない？と勧めても、そういう不正はしたくないって。……政夫くん、どこまでいっても真面目だから。あの真面目さが徒《あだ》になって、バイトもパートも派遣も長続きしなかったんですよね……。真面目が徒になる世の中って、よくありませんよね」

「そうですね。世の中、結局は不真面目な人のほうが成功するようにできているのかもしれません」

「私もどちらかというと真面目なほうなので、損ばかり。要領のいい妹たちはとっとと家を出て家庭を作り、結局、私だけが母の介護をする羽目になったんです。おかげで、この歳になっても独身のままですよ。おひとりさまです」

「おひとりさまってことは、お母様は？」

「去年、亡くなりました。母が生きているうちにマンションの名義を私にしておいてくれたので遺産相続の泥沼で家を失う……という目にはあいませんでしたが、母の貯金をどうするか……と妹たちと大もめ。もう面倒臭いので、私はいらない！と放棄して。妹たちとも縁を切りました。あの子たちはどうせ嫁ぎ先のお墓に入るんだろうし、下手に縁をつなげていても、面倒ばかりですからね。……ほんと、生きていると面倒なことばかりですよ。なるべく、人とは付き合いたくないです。……この子がいれば」

言いながら、女性は、チワワを抱き上げた。

「この子がいれば、いいんです。家族以上の存在です。……やっぱり、人間より動物のほうがいいですよ。裏切りませんし、諍《いさか》いになることもない。政夫くんも同じ心境だったのでしょう」

「猫、ですか？」

「そうです。ご存じで？」

「ええ、前に取材した方から聞きました。保護猫ボランティアをしていたって」

「それを勧めたのは、私なんです。私も、ボランティアをしていまして。この子も、元は保護犬なんですよ」

「そうなんですか」

「政夫くん、猫と接するようになって、少しずつ元気を取り戻していきまして。仕事も『天職が見つかった』とはりきっていました」

「天職とは？」

「マンション管理会社の清掃員です。……まあ、確かに天職かもしれません。政夫くん、昔から潔癖症なところがありましてね、中学生のときなんて、いっつも小さな雑《ぞう》巾《きん》を持ち歩いて、ことあるごとに拭《ふ》いて回るんです」

女性が、はっはっはっと笑い出した。

「だから、雑巾キングなんていうあだ名をつけられて。……カバンの中身も筆箱の中身もほんと、綺麗で。ちょっとした乱れも気になるようで、しょっちゅう、整理整頓《せいとん》してましたね。黒板消しなんかが雑に置いてあると、必ずきちんと並べ直して。掃除をサボっている人がいたら、ねちねちと注意して」

「真面目な上に、潔癖症……」

「ね、ちょっと癖があるでしょう？」

「でも、僕は嫌いじゃないですけどね、そういう人」

「だと思った！　あなた、ちょっと政夫くんに似ているもの」

「え？」

「だって、シャツの第一ボタンまでしっかり留めて、しかもズボンの中にインしている。そのズボンにはきれいにアイロンがあてられていて。ひげの剃《そ》り忘れもなければ、爪もきっちり切られている。まるで、政夫くんだもの」

「……はぁ」

「あなたもきっと、真面目できっちりとした人なんでしょうね」

「まあ、それはよく言われます」

「気をつけてくださいね。そういう人が、大概貧乏くじを引くんですから」

その通りだった。上司の、同僚の、そして後輩のちょっとした怠慢や不正が許せなくて、それが原因で会社を追われたようなものだ。

「だからって。……あんな貧乏くじを引くなんてね」

「え？」

「だから、あの事件。……確かに、結果的には殺人なんでしょうけど、私には究極の貧乏くじにしか思えなくて」

「あなたも、西岡さんには殺意はなかったと？」

「そうだと思いますよ。事故だったんじゃないんですか。……なんか、テレビなんかでは、政夫くん、極悪人のように言われてましたけど。全然そうじゃないんですよ。何度も言いますが、真面目でいい人だったんですよ。……きっと裁判がはじまれば、〝殺人〟ではなくて〝事故〟だってことが証明できたんでしょうけどね——」

チワワがぐいぐいリードをひっぱる。

「あ、ごめんなさい。この子、トイレみたい。今日はこれぐらいでいいでしょうか？」

「あ、ありがとうございます。お時間をいただきまして。……最後に、もうひとつだけいいでしょうか？」

「なんですか？」

「西岡さんのおたく、空き家だと伺ったのですが」

「ああ。……そう、売却されたんですよ」

「西岡さんは、お母さんと一緒に住んでいたと聞いたのですが」

「ああ。お母様。……施設に行きました」

「施設？　そこはどこですか？」

5

「よくここが分かりましたね」

名刺を見ながら、その女性は言った。名刺は、元いた職場のものだ。本来はもう使えないものだが、さすがになんの肩書きもないまま取材はできないと思って、今日も持ってきた。

でも、その名刺だけでは施設の入り口を突破することは難しかった。だから、施設近くに宿を借り、二日間張り込んだ。施設を出入りする者からそれとなく話を聞き、西岡政夫の母親らしき人物を特定。その人物は夕方四時から五時まで必ず施設の周りを散歩する。それを狙って、光昭は取材を決行した。

はじめは「人違いです」と抵抗されたが、デパートで買ったクッキーの箱詰めと名刺を同時に差し出したところ、その足を止めてくれた。

女性は何歳になっても、甘いものが好きだ。そして、高齢者になるほど甘い物に飢えている。医者に止められている可能性が高いからだ。西岡母もそうなのか、そのピンク色のラッピングを見て、「これ、お菓子？」と目を輝かせた。

「はい。クッキーの詰め合わせです」

「まあ、クッキー……」西岡母の唇が綻ぶ。

ここは、小田原駅から車で二十分ほどの場所にある、民間のシルバー施設だ。健康で介護の必要のない人を対象にした、いわゆる老人ホームだ。ランクは中ぐらいだが、まあまあ料金は高い。入所時に一千万円ほどとられ、月々の支払いは十五万円。

正直、違和感を覚えた。

調べによると、西岡政夫の稼ぎは年収三百万円ほど。こう言ってはなんだが、民間の老人ホームに入居するような階層ではない。

「下落合の家を売って、ここに入居したんです。主人が残してくれた古い家ですが、場所はいいんです。高台にあって、裏は公園、道路にも面していますので、結構いいお値段で売れました。そのお金を裁判費用にしようと思ったのですが――」

ベンチに腰掛けると、西岡母はクッキーの箱詰めを膝に置き、ラッピングを丁寧にはがしていった。

光昭も、その隣に座る。そして、お茶のペットボトルを西岡母の隣に置いた。

「え？　お茶もいただけるんですか？」

「お菓子にはお茶がないと」

「そうですよね」

西岡母が破顔する。

よし、つかみはオッケーだ。光昭は、西岡母の視界から外れる位置で、ボイスレコーダーのボタンを押した。そして、

「息子さんの裁判費用にしようと、家を売られたんですね？」

「そうです。でも、あんなことになってしまいましたので、裁判費用も必要なくなってしまって――」

あんなこと。

そう、西岡政夫は、留置場で首を吊って自殺した。靴下を引き裂いて紐《ひも》状にし、自身の首にまいたのだ。

「留置場とか刑務所って、自殺できないように工夫されているってきいたけど、全然そんなことないんですね。聞いた話だと、息子は便器で首を吊ったと。便器の端に靴下をひっかけて。……どうやってひっかけたのかは分かりませんけれど、ひっかけられるような便器なんて、どうして置いておくんでしょうね？　まるで、自殺してくれって言っているようなものじゃないですか。きっと、ひどい尋問を受けたのに違いありません。あの子はデリケートな子です。前の会社だって、上司のパワハラで心のバランスを崩してしまったんです。警察では、もっともっとひどい目にあったに違いないんです。だから、自ら命を絶ってしまったんです」

西岡母が突然、饒舌になった。

＋

ええ、確かに、息子はとんでもないことをしました。人様を殺《あや》めました。

でも、故意ではありません。殺意なんてこれっぽっちもなかったはずです。

あれは、事故なんです。過失致死なんです。

息子は言ってました。

「職場のマンション付近で、虐待されたと思われる猫を数匹見た。とんでもない話だ。犯人を見つけたら、とっつかまえてやる」って。

息子は、小さい頃から大の動物好きで。保護猫のボランティアにも参加していました。引き取り手のいない猫は、自分が引き取って。

だから、猫を虐待するような人が心底許せなかったんです。

たぶん、被害にあわれた女性……公賀沙知さんは、猫を虐待していたんだと思います。公賀さんは、路上生活者だと聞きました。ストレスがおありだったのでしょう。そのストレスを、猫をいじめることで解消していたに違いありません。

だから、息子はただ、注意をしただけなんです。

「猫をいじめるのはやめてくれ」って。

そして――。

あれは、〝殺人〟なんかじゃありません。

〝事故〟なんです！　いえ、もっと言えば、冤罪《えんざい》です！

……でも、それを証明する機会もなくなりました。裁判になれば、証明できただろうに。

……なんで、なんで自殺なんか。

本当にバカです。生きていれば、汚名を返上する機会もあったというのに。

本当に無念です。

でも、一番許せないのは、新聞です。

うちは、ずっと日界新聞なんです。そう、おたくの新聞です。

日界新聞では、事件のことを連日記事にしてましたでしょう？　なんかね、暗に犯人を特定しているような書き方で。……息子にとっては、その記事が決定打だったんでしょうね。

もう、逃げられない。

出頭するって言い出して。

私は止めたんです。

だって、テレビで流れた防犯カメラの映像……容疑者の映像は、明らかに息子ではありませんでした。

なのに、息子は自分がやったって。

自分が公賀さんを、缶詰が入ったレジ袋で殴りつけたって！

言い争いになって、興奮して、つい殴りつけてしまったって！

間違いなく自分がやったって！

息子はまるで、暗示にかかったようにそう繰り返すばかり。

自分は殺人者だって。

あああああ。

殺人なんかじゃありません。

本当に息子が公賀さんを殴りつけたとしても、それは、事故なんです！　傷害致死ってやつです！　決して殺人なんかじゃありません！

ちゃんと調べれば分かることなのに。

きっと、警察は息子を追い詰めて、追い詰めて。だから、あの子は自殺してしまったんです！

ね、記者さん。息子の無念を晴らしてくださいよ。

お願いしますよ。

これから先も、息子が〝殺人者〟のレッテルを貼られたままだなんて、とてもやりきれません。裁判がはじまる前に死んだんだから、〝容疑者〟のままですよね、本来は。

なのになんで殺人者として扱われなくちゃいけないんですかね？

もしかしたら、他に犯人がいるかもしれないのに！

息子だって、ある意味被害者のようなものなのに！

あああああああ。

本当に、やりきれません！

だから、どうか、どうか、どうか……！

＋

西岡母が、えずきながらクッキーを次々と口に放り込んでいく。

そしてペットボトルのお茶で口の中にあるものを喉に流し込むと、

「お葬式だって出してやれなかったんですよ、……本当に浮かばれません」

と、頭《こうべ》を垂れた。

そして、動きが止まった。

それは、ひどく長い時間だった。まさか？

「あの？」

光昭は、西岡母の二の腕にそっと手を添えると、軽く揺すぶってみた。

「え？」

西岡母が、きょとんと顔を上げる。

ああ、よかった。生きていた。

「あ、ごめんなさい。甘いものを食べると、途端に眠くなってしまって」

西岡母が、どこか遠くを見ながら言った。

「夢を見ていました。……猫を飼っていたんです。三毛猫をね。政夫が保護した猫で、とってもいい子で。犬みたいなところがあって、必ず玄関先で待っていてくれるんですよ」

ミモザのことか？

「その猫は、なんていう名前ですか？」

「ルナっていいます。右耳のところに、三日月のような模様があって、それで、月っていう意味の〝ルナ〟って名前を、政夫がつけたんです」

やっぱり、ミモザだ！　……そう、マイクロチップの中に入っていた情報には、確かに「ルナ」という名前が記されていた。

「そのルナちゃんは？」

「可哀想ですけど、保健所に引き取ってもらいました。……この施設、ペット禁止なもので、連れて行くことができなかったんです。……でも、後悔しています。……ルナちゃんのこと、毎日のように夢に見るんですよ。……あの子、今頃どうしているかしら。……ちゃんとした人に引き取ってもらったかしら。それとも――」

「安心してください。ルナちゃんは今、僕のところにいます」

「え？　記者さんのところに？」

「はい。〝縁〟あって引き取ることになったんです。で、マイクロチップの情報を読み取ってみたら、西岡さんの個人データがありまして。それで、こうやって訪ねてきたというわけです」

6

「うそでしょ？　本当に板野さんだ！」

東銀座《ひがしぎんざ》、日界新聞本社ビルからほど近いカフェ。光昭をみつけると、その女性はおどけたように笑った。

女性の名前は高崎千佳子、光昭の後輩だ。彼女が新人だった頃は、チューターとして仕事のあれこれを教えたものだ。

「メールをもらったとき、信じられなくて。半信半疑だったんです。なりすまし？って」

「なりすまし？」

「だって、先輩、一年間も音沙汰《おとさた》なし」

「もう、一年になるか……」

「そうですよ。どうしてたんです？　この一年」

「まあ、……ありていにいえば、引きこもってた」

「引きこもり？　はっはっはっはっ」

高崎千佳子が豪快に笑った。

「先輩らしい」

「なにが？」

「だって、先輩、いっつも言っていたじゃないですか。……ああ、隠遁《いんとん》生活したいって。つまり、引きこもりって、そういうことでしょう？　隠遁生活」

「まあ、間違いではないかな」

「よかったじゃないですか、夢が叶って」

嫌味なのか。……いや、違う、高崎千佳子という女は昔からこうなのだ。言葉のチョイスが独特だ。それで人を傷つけることも多々あったし、トラブルを引き込むことも度々あった。光昭もはじめは戸惑ったものだ。

が、彼女はいつだって、悪気はない。

「それで、先輩。私に訊きたいことって何です？」

「西早稲田で起きた、女性ホームレス殺害事件」

「ああ、はい、はい。それ、私が担当してました」

やっぱりそうか。

「容疑者の西岡政夫さんが働いてたマンションのスタッフに、取材した？」

「はい。受付《コンシェルジュ》の女性数名に、話を聞きました」

「警備員のコイケさんには？」

「警備員？　いいえ。って、なんです？」

「実は、僕も、あのマンションのスタッフの人に取材したんだよ」

「え？　なんで？　先輩って今は、ただの引きこもりですよね？」

……あいかわらず、言葉の選び方に神経が行き届いていない。でも、悪気はないのだ。

「まあ、リハビリみたいなものかな？」

「リハビリ？」

「社会復帰のね」

「社会復帰するんですか？　素敵じゃないですか！　応援しますよ！　……でも、社には戻れないと思いますよ？　うちの社、販売部数も広告収入もがた落ちで、今、ぴりぴりしてるんですよ。リストラがはじまるみたいで。先輩、いいときに辞めましたよ。だって、退職金とか結構出たんじゃないですか？　その退職金も減らされてるみたいなんですよ。それに――」

話が長くなりそうだ。これも相変わらずだな。スイッチが入ると、いつまでもしゃべり続ける。

「ああ、そうだ、なにか飲む？」

光昭は、いったん、高崎千佳子をクールダウンさせた。

「あ、じゃ、アイスカプチーノをお願いします！　もう、なんだか喉が渇いて」

光昭はやおら、席を立った。

もちろん、高崎千佳子は座ったまま。

こういうところも相変わらずだ。自分では絶対動かず、相手を動かす。それが上司だろうが社の役員だろうが。……こんな技、どこで習得したんだか。まったく、羨ましい。彼女のその鋼《はがね》のメンタルと鈍感さがあれば、俺も社を辞めることはなかったんだろうな。そんなことを思いながら、光昭はカウンターに向かった。


「で、私に訊きたいことって？」

アイスカプチーノをストローでかき混ぜながら、高崎千佳子が上目遣いで言った。

「日界新聞日曜版のあの記事、書いたの君でしょう？」

「え？」

「だから、『fの呪い――公賀さんは私かもしれない』というタイトルの、エッセイ」

「ああ、あれ。……はい、そうです」

「すぐに分かったよ。いかにも君らしい内容だった」

「そんなことを訊くために、わざわざここに呼んだんですか？」

「いや、違う。……単刀直入に訊く。君は、あの事件、本当はどう思っているの？」

「は？　どう思うって。そんな抽象的なことを訊かれても困りますよ」

「じゃ、西岡政夫さんが悪いと思う？」

「そりゃもちろんですよ。だって、人を殺したんですよ？　しかも、可哀想なホームレスを」

「なんで、可哀想？」

「だって、ホームレスですよ？」

「ホームレス、イコール、可哀想ってこと？」

「そりゃそうですよ」

「なんで、そう思うの？」

「いやだな、先輩、相変わらず。そんな禅問答みたいなことばかり。そんなんだから、メ、ラ、ン、コ、リ、ー、メランコリーなんかになっちゃうんですよ」

〝メランコリー〟という言葉に反応してか、はす向かいのテーブルに座る若い男が、ちらりとこちらを見た。が、彼女は構わず続けた。

「そりゃ、だって。ホームレスというのは、弱者じゃないですか」

「弱者イコール可哀想ってこと？」

「当たり前じゃないですか。っていうか、なんなんですか？　そんな質問するんだったら、私、もう帰りますよ？　禅問答につきあっている暇はないんです」

「分かった、分かった、じゃ、質問を変える」

「はい、どうぞ」

「殺されたホームレス……公賀沙知さんは、野良猫を虐待していたんじゃないかという証言があるんだけど」

「え？」

「一方、西岡さんは、保護猫のボランティアをしていたほど動物愛護の意識が高かった。それで、野良猫を虐待していた公賀さんと衝突したんじゃないかという証言がある」

「うそですよ。そんなの、初耳ですよ？」

「それは、君が、西岡さん側に立って取材してこなかったせいじゃない？」

「え？」高崎千佳子の顔が、不機嫌そうに歪《ゆが》んだ。

「ごめん、ごめん、別に責めているわけじゃないんだよ。……ただね、西岡さんが容疑者のまま事件を片付けていいんだろうかって」

「犯人は死んだんだからもういいじゃないですか。一件落着ですよ」

「犯人じゃないよ、容疑者」

「犯人ですよ」

「でも、判決はでていない。裁判になる前に自死したからね」

「それが一番の証拠じゃないですか？　自殺するぐらいですから犯人なんですよ。そもそも、西岡は、自ら出頭したんですよ？　自分がやったって」

「だから――」

高崎千佳子にはたくさんの長所がある。その最たるものが「信念」の強さだ。が、それは欠点でもある。「信念」といえば聞こえがいいが、それは「思い込み」であり、「先入観」に他ならない。だから、どうしても見方が偏ってしまう。それではいけない、ニュートラルな姿勢が必要だと何度も教えても、彼女の耳には届かなかった。「〝思い込み〟と〝先入観〟の強さは、ある種の思想を持った人物に利用される恐れもある。だから、なおせ」そう何度も忠告してみたが、無駄だった。

案の定、彼女の「思い込み」と「先入観」は、社の上層部には都合がよかったようで、彼女の正義感を揺さぶって、何度も捏造《ねつぞう》すれすれの記事を書かせた。それが理由か、彼女は気がつけば自分を追い越して、どんどん出世していった。その頃だ。光昭は体調を崩して、長い休息を余儀なくされた。後輩が自分を追い越したこともその理由のひとつかも知れない。なんとも情けない理由だが。……そう、光昭は、彼女に嫉《しっ》妬《と》をしていたのだ。焼け付くような嫉妬を。

が、今こうやって、新人の頃のように同じテーブルでアイスカプチーノを飲む彼女は、どう見ても出世街道を走っている女傑には見えない。そうだとしたら、光昭のメールなんか読まないだろうし、お茶の誘いに乗るはずもない。なにより、事件現場に赴いて、取材などしているはずもない。そんなことは、下っ端の仕事だ。順調に出世街道を走っていたならば、今頃はデスクで踏《ふ》ん反《ぞ》り返《かえ》っているはずだ。

たぶん、彼女は失脚したのだ。……その短所が災いして。

「で、仕事はどうなの？　みんな、元気？」

光昭は、話題を変えた。

「仕事ですか？　……まあまあですね」

「なに？　なんかあった？」

「別に」高崎千佳子が、ストローの端を噛んだ。ぎりぎりという音が聞こえそうだ。

そして、ひとつため息をもらすと、

「そうですね。先輩の言う通りかもしれません。西岡は容疑者のまま死んでいった。犯人と確定される前に。……実は、その点では私も気になっていたんです。なんで、自ら命を絶ったんだろうって。なんで、裁判で戦わなかったんだろうって。……先輩の言うとおり、あの事件は過失致死の可能性がある。そう、殺人ではなくて、〝事故〟。だから、てっきり裁判で戦うんだろうって思ってました。西岡の母親も家を売って、裁判費用を作っていたって聞きましたからね。……そう、ずっと考えていたんですよ。なんで、西岡は命を絶ったんだろうって。戦わずに死んだんだろうって。……ずっとずっと考えていたら、あ、と思い当たったんです。西岡は、幻滅しちゃったんじゃないかって」

「幻滅？」

「そうです。幻滅です。人間って、一度幻滅しちゃうと、もうダメじゃないですか。生きる気力がなくなるというか、生きる糧《かて》がなくなるというか」

「……でもさ。幻滅って文字通り、幻が滅するってことだろう？　幻ってなにかというと理想のことだよ。つまり、脳内で繰り広げられた自分に都合のいいバーチャルリアリティのこと。その理想の世界が現実と食い違うことを〝幻滅〟っていうだけのこと」

「なにが、言いたいんです？」

「幻滅したら、また新しい脳内世界を構築すればいいってだけのことだよ。あるいは、現実に寄せればいい。現実とかけ離れた理想を構築するから、心を病むんだよ」

光昭は、自分に言い聞かせるように言った。

「なるほど。……でも、それができない人が圧倒的に多いんですよ」

「まあ、確かにね……」

「それで、先輩は、どこまで調べたんです？　西岡のことを」

「逆に訊くけど、君はどこまで調べたの？」

「……」高崎千佳子が、意味ありげにストローでアイスカプチーノを啜った。

「もしかして、真犯人は他にいるかもとか、疑っている？」光昭が鎌《かま》を掛けると、

「え？」図星を突かれたというように彼女の表情が途端に変わった。「……なんで？」

「だって、西岡さんが勤めていたマンションのスタッフにも取材したでしょう？　そして、西岡さんが、毎日スーツで出勤していたことも聞いたんでしょう」

「……」

「事件当日もそうだった。西岡さんは、スーツ姿で出勤し、そしてスーツ姿で帰宅した」

「……」

「おかしいと思わなかった？」

「もちろん」高崎千佳子が、テーブルの端を叩いた。「もちろん、おかしいと思いましたよ！　……だって」

「報道された防犯カメラの映像に映っていたのは、赤っぽいジャージ姿の人物。当初、警察は、その人物を容疑者としていたよね？」

「……そうです。でも」高崎千佳子は、一度言葉を呑み込んだ。そしてゆっくりと瞬きを繰り返すと、続けた。「たぶん、その赤っぽいジャージ姿の人物は西岡ではないと思います。ええ、間違いなく、西岡ではないと思います」

「そう、そこなんだよ。僕が今日、君を呼び出したのは。ね、なんで、防犯カメラの人物ではない西岡さんが逮捕されたのか。その辺の事情、なにか知らない？」

高崎千佳子は最初はダンマリを決め込んでいたが、アイスカプチーノを飲み干すと、なにかを決意したように視線を上げた。

「防犯カメラの映像がメディアに流れたあと、警察に目撃情報があったそうです。西岡が、女性ホームレスに絡んでいるのを見たって。で、防犯カメラを改めて確認してみたら、スーツ姿の西岡と被害者の公賀さんがなにか言い争っているシーンが出てきた。そんなとき、西岡が出頭してきて――」

「それで、逮捕されたってわけか。……そんな弱い状況証拠だけで」

「だって、出頭してきたんですから、逮捕するしかないじゃないですか」

「でもさ。矛盾だらけじゃん。警察はなにを根拠に逮捕したんだろうな？」

「警察が描いたストーリーはこうです」

高崎千佳子が、スマートフォンを取り出した。そしてその中に保存されているメモデータをなぞりながら、「潔癖症だった西岡はホームレスである公賀さんを目の敵にし、できればいなくなってほしいと思った。だから持っていたレジ袋で公賀さんの頭を殴りつけた。そして、公賀さんは亡くなった」

「西岡さんがレジ袋で殴りつけた映像も残っているの？」

「いえ、それははっきりとは映ってないようです。カメラの視界からは外れていたようで。ただ、西岡が、近くのコンビニで缶のキャットフードを数個買っていたのは確認されていたので、そういうストーリーを作ったんだと思います」

「検視結果はどうなの？　本当にレジ袋での殴打が、致命傷になったの？」

「はい。致命傷となった傷跡にレジ袋の破片がついていたそうです」

「なるほど。それで西岡さんが犯人ということで、一件落着させたわけか」

「そういう意味では、警察は、西岡が死んでくれてよかったと思っているかもしれません。なにしろ、手間が省けますからね」

「で、話は戻るけど。なんで、警察は当初、赤っぽいジャージ姿の人物を容疑者として特定したわけ？」

「聞いた話ですけど。……その人物も同じコンビニのレジ袋を持っていて、それを公賀さんめがけて叩きつける映像があったようなんです。そのあと、公賀さんは倒れ込んだ」

「……ね、確認なんだけど。時系列的に言うと、西岡さんが公賀さんと言い争っていた時間と、赤っぽいジャージ姿の人物がレジ袋を叩きつけた時間、どっちが先なの？」

「それは……」

「まさか、西岡さんのほうが先なの？」

「それが、よく分からないんです。私も、何度も警察に取材しましたが、どうしても教えてくれないんです。……上司にも相談してみました。でも、もう終わった事件だ、いい加減にしろって怒られて。可哀想な女性ホームレスが冴えない中年男に処刑された、時代を象徴する悲劇。それでいいじゃないかって。……それで、世間も納得しているって」

あの新聞社の上層部が言いそうな台詞《せりふ》だ。

「その映像って、コンビニの防犯カメラだったよね？」

「え？」高崎千佳子の瞳孔《どうこう》が、一瞬広がった。

「ね、今から行ってみないか？」

＋

「え？　防犯カメラの映像データですか？」

コンビニエンスストア「オールデイ」のバックヤード。店長が、その白髪頭を左手で面倒くさそうになでつけた。右手には、高崎千佳子が渡した名刺。その名刺をちらちら見ながら、「うーん」とうなり続ける。

「日界新聞、あまり好きじゃないんだよな」

「どうしてですか？」高崎千佳子が語気を強めた。

「ほら、あんたのような記者が多いからさ。なんていうの、フェミニズムとかさハラスメントとかさ、しょっちゅう騒ぎ立てるじゃない。以前、うちのコンビニチェーンもあんたんところの新聞に悪く書かれたことがあってさ。ブラックだなんだって。あのときは大変だったよ、うちにまでクレームがさ。売り上げも落ちちゃってさ」

「クレームが来るようなことをしたほうが悪いんじゃないですか」

「はぁぁあ？」

白髪頭から今にも湯気が出そうだ。光昭は慌てて、二人の中に入った。

「おっしゃる通り、日界新聞はちょっと癖があります。イデオロギーが偏っているのは認めます。その欠点を補正すべく、現在、努力をしているところでございます。本当に、その節はご迷惑をかけました」

光昭が深々と頭を下げると、

「まあまあ、いいんだよ、あんたが謝らなくてもさ。実際、うちのシステムにも問題があったわけだから」

と、店長がようやく表情を緩めてくれた。

「で、防犯カメラの映像がどうしました？」

「はい。先ほどもお話ししたように、六月六日に起きた女性ホームレス殺害事件を追っているのですが。で、そのときの防犯カメラの映像を確認したくて」

「でも、あの事件は犯人が捕まって、一件落着したんでは？」

「ところが、気になる点がでてきまして」

「気になる点？」

白髪頭の店長が、目をきらきらさせて身を乗り出してきた。「もしかして、真犯人が他にいるとか？」

「いえ、それはなんとも……」

「いいじゃん、教えてくださいよ。真犯人がいるんでしょう？　俺、そういうの大好きなの。二時間ドラマとか刑事ものとかBSでよく見ていますよ。……ね、真犯人、探しているんでしょ？」

「は……それは、なんとも」

「いやね。俺もなんかあの事件、違和感を覚えていましてね。あの人が本当に犯人なのかな……って」

「どうしてそう思うんです？」高崎千佳子が前のめりで口を挟んだ。

「犯人って言われている人さ、うちの常連さんで、俺も何度か接客をしたんですけどね、……新聞とか雑誌で言われているような極悪人ではなかったですよ。この辺にいる猫たちの世話を焼いていたし。……そうそう、一度、タチの悪い客に若いアルバイトが絡まれたことがあったんだけど、そのときもアルバイトを助けてくれてさ。悪人というより、いい人だったよ。……まあ、口下手なところはありましたけど」

「事件があった夜も、このコンビニで買い物をしていますよね」光昭が訊くと、

「うん、俺が接客した。……あれは確か、夜の八時頃だったかな。……うん、そう。アルバイトと交代で、俺がレジに立ってすぐのことですよ」

「ジャージ姿の客は覚えてませんか？」

「え？　ジャージ姿の客？」

「はい。赤っぽいジャージ。あるいはスエットの上下。このコンビニで買い物をしていたはずなんですが」

「ああ。テレビで公開されたやつね。……俺は接客してませんね。俺、こう見えて記憶力は相当いいんですよ。一度見た客は忘れない。だから、赤っぽいジャージを着た客がいたら、絶対忘れない。でも、記憶にないってことは、俺は接客していない」

「その夜、店長さんがレジに立っていたのは何時頃ですか？」

「夜の八時から九時半まで。夜勤アルバイトが出勤してきたから交代して、そのあとはバックヤードに引っ込んで帳簿の整理をしていた」

「赤いジャージ、ワタシ覚えてますよ」

片言の日本語が聞こえてきた。隣のスペースで休憩していたアルバイトの一人だ。ネームプレートには、東南アジア系の名前が書かれている。

「あれは、夜の十時半頃ですよ。赤いジャージのお客さん、来ましたよ。ストロング系の缶チューハイをたくさん買っていきましたよ」

「え？　十時半？」「まじで、十時半？」

光昭と高崎千佳子が同時に声をあげた。

そして、つぎの瞬間、お互いの顔を突き合わせた。

「十時半ということは――」「まさに、公賀さんが殺害された時間」

防犯カメラの映像を確認するまでもない。西岡さんがここで買い物をした二時間半後に、赤っぽいジャージ姿の人物がここで買い物をした。

つまり、西岡さんが公賀さんと言い争いになってレジ袋を公賀さんめがけて振り回した二時間半後、赤っぽいジャージ姿の人物と公賀さんは会っていたことになる。

コンビニの斜向《はすむ》かいにある、公園。事件現場に、光昭たちは来ていた。

「防犯カメラの映像でも、その時系列で映っていたはずなんだ。だから警察も、最初はジャージ姿の人物を容疑者として特定した。そしてテレビで公開したんだよ」

光昭は、公賀沙知が死んでいたベンチの背にそっと手を添えた。以前は献花で溢れていたが、今は小さな菊の花束《はなたば》が転がっているだけだ。すっかり乾き切っている。

「なのに、なんで警察は、西岡さんを犯人と特定したんでしょうか？」高崎千佳子が、コンビニ「オールデイ」で買った仏花をベンチに供《そな》えながら言った。

光昭は、取材内容を記したメモ帳を改めてめくると、

「そういえば、警察に目撃情報があったって。西岡さんが公賀さんと言い争いになっているのを目撃した人がいるって言っていたよね？」

「はい。その目撃者が午後十時半頃、西岡が公賀さんに向けてレジ袋を振り回しているのを見たって」

「なるほど。その目撃者の証言が防犯カメラの映像より優先されてしまったってことか。しかも西岡さんが出頭してきた。……それでも、即逮捕はないよな。せいぜい、

参考人として事情聴取するべきだった。西岡さんの勘違いだった可能性も高いんだから」

「それは。……うちの社の責任もあるかもしれません」

「え？」

「うちの新聞、あの事件のキャンペーンを張っていて、『公賀さんは私だったかもしれない』というテーマで連日、事件を扱ったんです。反響も大きかったので、どんどんエスカレートしていって。ついには、素人のブロガーの記事まで載せたりして」

「素人ブロガー？」

「そうです。『氷と泡』というタイトルで、バブル世代と就職氷河期世代を対比しながら事件のことを追っていました。その対比が面白いってことで、社内でも話題になったんです。それで、犯人が氷河期世代だったら面白いね……みたいな話になって。氷河期世代がバブル世代に襲いかかった、復讐《ふくしゅう》した……みたいな構図になるように、誘導したところがあります」

「なんで、そんなことに？」

「実は……」高崎千佳子が言い淀む。

「なに？　どうした？」

光昭は恫喝《どうかつ》するように、彼女の顔を覗き込んだ。

「……ある人が防犯カメラの映像を警察から入手しまして……」

「え？　そうなの？　報道される前に、あの映像を見ていたの？」

「はい。実は、そうなんです」

高崎千佳子は覚悟を決めたように、顎をあげた。

「といっても、全部ではなくて、赤っぽいジャージ姿の人物が映っている断片と、スーツ姿の男性が映っている断片だけです。なので、時系列は分かりませんでした。で、その両者を独自に調べたんですが、ジャージのほうは皆目見当がつきませんでした。が、スーツ姿のほうはあっさりと身元が割れまして。S管理会社の名前が入った紙袋を持っていましたので、近くのマンションの関係者だとすぐに分かりました。西岡政夫だと特定したのも早かったです。で、西岡政夫のプロフィールを調べたら、まさに氷河期世代。部長なんか、小躍りしてましたよ。『こいつだ、こいつに間違いない！』って」

「なるほど。それで、犯人は氷河期世代だというストーリーをそれとなく作り上げていったわけか」

「もちろん、西岡の名前は出してませんし、具体的なことも記事にはしていません」

「でも、警察の中でも、同じようなストーリーが作られた可能性はあるな。氷河期世代の西岡さんが犯人にふ、ふさわしい……と」

「そんなときに、西岡が出頭してきたんです。……自分がやりましたって」

「連日の新聞の記事に追い立てられた可能性もあるな。西岡さん、日界新聞をとっていたようだから。母親曰く、息子は暗示にかかっていたようだったって」

「そうだと思います。自分が殺したんだと思い込んだんだと思います。だから、警察もとりあえず逮捕するしかなかったのでしょう」

「でも、時系列をちゃんと見れば、西岡さんが犯人ではないことは明白」

「裁判になれば、それも立証されたはずなのに、西岡は自ら命を絶ってしまった」

「裁判どころか、証拠不十分で不起訴になっていた可能性すらあった。なのに――」

「警察は、そのまま被疑者死亡で書類送検」

「一件落着か」

＋

「え？　また来たの？」

コンビニエンスストア「オールデイ」のレジカウンター。店長が、白髪頭をなでつけた。

「すみません。事件のことで、再度確認させてください。先ほどのアルバイトの方は？　東南アジア系の」

「ああ、グエンくんね。商品の補充をしているところだよ。……グエンくん、グエンくん、新聞記者さんが訊きたいことがあるって」

店長が呼びつけると、グエンくんが駆け寄ってきた。

「なんですか？」

「事件当日、赤っぽいジャージ姿のお客さんを接客したんですよね？」高崎千佳子が尋問するように言うと、

「あ、はい……」と、グエンくんが後じさりながら応えた。

こういうところも相変わらずだな。取材相手の懐《ふところ》に飛び込まず、まるで特高警察のような態度で相手を萎縮させる。……まあ、それも時には効果的だ。事実、グエンくんは、訊きもしないことをべらべらとしゃべり出した。

「赤っぽいジャージの人は、よく来るお客さんです。何回か接客しました。買うのはいっつもストロング系の缶チューハイです。いっつもたくさん買っていきます。事件当日もそうでした。たぶん、あのピンク色のビルの中に住んでいる人です。……女性です」

言いながら、グエンくんがガラスドア向こうのビルを指した。

それは、事件現場の斜向かいにある四階建ての小さなビルだ。サーモンピンク色の

壁が、なかなかに印象的だ。

「その人が、あのビルから出てくるところを二、三回見かけたことがあります。間違いないです」

「そのことを警察には？」

「言ってません」

「なぜ？」

「だって、訊かれませんでしたから！　それに、ワタシ、警察嫌いです。すぐにショクシツします。だから、事件後警察が来たときも、ワタシ、バックヤードに隠れていました」

「じゃ、なんで、今日は話してくれたの？」

「あなた、ワタシのお母さんに似てます。だから、なんだかほだされてしまいました。ほだされる……で、日本語あってますか？」

＋

「はぁ？　お母さんってなに？　私、あんなでかい息子がいるような年齢じゃないんだけど？」

高崎千佳子が鼻から勢いよく息を出した。

事件現場近くのカフェ。被害者の公賀さんが事件が起きるまでの三ヵ月間、毎日通った場所に光昭たちは来ていた。

「まあまあ。きっと、若いお母さんなんだよ」

光昭は宥《なだ》めてみたが、そのイライラは当分収まりそうにない。

「ケーキでも食べる？　注文してこようか？」

「はい。じゃ、抹茶ロールケーキを」


抹茶ロールケーキを食べ終わると、高崎千佳子はようやくふぅぅぅぅと一息ついた。その表情も穏やかに綻んでいる。

スイーツの威力は絶大だ。

感心していると、

「冤罪……」

高崎千佳子が突然真顔で、呻《うめ》くように言った。「私、冤罪を作ってしまったかも」

まあ、そうだな……とも言えず、光昭は黙ってアールグレイティーを啜った。

「気になるのは、西岡さんのことを警察にたれ込んだ人物だ」光昭は、隣でうなだれる後輩に活《かつ》を入れるように言った。「……たれ込んだ人、詳しく知っている？」

「いえ、さすがにそこまでは。たれ込みというぐらいですから、匿名なんでは？」

「ストレートに考えれば、その人物が真犯人である確率が高い」

「じゃ、赤っぽいジャージを着た人物は？」

「だから、その赤っぽいジャージを着た人が、たれ込んだんだろう」

「そんなに単純でしょうか？」

「世の中、案外単純なんだよ。難しく考えるから、真理を見失う」

「まあ、確かに」

高崎千佳子が、目の前のウインドーを見つめながら小さく言った。

ウインドー向こうには、あのアルバイトのグエンくんが言っていたビルがある。赤っぽいジャージを着た人物が住んでいるかもしれないというビルが。最初はその前で張り込んでいたが、さすがに往来の目もあったので、このカフェに場所を移した。ここなら、ビルの出入りがよく見える。

「あ」

高崎千佳子が小さく声を上げた。

「なに？　どうした？」

「ここから、あのビル、よく見えますよね？」

「なに言ってんの。だから、この席を選んだんだろう」

カウンターの一番奥の席、ここが最もあのビルを観察しやすい。

「この席、被害者の公賀さんが座っていた席なんですよ。必ずここだって聞きました」

「え？」

「もしかして、公賀さんも、あのビルをこうやって見張っていたんでは？」

言いながら、高崎千佳子がスマートフォンを操作しはじめた。そして、

「なんか、ちょっと思ったんですけど。……もしかして、公賀さんと赤っぽいジャージの人物、顔見知りなんでは？」

「え？　どうして」

「いえ、だから、なんとなくそう思っただけですけど――。でも、なんだか間違いないような気がします」高崎千佳子の指が、するするとスマートフォンの上で躍る。

「……ああ、そうだ。やっぱり間違いない。だって、ほら、これ見てください」

高崎千佳子が、スマートフォンの画面をこちらに向ける。

そこには、「ＴＥＰＰＥＮプロ」とある。

「これは？」

「ビルの住所を検索したらヒットしました。あのビルの中に入っている漫画家のプロダクションのようです」

「漫画家のプロダクション？」

「そう。……公賀さんの知り合いに取材するたびに、ある漫画家の名前が出てきたんですよ。その人は公賀さんの高校時代の同級生で、公賀さんにとっては自慢の存在だったようです。だから、いろんな人に『あの漫画家は私の同級生だ』って言っていたようなんです」

「漫画家の名前は？」

「快刀力《かいとうりき》です」

「かいとうりき？　聞いたことがある。……ああ、そうだ、昔、ヤンキー漫画を描いてなかった？　えっと。……そうそう、『てっぺんエレジー』だ！」

「そうです。一世を風靡《ふうび》した漫画家ですが、ここ最近は新作を出していないようです。言ってしまえば、忘れられた漫画家です。……あ、ちょっと待ってくださいね」

高崎千佳子が、再び華麗な指捌きでスマートフォンの画面を操る。

「……あのビルの所有者は、どうやらTEPPENプロみたいですね。売れていた頃に購入したのでしょう。一階から二階が貸事務所《テナント》になっていて、三階から四階が自宅兼TEPPENプロの事務所になっているようです」

「うん、ちょっと待って。情報をまとめると。公賀さんの高校時代の同級生が漫画家の快刀力で、その人が住んでいるビルがよく見えるこのカフェに公賀さんは通っていた？」

「そうです」

「すごい偶然だね」

「だから、偶然じゃないんですって。公賀さんは、快刀力があのビルに住んでいることを知って、このカフェに通っていたんだと思います。今、私たちがしているのと同じです」

「つまり、……張り込んでいた？」

「そうです。公賀さんがどうやって快刀力の居場所を突き止めたのかは分かりませんが。……まあ、私ですら簡単に突き止めることができたんで、たぶん、ネットで検索したんだと思います。快刀力の名前を検索すれば、あのビルの住所がヒットしますので」

「なるほど。……じゃ、どうして公賀さんは張り込んでいたの？」

「快刀力は、公賀さんにとっては唯一の自慢だったんです。つまり、プライドだったんじゃないでしょうか？　自分は人生というレールから脱線してしまったけれど、快刀力と同級生だったという事実だけが、公賀さんをこの世に引き留めていた唯一の命綱だったのかもしれません」

「命綱か……」

「だから、快刀力の近くで、快刀力の気配を感じていればそれでよかったのかもしれません」

「なんだか、ちょっとロマンチックすぎやしないか？　同級生なのに、一方はホームレス、一方は名のある漫画家。普通なら、嫉妬するんじゃないか？　特に女性なら――」

おっと、これはセクハラになるな。光昭は咄嗟に言葉を飲み込んだ。

「嫉妬もまた、命綱になるもんなんですよ。先輩は、やっぱり女心が分かってない。だから先輩はいまだにひとり――」

高崎千佳子もまた、言葉を飲み込んだ。そして、再びスマートフォンの画面に指を滑らせると、

「いずれにしても間違いないと思います。快刀力がなにか鍵《かぎ》を握っている。赤っぽいジャージの女性の鍵を握っている。……あ」

高崎千佳子が、店内に響くような大きな声をあげた。

「これ、見てください！」

興奮した様子で、高崎千佳子が再びスマートフォンをこちらに向けた。

そこに映し出されているのは、赤っぽいジャージを着た女性だった。頭にはバンダナ。緑を背景にジョギングをしている。……どうやら地方新聞の記事のようだ。……

日付は二〇一二年四月とある。

「……え？　これ、誰？」

「だから、漫画家の快刀力ですよ！」

「え？　快刀力って、女性なの？　まじか、驚いたな！　てっきり男性だと。だって、あの漫画、かなりハードコアなヤンキー漫画だったよ？」

おっと、これもセクハラになるかな？

「そんなのはどうでもいいんですよ。問題は、これです」

高崎千佳子が、スマートフォンの画面をこんこんと指で叩いた。

「分かりません？　赤っぽいジャージ」

「あ」

「でしょう？　これって、防犯カメラに映っていたジャージに似てませんか？」

「……確かに」

「先輩、時間、あいてます？」

「もちろん」

「じゃ、行きましょう！」

高崎千佳子は、ウインドー向こうのピンク色のビルを指さした。

＋

ビルの一階と二階はテナント。それぞれ不動産屋と学習塾が入っているようだ。

その上の三階と四階が、快刀力の自宅兼事務所になっているはずなのだが。

入り口はどこなんだろう？

ビルの前をうろついていると、

「こっち、こっち」と、高崎千佳子がビルの裏側から手招きした。

行ってみると、

「な、なにこれ？」

ビルに沿って、一・五リットルサイズのペットボトルがずらりと並んでいる。どれも水らしきものが入っている。

「これは、猫避けですね」

そうだ、これは猫嫌いの人が野良猫を近づけないために置いておくものだ。

「たぶん、ここのオーナーが猫嫌いなんでしょう」

オーナー、すなわち、快刀力だ。

「相当、猫を嫌っているようです。見てください」

高崎千佳子が指さした場所に、なにかトゲトゲが見える。それはさながら、剣山のようだった。踏んだら、たまったもんじゃない。

「あれも、猫撃退グッズのひとつです」

「そこまでするか……」

「まあ、猫嫌いの人にとって、猫はゴキブリ以下の存在なんでしょう」

「だからってさ。……これはちょっとひどいよ。猫が怪我するよ……」

光昭が飼い猫のミモザを思い出して感傷に浸っている間に、高崎千佳子は通用口らしきドアの前に進み、そのインターホンのボタンを押した。


日界新聞の名刺の威力を改めて思い知る。

その名刺をインターホン越しに見せたとたん、がちゃんという大袈裟な音を立てて、鉄の扉が解錠された。

『この先の階段を使って、三階までお上がりください』

インターホン越しの声に従って、光昭たちは三階まで階段を上りそのドアまでやってきた。

ドアの横には、「ＴＥＰＰＥＮプロ」というプレートが貼られている。間違いない、ここだ。

プレート下のボタンを押すと、「はーい」という陽気な声とともに、ドアが開いた。

快刀力か？

いや、公賀さんと同級生というから、快刀力なら五十代半《なか》ばだろう。が、目の前に立つ女性は、どう見ても後期高齢者の老人だった。ピンクハウス風のワンピースを着て若作りはしているが、その深い皺《しわ》としゃがれ声だけは隠しきれない。

「まあまあ、よくいらっしゃいました。お上がりください」

そこは、ヤンキー漫画の巨匠とは思えないほど少女趣味に溢れた部屋だった。カーテンはふりふりだし、照明はロココ調なシャンデリアだし、壁紙はピンク色だ。

光昭たちは、壁紙と同じ色のソファーに座らされていた。

そして、センターテーブルの上には、これからティーパーティがはじまるのか……というような本格的なティーセット。ワイルドストロベリー柄の陶器が所狭しと並ぶ。

「前もってお知らせいただいていたら、ちゃんとした、お菓子もご用意できたんですが。こんな余りものしかなくてすみませんね」

そして老女は、三段スタンドをテーブルに置いた。それぞれの皿には色とりどりのマカロン。

これ以上のちゃんとしたお菓子ってあるんだろうか？

いずれにしても、想像もしてなかった破格の待遇に、光昭たちは戸惑った。

「あ、それと、これ」

言いながら、老女が一枚のプリントを光昭たちの前に置いた。

そこには『取材に関してのお願い』という文字が大きく印刷され、その下には、約《やっ》款《かん》のような小さな文字がびっしりと。斜め読みしてみると、取材に際しての注意事項、例えば顔出しの場合はスタイリストとメイクを用意すること、質問事項をあらかじめ提出すること、さらには質問NGの項目がずらずらと続く。

が、日付を見ると、二〇一二年となっている。それ以降は更新されていないらしい。もしかしたら、直近の取材が二〇一二年なのかもしれない。だとしたら、十年前だ。

確かに、快刀力は一時期超売れっ子だった。作品はアニメにもなったし実写化もされた。自分が小学生の頃だから三十五年ほど前だろうか。が、あるときからすっかり見なくなった。高崎千佳子が言うように、忘れられた漫画家だ。それでも、不自由な暮らしはしていないようだ。むしろ、悠々自適な生活振りだ。かつてはあんなに売れたのだ。印税はいまだに発生するだろうし、なによりこのビルの一階と二階は貸しているというから、それだけでも充分な稼ぎとなろう。

それにしても、この目の前の若作りの老女はいったいなんなのだ？

「あたしは、快刀力の母親でございます。快刀力のマネージャーもしております。なので、マスコミ対応は、すべてあたしが窓口になりますので」

言いながら、名刺を差し出した。

ピンク色のその名刺は、ところどころ色が褪《あ》せている。

「で、今回は、どのようなご依頼でしょうか？　取材？　インタビュー？　日界新聞といえば、『あの人の履歴書』コーナーが有名ですよね。もしかしたらそれかしら？　確か、思い出の場所でインタビューするんですよね。……ああ、だったらどこがいいかしら。アニメ化の打ち合わせをした椿山荘《ちんざんそう》？　それとも漫画大賞をいただいたときの授賞式会場だった東京會舘《とうきょうかいかん》？　それとも――」

「あ、すみません。公賀沙知さん、ご存じですか？」

高崎千佳子が空気を読まず、ずばりと本題に踏み込んだ。こういうところは、こいつの長所だな。

「ええぇ？」老女が、虚を突かれたようにたじろぐ。「公賀沙知……さん？」

「快刀力先生と公賀沙知さんは、高校時代の同級生だったと聞きました」

「公賀沙知さん……誰だったかしらね？　……ああ、はいはい、もしかして、この六月に、そこの時計公園で亡くなった？」

「はい、そうです。公賀さん、快刀力先生と同級生だったと、あちこちで言っていたようなんですが」

「あら、いやだ」老女の目が、引きつる。「あの子、そんなことを？　やだやだ、やっぱり、あの子、ちょっとおかしい。昔だって――」

「やっぱり、ご存じなんですね？」

老女の眉毛が、観念するように垂れ下がる。

7

ええ、知っています。

公賀沙知。

何度も会いましたからね。

だって、あの子は、うちの子をいじめていましたから。

うちの子、高校時代はちょっと浮いていて、授業中でも漫画ばかり描いていたようです。それで、あたしも何度か学校に呼ばれました。授業に集中しろって教師に指導されるたびにあの子、「学校を辞めたい」って。何度も思いとどまるように諭《さと》しました。それで、なんとか学校には通ってくれたのですが。

　それにしても、なんだってうちの子はこんなふうになってしまったのか。中学時代はとても明るくて、友だちもたくさんいて、勉強だって部活だってはりきっていたのです。言ってみれば、絵に描いたような優等生、クラスの人気者だったんです。

　ところが高校に入学したとたん、口数が少なくなって、塞ぎ込むことも多くなりました。はじめは、勉強についていけなかったのかと思いました。あの子が進んだN高校は地元でもトップの進学校。補欠でぎりぎり合格したあの子ですから、コンプレックスを感じているのかもしれない。

　でも、思春期でもありますから、親には相談したくない悩みなんかもあるんだろう、あまり干渉せずにいよう……と主人と相談して、見守っていました。それが、一年生の頃で。

　その頃、仲がよかったのが、公賀さんなんです。公賀さんも補欠組で、それで話すきっかけができたんでしょう。うちにもちょくちょく遊びにくるようになりました。

　まあ、本音を言いますと、ちょっと複雑な思いでした。だって、公賀さんにはいい噂がなくて。

　聞いた噂はこうです。公賀さんの家は母子家庭で、母親はスナックを経営している。そのスナックというのは表向きで実は……というような噂です。もちろん、母子家庭に偏見を持っているわけではありません。女手一つで立派に子供を育て上げている人も多いですから。

だから、母子家庭というのはいいのです。気になるのは、母親がお付き合いしている連中なんです。……ずばりいうと、ヤクザだと聞きました。

公賀さん、そんな家庭環境で育ったせいか、中学校では一時期、グレてしまったようで。悪いお友達……いわゆる暴走族の集まりにも参加していたって。でも、N高校に補欠でも合格するんですから、頭はよかったんだと思います。それに、高校に入学してからは悪いお友達とも縁を切ったようで、その当時は、ぱっと見、普通のお嬢さんに見えました。……そう、聖子《せいこ》ちゃんカットをした、今時の子。

でも。

公賀さん、陰でうちの子をいじめていたんです。うちの子は仲が良かったわけではなくて、金蔓《かねづる》にされていただけでした。おかしいと思ったんです。公賀さんがうちに来ると、お金がなくなっている。光熱費として分けて封筒に入れていたお金や、ときにはあたしの財布の中身が減っていたんです。

犯人は公賀さんでした。

公賀さんがうちの子を脅して、お金を巻き上げていたんです。あの子は仕方なく、うちの中にあるお金をかき集めては公賀さんに渡していました。これは噂でもなんでもなく、あたしがこの目で目撃したことです。

あたしは、学校の担任に相談しました。でも、信じてくれませんでした。「公賀はいい生徒だ。そんなことをするはずない」って。それどころか、うちの子が家のお金をくすねただけだろうって。

ああ、なんていうことだろうって思いました。警察に突き出してやろうか?とも思いましたが、それであの子がますますいじめの対象になったら……と思ったら、勇気が出ませんでした。なにしろ公賀さんのバックにはヤクザがいますからね！　どんな報復をされるか分かりません。

でも、このまま放っておいたら、どんなことになるか。あの頃は、陰湿ないじめが社会問題になりはじめた頃で、それで命を落とした子もではじめて、ときどきニュースにはなっていたんですが、でも、今ほど学校も警察も真剣にはとりあってくれなくて。「子供同士の遊びだろう。放っておけ」って。そんな風潮だったんです。

もうこうなったら、逃げるしかない。どこかに引っ越そう……となったとき、あの子の漫画が、出版社の新人賞を獲《と》りました。デビューが決まったんです。高校二年生の冬休みのときです。あの子は漫画をずっと描いていたんですね。きっと、漫画はあの子にとって逃避だったんでしょうね。陰惨ないじめという現実から逃れるために、漫画を描いていたんでしょう。

で、とんとん拍子にデビューが決まって。しかも、そのデビュー作が読者アンケートで二位をとりまして、連載も決まりました。その連載が大評判になりまして、連載三回目でアニメ化の話がきて。……そう、『てっぺんエレジー』です。

出版社の担当さんは言いました。「高校を卒業したら上京しませんか？」って。つまり、大学進学はやめて、漫画家に専念しろというのです。

あたしは、良《い》い機会だと思いました。公賀の毒牙から逃げるためにも、上京したほうがいい。そして、市役所に勤めていた主人をひとり静岡に残して、あたしとあの子で上京してきました。

『てっぺんエレジー』は、本当によく売れました。連載は二十年続き、こんな一等地にこんな立派なビルを建てることもできたんですから。まさに、あの子はてっぺんをとったんです。地元に残してきた主人も呼び寄せ、プロダクションを作り、家族で協力してあの子の活動を助けました。

あの子もあたしたちの期待に応えてくれました。デビューして二十年ほどは、あの子はまさに馬車馬でした。おかげで蓄《たくわ》えもでき、今は充電中です。……そう、あの子は働き過ぎたんです。二十年間休みなしで、それこそ睡眠時間も一日三、四時間。そんな生活をずっと続けてきたんです。だから、今は休ませてあげているんです。でも、新作の話はぼちぼちあるんです。先日も大手出版社の担当さんと打ち合わせをしたんですよ。

そう、あの子は長い休暇を終えて、復活するところでした。

そんなときです。

公賀が現れたんです。

はじめは分かりませんでした。

でも、

「お久しぶり。私のこと、覚えている？　公賀沙知よ」

って、散歩中のあの子に声をかけてきたのです。

……そのとき、あたしも一緒でした。

公賀沙知。その名前を聞いて、血の気が引くようでした。

きっとこの女は、うちの子の成功を妬んで、ずっとつきまとっていたに違いない。

だって、そのあとも、あの女は、道路向こうのカフェからこのビルをずっと見ていました。あたし、そんな公賀を何度も目撃しました。

きっと、うちの子の行動を監視していたんだと思います。

そう、ストーキングです。

公賀沙知は、うちの子のストーカーだったんです！

本当に、公賀は、猫のようなやつです。

猫のように神出鬼没で、猫のようにしつこくて、猫のように迷惑。人のことなんてひとつも考えない！　人の嫌がることばかり！

うちの周辺には、猫がたくさんいるんです。大切にしていた花壇を荒らされて、糞《ふん》害《がい》もしょっちゅう。

ご近所さんも迷惑してたんです。

だから、あたし、率先して猫退治をしていたんです。

あの日もそうでした。

そう、六月六日。お風呂上がり、お酒がないことに気がついて。うちの子のお下がりのジャージを着て、コンビニにお酒を買いに行ったんです。でも、家まで我慢できなくて公園に寄って一杯飲もうとしたら、猫が足下に寄ってきて。で、蹴《け》飛《と》ばしたら、公賀に声をかけられたんです。

「なにをしているんですか？　あなたが猫をいじめていたんですね？　そういうのはやめてください」

公賀のくせに、そんなことを言うんですよ。

は？　やめてください？

それは、こっちの台詞よ！

あんた、こんな時間までうちを監視しているわけ？　うちの子をストーキングしているわけ？　うちの子をまたいじめるの？　またお金をむしり取るの？
そう思ったら、頭にかぁぁと血が上って。
「あたしがあの子を守らなくちゃ」って。「公賀を退治しなくちゃ」って。
で、持っていたレジ袋を何度も何度も振り下ろしたんです。
気がついたら、公賀、ぐったり倒れこんでしまって。血もいっぱい出ていた。
怖くなり、あたしはそのまま逃げました。
殺意？
いいえ、あれは防御です。
我が子を守るための、防衛です。

（西早稲田女性ホームレス殺害事件
／検察官面前調書より抜粋）

8

六月六日、西早稲田の公園で公賀沙知さんが殺害された事件で、警視庁西早稲田署は十月十日、新宿区西早稲田に住む三河恒子《みかわつねこ》を殺人の容疑で逮捕した。

この事件は、一度、「被疑者死亡」で一件落着をみたものだが、真犯人が自首したことで再び世間を騒がせた。

ネットでは大炎上。

一時は「冤罪を許さない」「警察の怠慢」「警察は人殺し」など、警察に対する怒りのワードがトレンドにずらりと並んだ。

その中には『てっぺんエレジー』という懐かしい漫画のタイトルもあった。……そう、『てっぺんエレジー』を生み出した漫画家「快刀力」こそが三河恒子の娘であり、親を説得して警察に自首させた本人である。


「ずっと母を疑っていました」

快刀力さんは語る。

「公賀沙知さんが近所の時計公園で殺害されたとニュースで知ったとき、私はまっさきに母を疑いました。というのも、母は公賀さんのことを毛嫌いしていたからです。……高校時代から」

快刀さんと公賀さんは、高校時代の同級生だ。

「私も公賀さんも補欠合格だったので、そのせいかお互いにシンパシーを感じまして、すぐに仲良くなりました。親友と言ってもいいでしょう。親には話せないような悩みを打ち明けあったり、将来の夢を語ったり。かけがえのない友人でした。

公賀さんは家庭が複雑で、それが理由で中学時代はグレていた時期もあるんですが、根は真面目でいい人です。見た目がちょっと派手なのと勝ち気なところがあるので勘違いされちゃうことも多かったんですが、本当にいい人だったんです。何度そう言っても、母はまったく信用してくれなくて。『あんな子と一緒にいるのはみっともないからやめなさい。もっとちゃんとした人を友人にしなさい』の一点張り。

母はそういうところがあるんです。体裁とか世間体とか気にするんです。中身より、見た目を気にするというか。

私にはそれがずっとストレスでありプレッシャーでした。

私が通っていた高校は県内でもトップの進学校なんですが、私は行きたくなかったんですね。本当は、M女子高校に行きたかった。あそこは漫画研究部の活動が盛《さか》んで、現役高校生の漫画家も輩出していました。

……そう、私は小さい頃からずっと漫画家になりたかったんです。でも、母は漫画を読むことすら許してくれない。隠れて読んでいると、『バカになるからやめなさい！』って。『漫画なんか読んでないで、一流の高校に行って一流の大学に進んで一流の企業に就職して一流の人を見つけて結婚しなさい』って、そんなことばかり。

母にすれば子供のためを思って言っていたのかもしれませんが、私にしてみれば、ただただ理想の押しつけです。それでも、気の弱い私は母の言いなりで、高校もN高を受験したんです。……落ちると思っていましたが、なんと補欠合格してしまいまして。

あのときの母の喜びようったら。

お赤飯を炊いて。近所中に配ってましたっけ。ことあるごとに『うちの子はN高』と自慢したりして。

それで余計プレッシャーを感じてしまったんです。N高には、私なんか太刀打ちできないような秀才ばかりが集まり、授業についていくのもやっと。クラスメイトとは話も合わず、お昼もぼっち。そんな私に声をかけてくれたのが、公賀さんだったんです。公賀さんも私と同じような境遇で、ひとりでお弁当を食べていました。

『ね、もしかして、補欠だった？　私も補欠だったんだよ！　仲良くしようね』

って、腕を組んできた公賀さん。

私が、針の筵《むしろ》のようだった高校になんとか三年間通えたのは、紛れもなく公賀さんのおかげなんです。

公賀さんは言いました。

『最低でも高校は出ていた方がいいよ。私も頑張るからさ』

そして、

『私、バリバリ働いて会社を作って、女社長になるんだ。で、有名な雑誌にインタビューとかされるの。そのとき、「私の親友は売れっ子漫画家なんですよ！」って、自慢するからさ。だから、必ず、漫画家になってね！　お互い、てっぺんをとろうね！』

そう励《はげ》まされて、親に隠れて漫画を投稿したりしていたんですが。なかなか通らなくて。落ち込んでいると、また公賀さんが励ましてくれるんです。

『少女漫画じゃなくて、少年漫画に挑戦したら？　なんとなくだけど、少年漫画のほうが合っている気がする』

そう言われれば、そうです。私が面白いと思うのは、たいがい少年漫画で、特に当時流行っていたヤンキー漫画とかが大好きでした。それを言うと、

『ヤンキー漫画？　それ、いいね！　だったら、暴走族とかヤクザの面白い話、いっぱい知っているよ』

って、公賀さんが、いろんな話を聞かせてくれました。

その話をネタにして描いた漫画を少年漫画誌に投稿したら新人賞をもらいまして。トントン拍子でデビュー。

私が漫画家デビューできたのは、公賀さんのおかげなんです。『快刀力』というペンネームも、公賀さんと二人で考えました。

でも、母は、私が漫画家になることも、公賀さんのことも認めてくれませんでした。

公賀さんのことを泥棒扱いして、遊びに来ていた公賀さんを家から追い出したこともありました。

母は、公賀さんが家のお金を盗んでいるなんて罵《ののし》ってましたが、全部勘違いです。家のお金をちょくちょくとっていたのは、私なんです。……画材を買うために。でも、それをどうしても母に言えなくて。だって、言ったら、プロの漫画家になることを反対されると思って。

だから、私は母の勘違いを解くことなく、暗に公賀さんのせいにしてしまいました。

そう、あれは私のデビューが決まった高校二年生の冬、公賀さんがうちに遊びにきたんです。母が留守だったので、二人だけでお祝いしようって。そのとき、なにか出前をとろうってことになって。食器棚の引き出しに入っていた光熱費の封筒から千円札を抜いていたときでした。ふいに母が戻ってきて。

『なにをしているの？　公賀さんね。公賀さんがやらせたのね！』

って。

私は、否定することができませんでした。千円札を握りしめて、こっくりと頷くことしかできませんでした。

『ほら、やっぱり！』

母は激昂《げきこう》し、公賀さんを家から叩き出しました。

……公賀さんとの友情はそれっきりです。学校で会っても、避けられてしまいました。

そりゃそうですよね。濡《ぬ》れ衣《ぎぬ》を着せられたんだもの。

結局、そのまま私たちは卒業し、公賀さんは地元のデパートに就職、私は上京してプロの漫画家として生活をはじめます。

公賀さんとは、それっきり、四十年近く会っていなかったのですが、それでも私は公賀さんのことを忘れたことはありませんでした。ずっとずっと、心の奥に小さな棘が刺さっているような感覚でした。

いつか、公賀さんに謝りたい。

でも、仕事の忙しさにかまけて、公賀さんを捜そうとはしませんでした。……だから、バチがあたってしまったんでしょうね、私は次第に体調を崩し、ついには漫画が描けなくなってしまいました。……スランプというやつです」

快刀さんは、そこで言葉を詰まらせた。

快刀さんのスランプは、長い。二〇一二年に地方紙の企画コーナーに登場した後、

はあの地方紙の企画だったんでした。あの地方紙の企画

「実際には、その前からまったく漫画が描けていませんでした。あの地方紙の企画は、地元静岡の新聞だったから、無理して受けたようなものです。本当は断りたかったんですが、母がとってきてしまったので……」

スランプの間も、快刀さんは、常に母のプレッシャーに押《お》し潰《つぶ》されていたようだ。

「あんなに漫画家になることを反対していた母なのに、漫画が売れたとたん、マネージャー気取り。仕事もじゃんじゃん入れてきて。漫画の仕事だけでなく、インタビューとか取材とかもじゃんじゃん。……漫画が描けなくなったあとも、マスコミ関係の仕事だけはとってくるんです。一度なんか、クイズ番組のパネラーの仕事とかとってきて。漫画が描けなくても、タレントとしてやっていけばいいのよって、芸能プロダクションのような真似《まね》をしてみたり。……母も母で、追い詰められていたんだと思います。実は、仕事が一番忙しかった頃、母は投資詐欺にあいまして。それで、一億円ほど失ってしまったんです。その穴埋めをしようと必死だったんだと思います。……そのせいか、いつからかお酒をたくさん飲むようになって。……しばらくは断酒をしていたんですが。……最近になって隠れて飲むようになったようです。私がいない隙に、近くのコンビニに行っては大量に缶チューハイを買って、あの公園で飲んでいたようです」

その飲酒の習慣が、あの悲しい事件を引き起こしてしまったのか。

六月六日、三河恒子はいつものようにコンビニで缶チューハイを買い、公園に向かった。そして、公園のベンチに座っていた公賀さんと言い争いになり、缶チューハイが入ったレジ袋を公賀さんめがけて数回にわたって振り下ろした。

「母は、公賀さんが私のストーカーだと思い込んでいたようです。それで、私を守ろうとして、公賀さんを……」

公賀さんは、公園近くのカフェに約三ヵ月間、毎日通っていた。その理由を知っているかと快刀さんに訊《たず》ねてみたところ、

「たぶん、そのカフェから私の自宅が見えるからでしょう。私もその視線に気がついてはいました。でも、声をかけられるまでは、公賀さんとは気がつかなくて。……公賀さんが亡くなる一週間ほど前、母と散歩をしているときに、公賀さんに声をかけられたんです。あのときは、本当に驚きました。でも、私はそのまま、『知りません』と言って公賀さんを避けてしまったんです。本来なら、またとない機会だったのに。私の心の奥に刺さった棘をとる……。でも、私はまたしても公賀さんを裏切ってしまった。……いいえ、今の自分の不甲斐《ふがい》ない姿を見られたくなかったんです。人は、私のことを忘れられた漫画家とか歌を忘れたカナリアとか呼びます。まさにそうです。私は、もう過去の人なんです。そんな姿を、公賀さんには見られたくなかったんで

す」

快刀さんが、胸に手を添えた。きっとその奥には、四十年前の棘と、そして今年になって新たにつき刺さった棘があるに違いない。

「それにしても、公賀さんはなんで、今頃になってストーカーのような真似を？」

それはきっと、快刀さんにもう一度漫画を描いて欲しかったからではないだろうか。

公賀さんが所持していたノートパソコンの中には、大量のメモが保存されていたという。そこに記されていたのは、セックス業界で働く女性の嘆きや試食販売の裏側や裏社会の実態や暴力団のやり口や児童虐待をする母親の心理など。たぶん、公賀さんが実際に経験して得た知識だろう。それらのメモはきれいに整理され、五十音順に並べられていたともいう。まさに、ネタ帳。

「もしかして、公賀さん、そのネタ帳を私に渡そうと？　高校時代、いろんなネタを提供してくれたように？」

そう言うと、快刀さんは泣き崩れた。

快刀さんの推測が正しいのかどうかは、今となっては分からない。

ただ、公賀さんにとって、高校時代の親友だった快刀さんだけが、心の支えだったのではないだろうか？　その親友が漫画家として復活することは、自分自身の復活をも意味する。そんな思いがあって、あのカフェのカウンターから快刀さんの自宅ビルを眺めていたのではないだろうか。

快刀さんの涙が乾くのを見計らって、私は、最後に、最も大切な質問をしてみた。

快刀さんは、いつ、母親の犯行を確信したのか？

「日界新聞で、改めて『西早稲田女性ホームレス殺害事件』の検証記事が載ったときです。記事には『冤罪』だとはっきり書かれていました。では、真犯人は誰か？　もう間違いないと思いました。母が真犯人だと。

当初、容疑者としてマスコミに流れたのは……そう、防犯カメラの映像に映っていたのは、赤いジャージ姿の人物でした。不鮮明な映像でしたが、一目で分かりました。母だと。でも、母に問いただす前に犯人が逮捕されたというニュースがあり、あ、私の勘違いかと、ほっと胸をなで下ろしたんです。

でも、ずっと気にはなっていたんです。もしかしたら、本当は母が犯人ではないのかと。で、先日、日界新聞の記事を読み、確信しました。『母が犯人だ』と。それで、母を説得して、自首させたんです」

さて、ここでひとつ、確認しておかなくてはならないことがある。

この事件では、最初、Nさんという人物が犯人として逮捕された。結局冤罪だったのだが、なぜそんな冤罪が起きたのかといえば、事件当日、Nさんもまた例の公園で公賀さんと言い争いになったからだ。そして、その目撃情報がNさんの逮捕を後押しする。

それを目撃したのは誰なのか。

「たぶん、それは私です」

快刀さんが、うなだれながら、言った。

「Nさんとは、猫のことで何度かトラブルになっていまして。……Nさんは誰が猫を虐待しているのか、その犯人をしつこく捜していました。で、猫避けグッズがあるうちにも何度も訪ねてきて。……それで、公賀さんが殺害されたあと、警官がうちに聞き込みに来て、それで、つい『公園裏のマンションで働くNさんという人が、しょっちゅう公園でなにかをしている』と言ってしまったのです。さらに、『事件当日も目撃した』と。……嘘ではありません。本当です。……まさかそれが、Nさん逮捕の重要な証言になるなんて思ってもいませんでした。しかも、Nさんは自死してしまった。自分のせいかもしれないと思うと……胸が痛くてしかたありません」

快刀さんは、再び胸に手を添えた。

快刀さんの胸の奥には、三つ目の棘がつき刺さっているに違いない。

そして、この記事を書く私の胸にも、大きな棘がつき刺さっている。

「西早稲田女性ホームレス殺害事件」は、なんと痛ましい事件であったか。それはちょっとした勘違いと、またはちょっとした正義感が引き起こしてしまった悲劇であった。

そして、その悲劇に拍車をかけてしまったのが、我々ジャーナリストの傲慢《ごうまん》な姿勢だ。私たちは見栄えのいいストーリーを先に作り、そのストーリーに合った犯人像をそれとなく提示し続けた。その結果、Nさんは自分が犯人だと思い込み、出頭してしまったのだ。そして、その命を絶った。

反省してもしきれない。私はペンを折ることも考えた。

「このままペンを折ったとして、誰が浮かばれるというのでしょう」

そう私を諭してくれたのは、殺害された公賀さんの娘だというTさんだ。公賀さんの仏前に花を供えようと、立川市にある某宗教施設に伺ったときだ。Tさんと話す機会を得た。Tさんは出家し、今はその施設で修行の身だという。

彼女は、こうも言った。

「この世に意味がないものはありません。母が死んだのも、意味があるのです。その意味を探してください。それがあなたに与えられた懺悔《ざんげ》の方法です」

Tさんの言葉に、私ははっと息を呑《の》んだ。

懺悔。そうだ懺悔だ。

私は、今回の反省と教訓を棘とし、それを胸にぐさりとつき刺して、血を流しながらもペンを走らせなくてはいけないのだ。

それこそが、ジャーナリストの懺悔に他ならないからだ。

（日界新聞日曜版　文／高崎千佳子）

＋

「懺悔か」

あの高慢ちきな高崎千佳子から、この言葉が聞けるとは思ってもいなかった。

彼女は彼女で、今も少しずつ成長しているのだろう。

「なら、俺もちょっと成長してみようかな」

光昭は、大きく伸びをした。

その隣では、三毛猫のミモザが大きなあくびをしている。

光昭は、愛猫を膝に誘った。

七章

私は、今回の反省と教訓を棘とし、それを胸にぐさりとつき刺して、血を流しながらもペンを走らせなくてはいけないのだ。

それこそが、ジャーナリストの懺悔に他ならないからだ。

(日界新聞日曜版　文／高崎千佳子)

「高崎千佳子……」

その名前を見て、関口祐子は唇をねじ曲げた。

覚えている。私のブログを見て連絡してきた人だ。ブログの一部を新聞に転載させてくださいっていうから快諾した。それなりの謝礼があると思ったからだ。でも、送られてきたのは、日界新聞のロゴが入ったボールペン一本。

これだからマスコミは！

苦労して集めたネタを、まるで当然とばかりに横取りする。しかも、ボールペン一本で！

あのブログの記事を書くのに、いくらかかっていると思うの？　少なくとも、熱海までの往復交通費が発生している。そして、定食代とお茶代もね！

日銭を稼ぐ身からしたら、それこそ大金。そんな貧乏人からネタを横取りするあいつらは高給取り。年収一千万円だと聞く。

ああ、本当に、憎たらしい！

祐子は、［F］キーを力任せに連打した。パソコンの画面にいくつも表示される〝f〟。

それでも足りなくて、

「ああ、本当に、憎たらしい！」

と、つい叫びが飛び出す。

が、すぐに口を右手で押さえた。また、壁ドンされたら、たまらない。

壁ドンといっても、ロマンチックなほうではない。隣の住人に、壁をドンドンと叩かれるほうだ。

ああ、この安アパートときたら。

出窓にロフトにフローリングのワンルーム。スペックだけ見たら、なかなかの部屋だ。でも実際は、壁も天井も信じられないぐらいに薄くて、右から左から上から下から、生活音が絶え間なく聞こえてくる。トイレを流す音はもちろん、冷蔵庫を開ける音、くしゃみする音、キータッチの音も。

だから、たぶん、自分が出す音も漏れなく、隣人たちに届いているのだろう。特に右隣に住む人は、やたらと壁を叩いてくる。自分だって、いちいちうるさいくせに！テレビの音、もう少し落としてよ！　朝からずっと、つけっぱなし。もう、ほんと、頭がおかしくなる！

祐子は、再び［F］キーを連打した。が、六回目でやめた。これ以上、キーがなくなるのは避けたい。なにしろ、以前、スポーンと飛んでいった［！］は、いまだ見つかっていない。なにより、ここ最近、パソコンの調子が悪い。

この状況でパソコンまで壊れたら、目も当てられない。先日、冷蔵庫が壊れて、洗濯機も様子がおかしい。その上パソコンまでダメになったら……。

そう、祐子の生活はさらにギリギリだった。

派遣の仕事は激減し、ポスティングのバイトでなんとか日銭を稼いでいる。先月の手取りは七万円。家賃の五万円を払ったら、残りは二万円。その二万円で光熱費と通信費と生活費を賄わなければならない。

無理だ。……どう考えても無理だ。

やっぱり、体を売るしかないのだろうか？

「みんな、やっているよ？　案外、楽だよ？　楽に儲かるよ？」

そんな甘い言葉に、ついよろめいてしまう。

祐子は、いつかバイト先の子がくれた風俗求人誌をゴミ箱から取り出した。

捨てては取り出し……をここ数日繰り返している。そのせいか、ピンク色のキラキラした表紙は醬油《しょうゆ》だのマヨネーズだので汚れ、そして変な臭いもする。

表紙には、「高収入！」とか「楽して稼いじゃおう！」とか、今にも躍り出しそうな文句《コピー》がずらずらと並んでいる。

それらの文句《コピー》が嘘だというのは分かっている。でも、その嘘にすがりつくしかないほど、今の祐子は追い詰められていた。

家賃を三ヵ月、滞納している。

保証会社から何度も電話がきた。督促状も何通も届いた。

でも、払えないのよ！

払いたくても、払えないのよ！

……いったい、なんでこんなことになったのか。

自分では、真面目に生きてきたつもりだ。道を踏み外したこともない。

ただ、時代ガチャにはずれただけだ。

そう、氷河期世代に生まれちゃったから。

しかも、親ガチャにもはずれた。

両親は仲が悪く、毎日のように喧嘩。そして、お決まりの「あんたさえ生まれて来なかったら」。さらに、「三人も子供なんかほしくなかった。しかも、あんたは恥かきっ子。本当は堕胎するつもりだったけど、産んでやったのよ。感謝しなさいよ」母はなにか嫌なことがあるたびに、腹いせのようによくそんなことを言った。

私だって、こんな世の中に生まれて来たくはなかった。

でも、生まれたからには生きなくちゃとも思った。だから、高校も真面目に通ったし、大学だって親の負担にならないように公立に進んだし、奨学金も借りた。

大学入学をきっかけに独立し、親にもきょうだいにも頼らず一人でこつこつと生きてきた。そう、どんなに苦しくても、お金の無心なんかせずに、生きてきた。だって、親もきょうだいもあてにならない。どうせ、私は恥かきっ子。……望まれて生まれてきた子じゃない。

祐子は、ごろりと床に転がった。

ほんと、なんでこんなことになっちゃったんだろう？　……私のなにがいけなかったんだろう？　不真面目に生きていればよかったの？　ズルをして、人のものを横取りして、人を引き摺り落として、そんな人生を送っていたら、もっと違った暮らしになっていたんだろうか？

そういえば、ホームレスの女性殺しで最初に捕まったあの男性。あの人も真面目な人だったと聞く。

そしてあの人も、氷河期世代。きっと、何百という会社からお祈りメールをもらい、就職が決まらないまま、その場凌ぎで派遣やバイトをいくつもこなし、そうこうしているうちに三十歳を超え、四十歳を迎えてしまったのだろう。……その挙句、冤罪で自死。

あまりに絶望的な人生だ。

だったら、もっと早く生まれていれば薔薇色《ばらいろ》の人生だったんだろうか？

いや、そうとも限らない。

被害者のホームレスの女性は、バブル世代。なのに、あんな最期を遂げてしまった。

世代ガチャに恵まれていたはずなのに。

なんで、あの人は、あんな最期を？

「私も、あの被害者と同じ人生を歩んでいるのかもしれない」

そんな言葉が、ここのところずっと頭の中を占領している。

だって。あの被害者のあだ名は、さっちゃん。

しかも、同じアパートに住んでいた。

そう、あの被害者……公賀さんは、この部屋に住んでいた。

祐子は、匍匐《ほふく》前進でテレビ台のところまでいくと、その裏をのぞきこんだ。最近では、これがルーチンになっている。その文字を確認することが。

巾木に書かれたその文字。

「公賀沙知」

そして、しばらくは考える。

なんで、あの人は、こんなところに、自分の名前を書いたんだろう？

公賀さんはメモ魔だったらしいが、それにしても、なぜ？

色々と考えてみたが、やはり分からない。

「あーあ」

つい、大きな声がでる。

それが理由か、
どんどんどん！

と、隣から壁を叩かれた。

まるで、「死ね、死ね、死ね」と言われているようだ。「家賃払え！　払えなければ死んでしまえ！」と脅されているようだ。

もう、耐えられない。……真面目に生きているだけなのに、なんで毎晩毎晩、「死ね」と言われなくちゃいけないの？

そうか。死ねばいいんだ。

そしたら、お金の心配も、将来の不安からも解放される。

このまま生きていたって、生き地獄。

そうだよ。死ねばいいんだよ。

そしたら、楽になる。

……楽になりたい。

八章

1

携帯電話が鳴った。

叔父の寛からだった。母の弟だ。数少ない私の親戚なのだが、ずっと疎遠な状態が続いている。というか、避けられている。私が小説家になどなったものだから。声を聞くのはどのぐらいぶりだろう？　母の葬儀以来だから、十年ぶりか。

「祐子《さつ》ちゃんが、死んだよ」

さっちゃんとは、叔母のことだ。なんで親戚はあの人のことを〝さっちゃん〟と呼ぶんだろう?とずっと思っていた。〝ゆうこ〟ではないの?と。〝祐子〟と書いて、〝さちこ〟と読むことを知ったのは、ずっと後のことだ。なんて紛らわしい名前をつけられたことか。たぶん、おばあちゃんがつけたのだろう。おばあちゃんは〝普通〟が嫌いな人だった。そして、〝人とは違う〟ものが大好きだった。私の母も、〝雅子〟と書いて、〝よしこ〟と読ませていた。叔父の寛も、〝ひろし〟ではなく、〝ゆたか〟

と読む。

さて、さっちゃんは、言うまでもなく、母の妹だ。妹といっても、母とは二十二歳、歳が離れている。

そうか、あの叔母もいよいよ、亡くなったか。

といっても、ほとんど会ったことがない人だ。母の葬式には来ていたようだが、あまり印象にない。……というか、叔母さん、なんで死んだんだろう？　確か、叔母さん、私とほぼ同《おな》い歳《どし》の四十歳。そんな若さで、なぜ？

「それがさ……」

叔父が言い淀んだ。

私の胃の下あたりがぐるっと鳴った。好奇心が疼いたときのいつもの現象だ。

私は、携帯電話をスピーカーモードにすると、パソコンのキーボードに改めて指を置いた。

「ね、叔母さん、どうして死んだの？」

私の体は、いつのまにか前のめりになっていた。

「ね、どうして？」

私は、努めて冷静に言葉を返した。が、その指はすでに激しく動きはじめていた。

ディスプレイには、みるみる言葉が並んでいく。

どうやら、私の下衆な小説家根性にスイッチが入ったようだ。

「ね、叔母さんは、なぜ死んだの？」

「自殺だって」

「自殺？」

「住んでいたアパートの保証会社から連絡があってさ。死後一ヵ月は経っているだろうと」

死後一ヵ月。つまり、腐乱死体で見つかったってわけか。

「祐子叔母さんって、ずっと一人だったの？」

「うん。ずっと独身」

「付き合っている人は？」

「よく分からない。なにしろ、大学入学とともに家を出て、それからはほぼ絶縁状態」

「なんで、絶縁状態だったの？」

「……まあ、お袋と仲悪かったからね。しょっちゅう喧嘩してさ。お袋にしてみれば、歳とってからの子だからね、まあ、色々と思うところもあったんだろうけどさ。……可哀想な子だったよ。俺と姉さんはもう独立していたから、助けてやれなかった」

祐子叔母さんとおばあちゃんの仲が悪かったのは、母からもよく聞いていた。たぶん、虐待のようなこともあったのだろうと。

「お袋、よく言ってたんだよ。離婚したい、でも、祐子がいるからできない。なんで産んじゃったんだろうって」

「おばあちゃん、ひどい」

でも、あの人なら言いそうだ。

「まあ、あの頃は、お袋も更年期だなんだと、心が荒れていたんだろうな。親父《おやじ》も外に女作っちゃったりして」

確かに、うちの母も、実家には寄り付かなかったものな……。ぴりぴりしていて生きた心地がしないって。

「で、昨日、さっちゃんの簡単な葬儀をしたんだけどね」

「葬儀、もうしちゃったんだ」

「葬儀ったって、本当に形だけだよ。……だって、あんな形で亡くなったからさ」叔父が、えずくように言った。

「もしかして、遺体を確認したの？」

「そのことは言わないでよ。思い出したくもない」

しばらくの静寂。

「で、相談なんだけど」叔父が、突然声のボリュームを上げた。

「なに？」

「親父もお袋も亡くなって、姉さんも亡くなった」

姉さんとは、私の母のことだ。十年前、膵臓癌《すいぞうがん》で亡くなった。

「つまり、さっちゃんの遺族は、僕とおまえだけなんだよね」

「え？　私？」

「うん。だって、さっちゃんにとっては姪《めい》にあたる」

「まあ、確かにそうだけど」

なぜか、ざわざわとした不安が迫り上がってきた。

「つまり、僕たちはさっちゃんの遺産の相続人でもあるわけだ」

「遺産？　遺産なんてあったの？」

「いや、ない。むしろ……」

もしかして、負の遺産というやつか？　借金か？　私は身構えた。そして、

「でも、私は姪。姪っていったら、三親等だから。叔父さんがいるんだから相続人ではないよ！」

そう、いつか書いた相続ミステリーで、その辺は取材済みだ。未婚で子なしのAが死んだ場合、その遺産は親が相続する。その親がいなかった場合は、きょうだいが相続する。つまり、寛にだけ、その権利と義務が発生する。

「そんなこと言わずにさ、助けてくれないかな?」叔父が、涙声で言った。「おまえも小説家なら、知っているだろう?　自殺なんかしたら、その部屋は事故物件になるって」

もちろん、知っている。たぶん、その部屋は事故物件サイトに早速掲載されているのだろう。

「結果から言うとさ。アパートを管理している不動産屋から連絡があって。……一千万円、請求された」

「い、い、一千万円!」

腰が抜けるとはまさにこのことだ。

「なんで、一千万円?」

「滞納していた家賃、特殊清掃費、原状回復費、大家さんへの慰謝料、そして損害賠償で、一千万円らしい」

「滞納していた家賃、特殊清掃費、原状回復費、大家さんへの慰謝料までは分かるけど、損害賠償って?」

「次の入居者が決まるまでの家賃二年分と、次の入居者の家賃の減額分半年分らしい」

「は?　なにそれ」

「なんかよく分からないけど、逸失《いっしつ》利益の請求っていうらしい」

私は、パソコンのキーボードに再び指を置いた。

そして、〝逸失利益の請求〟と検索。すると、

『事故がなければ得られたはずだった収入』

という文字列がヒットした。

つまり、今回の場合、叔母が自殺しなければ、大家が本来得ることができる収入を意味する。

「え……。それでも、一千万円は高すぎる気がする」

「だろう? だから、おまえに電話したんだよ。小説家なんだから、弁護士とかに知り合いいるだろう? 紹介してくれないかな?」

2

弁護士を交えての話し合いの末、二百万円で手打ちになった。

二百万円は、叔父と私で折半。無論、それだけではなく、弁護士費用も含めると、なんだかんだで、それぞれ百五十万円近く負担することになった。

とんでもない痛手だ。

ほとんど会ったこともない叔母のために、なんで百五十万円も？

ところで、なぜ一千万円が二百万円までディスカウントできたのかというと、それは、新しい入居者をすぐに見つけること……という条件を呑んだからだ。

結果から言えば、私がその部屋を契約することになった。

ちょうど、倉庫兼仕事部屋を探していたところだった。X区なら自宅からも自転車で十五分ほど、歩いても小一時間。運動にもちょうどいい距離だ。

とは言っても、最初は躊躇《ためら》った。さすがに腐乱死体が放置されていた部屋を借りるのは……。

「住むわけではないんだからいいじゃないか。昼間に数時間、いるだけだろう？　それに、死んだのは身内なんだからさ。怖くないよ！」

叔父がそんなことを言って、私の背中をばんばんと叩く。

「なにより、一千万円が二百万円になるんだよ。ここは、我慢してよ。二年借りればいいみたいだからさ」

そう、二年我慢すれば。それに、叔父の言う通り、住むわけではない。資料やら本やらを置いておく場所なんだから。ときどきは仕事もするだろうが、それは昼間の数時間なんだから。

それでも躊躇っていると、

「小説のネタになるんじゃないの？」

叔父が、けしかけるようにそんなことを言う。

確かに、いいネタになりそうだ。事故物件に住む小説家。……うん、面白いかも。

この部屋なら、「勝負作」が書けるかも。

私の下衆な小説家根性に、スイッチが入った。

3

が、そのスイッチも、引っ越し当日には早くもオフになってしまった。

あらかた荷物を運び込み、ふうぅと一息ついていたときだ。

どんどんどんどんどんどんどん！

いかにも不穏な音が響いてきた。

音源は、壁だった。

壁を叩かれている？

そうだ。きっと、うるさい！という警告なのだろう。

確かに、あの引っ越し業者は少し乱暴だった。どたばたと煩く歩き回り、段ボール箱を投げるように置いていった。段ボール箱の中身はほとんどが本だ。その衝撃音はなかなかのものだった。

初日から隣人トラブルはまずいだろう。挨拶しておかなくちゃ。

私は、買っておいた引っ越しの挨拶品を手にすると、玄関を出た。

このフロアには四つの部屋がある。

まずは、隣の二〇二号から挨拶をしておこう。だって、どんどんどんと壁を叩かれた。

が、ドアホンを押すも、返事はない。

「あれ？　いない？」

再度押すと、ドアがゆっくりと開いた。

「どちら様？」

出てきたのは、年配の女性だった。白髪まじりの頭をひっつめにして、後ろで結んでいる。

「あ、すみません。私、隣の二〇一号室に引っ越してきました、関口です」

「関口？　……前に二〇一号室に住んでいた人も関口さんじゃなかった？」

「あ、はい、そうです。前の人は、私の叔母なんです」

「おばさん？　でも、あなたと同じような年齢の女性だったわよ」

「あ、はい。……うちの母の歳の離れた妹なんです」

「あら、そうなの。で、今日はなにか？」

「引っ越しのご挨拶にと」

言いながら、私は手にした袋を差し出した。その袋のロゴを見て、女性の顔が一気に綻ぶ。

「あら、いやだ。これ、銀座の空也《くうや》？」

「はい、そうです」

「あらー、いいの？　こんないいもん頂いちゃって」

「どうぞどうぞ、ほんのお近づきの印です」

「悪いわね。じゃ、遠慮なく。……ああ、空也の最中《もなか》、懐かしいわね。あたしも昔はよく食べていたのよ、職場が銀座だったから」

「そうなんですか？」

「そう。銀座のショールームで働いていたの。……もうかれこれ、三十年前のことだけど。……ああ、本当に懐かしいわ」

「喜んでいただけて、なによりです。では」

と、頭を下げて部屋に戻ろうとしたとき、

「ね、あなたの叔母さん、……自殺だったんでしょう？」

「ええ、まあ。……そのようです」

「これで、二人目よ。あの部屋に住んでいて、変な死に方した人は。なにか呪われているのかしらね」

「え？　二人目？」

「私ね、このアパートには新築の頃から住んでるんだけど、二〇一号室に最初に住んでいた人が、この六月に殺されたのよ。西早稲田の女性ホームレス殺害事件、覚えてない？」

「ああ。はい。ありましたね、そんな事件」

「その被害者も住んでいたのよ、二〇一号室に」

「え？　そうなんですか？」

「その人のことはよく覚えている。派手な感じの人で、毎日のようにアッシーくんに車で送ってもらってた」

「アッシーくん……」

「でも、その人、ある日突然、夜逃げのようにして部屋を飛び出して行ったの。私、その現場をたまたま目撃して。どうしたんですか？って訊いたら、逃げなくちゃいけないんです。私、呪われちゃったみたい！　……って」

「呪われた……」

「まあ、ちょっとしたノイローゼじゃないですかね。だって、彼女、恨まれていたから。ふふふふ」

「恨まれていた？」

「そう、今でいう、ストーカーに狙われていたの。ここだけの話ね……、あ、いけない、そろそろ彼のためにご飯を作らなくちゃ。彼、ちょっとでも遅くなるとすぐに怒るのよ、ほんと、いやんなっちゃう」

と、その女性は一方的にドアを閉めた。

＋

段ボール箱を捨てに、ゴミ置き場に来たときだった。

「この時間は、ゴミを捨てないでください」

と、声をかけられた。

振り向くと、上品そうな老女が立っている。

「それに、段ボールは資源ゴミ。資源ゴミの回収は明後日《あさって》ですよ」

あ、そうか。ここはゴミ捨て二十四時間ＯＫの自宅マンションではなかったんだった。つい、いつもの癖で……。

「すみません、今日越してきたばかりで、勝手が分からなくて」

私は素直に謝った。

「あら、あなた、今日越してきたの？　もしかして、アイビーハイムの方？」

老女が、アパートを指さしながら言った。

「え？」

あ、そうだった。あのアパート、『アイビーハイム』っていうんだった。

「はい。そうです。アイビーハイムに引っ越してきました」

「あら、そうなの。部屋番号は？」

「え？」

なんでそんなことを訊くんだろう？と思いながらも、老女の圧に押されて、

「二〇一号室です」

「二〇一号室？　あら、そうなの？　でも、あの部屋、最近、事故があったわよね」

「ええ、まあ」

「それを知って、わざわざあの部屋に？」

「ええ、まあ」

「へー、そうなの。……じゃ、気をつけないと」

「は？」

「あなたの右隣の部屋、キムラという女性が独りで住んでいるんだけど、あの人、有名なクレーマーだから」

え？　独り？　っていうか、クレーマー？

「あの人のせいで、二〇一号室はすぐに人が出て行くの。あなたで、二十二人目よ」

「二十二人……」

確か、あのアパートが竣工して三十一年。それで二十二人とは……。

「同じ理由で、二〇三号室といえば、二〇三号室もなかなか人がいつかないのよ」

二〇三号室でも、さっき引っ越しの挨拶に行ったけれど、空室だった。

「そう。自殺者が出ているのよ」

「え、そうなんですか？」

「そう。ネットの事故物件サイトにも載っちゃったから、なかなか借り手がつかないらしいわよ」

「……そうなんですか」

「キムラさんの両隣がこんな調子なんだもん、絶対、原因はキムラさんだと思う。……だって、ちょっとした音でも、すぐに切れて。どんどんどんって壁を叩くらしいわよ。関口さんが亡くなったのも、あれが原因じゃないかと思うの」

「関口？」

「あなたの前に住んでいた人」

「ええ、それは知ってます。……でも、なぜあなたが名前を知っているんですか？」

「何度かお話ししたことがあるから、関口さんとは。確か、関口さん、記者さんなのよね」

「キシャ？」

「そう、新聞記者だって聞いた」

いやだ、叔母さんたら、そんな嘘を……。自分まで恥ずかしくなり、私は話題を変えた。

「ところで、あなたはどなたなんですか？」

「私？　私は、笛森っていいます。笛森ミカ」

「フエモリ……」

「かつては、アイビーハイムの大家をしていました」

「あ、そうなんですか」

「あの家に住んでいます」

フエモリさんが指さした先は、いわゆるゴミ屋敷だった。門扉の外にまで、ゴミが溢れている。

「いずれにしても、キムラさんには気をつけてね」

＋

部屋の掃除をしていたときだった。

巾木と床の間に、なにかが挟まっている。ドライバーの先でそれを取り出してみると、

「キー？　パソコンのキーボードのキー？」

そう、それは［！］キーだった。

なんだって、こんなところに？

「うん？」

巾木に、なにか文字が書かれている。

リフォームはしたようだが、巾木は替えていないのだろうか？

「なんて、書いてあるんだろう？」

顔を近づけてみると、

『公賀沙知』

と読める。

「公賀沙知？　あれ？　どこかで見たような……」

気になって、スマートフォンで検索してみる。

「あ、はいはい。そうだ、そうだ。西早稲田の公園で殺害されたホームレスの女性だ。……そういえば、お隣さんも言っていた。この部屋に、殺害されたホームレスがかつて住んでいたって」

でも、なんだって、こんなところに名前が書かれているんだろう？

スマートフォンのカメラレンズをその文字に向けると、シャッターを押す。

スマートフォンの画面で改めて確認してみると、『公賀沙知』の他にもなにか文字がうっすらと見える。

なんて書いてあるんだろう？

最大限に拡大してみると、

「ひっ！　なにこれ！」

あまりの恐怖に、思わずスマートフォンを投げ出す。スマートフォンは壁にあたり、どんという不穏な音を立てる。

それに応えるように、
どんどんどんどんどんどんどん！

と、隣から壁を叩く音が聞こえてきた。そして、

「うるせーんだよ！　静かにしろ！」

という怒鳴り声も。

さらに、開けっ放しの窓から、蛾《が》が一匹、入ってきた。

蛾は苦手だ。逃げなくちゃ！

が、腰でも抜けたのか、立ち上がることもできない。

私はすでに、後悔の渦の中にいた。

「やばい、やばい、こんな部屋、借りなきゃよかった！」

とにかく、もうここには一秒もいたくはない！

「でも、いいネタじゃない。せっかくだから、この体験をネタに勝負作を書こうよ。だから、逃げないほうがいいよ」

そんな声も頭の奥からしてきたが、そんなことを言っている場合じゃない。もう、勝負作なんてどうでもいい！

どうにか立ち上がると、バッグを抱きかかえ、私は部屋から逃げ出した。

階段を駆け降りると、まるで待ってましたとばかりに、タクシーが停まっていた。ラッキーなことに表示が「回送」から「空車」に変わった。

私は手を上げながら、タクシーへと駆け寄った。

ドアが開く。

タクシーに乗り込むと、メガネをかけた初老の運転手が、

「どちらまで？」

と優しく声をかけてくれた。

乗務員証には、「船井史也《ふみや》」とある。

「とりあえず、青梅街道《おうめかいどう》に出てください！」

私は、早口でそう告げた。

アイビーハイム

1

一九九三年、三月。

公賀沙知は、大根のようにむくみまくった足を引きずりながら、アパートの階段をゆっくりと上って行く。

ああ、今日も疲れた。もう、へとへとだ。

「あ、こんばんは」

上から声がし、見上げると、そこには隣人のキムラさんがいた。黒いゴミ袋を両手に持っている。

あ、そうか。明日はゴミの日か。私も出しておかなくちゃ。

「今日も、残業ですか？」

キムラさんが訊いてくる。……面倒くさいけど、一応、答えておかないと。近所付き合いは大切だ。

「ええ、残業だったんです」

本当は嘘だった。仕事を探していた。面接までこぎつけた三社を回ってみたが、どれも手応《てごた》えなし。

「今日は、いつものアッシーくんは？」

「は？」

「だから、いつも車で送ってくれる、メガネの男性は？」

ああ、彼のことか。

沙知は、唇をひん曲げた。

彼の親切にこれ以上よっかかってはいけない。だって、私、彼のこと、全然好きじゃない。だから、昨日、言ってやったんだ。「もう、こういうの、やめてください」って。

どういうわけか、彼は毎回、私の帰りを待っているかのように、車で現れる。今までは、その親切につい乗ってしまったが、よくよく考えたら、薄気味悪い。なんだって、私の帰りを把握しているんだろうか？

「あのアッシーくんとは、もう別れちゃったんですか？」

キムラさんがしつこい。

そういうキムラさんだって、同棲していた彼はどうしたの？ ミュージシャンの卵だっていう彼氏。……確か、ミノルとかいう名前じゃなかった？　そうよ、ミノルよ。いつだったか、「ミノルくん大好きー」って声が、隣から聞こえてきた。そして、喘ぎ声も。このアパートはおしゃれな作りだけれど、信じられないぐらい壁が薄い。

隣の声がまる聞こえだ。

でも、最近は、ずいぶんとおとなしい。ミノルの声が聞こえてこない。……たぶん、別れたんだろう。まあ、それが正解だ。だって、あの男、明らかに〝ヒモ〟だもの。そして、暴力男だ。時折、「うるせーんだよ！　静かにしろ！」という怒鳴り声も聞こえてきた。その声が聞こえたとき、キムラさんの顔には毎回、アザができていた。

「ああ、そういえば。今日の昼間とか、部屋にいました？」

キムラさんが唐突に訊いてきた。

「え？　ううん。昼間はずっと――」求職活動をしていた。

「そうですか？　でも、隣……つまり、あなたの部屋から音が聞こえてきましたよ、昼間」

「え？」

「かりかりかりかり……って、何かを削っているような、書いているような、そんな音がずっと聞こえてきましたよ」

「削っている？　書いている？」

「あと、がちゃんという音も聞こえたような気がするんだけど。そう、解錠する音」

「昼間に？」

「そう、昼間に。……がちゃんという音は、午後一時過ぎ頃、そして、かりかりかりかり……っていう音はそのあと」

「聞き違いではないですか？」

「そうかな……？　でも、確かに……」

キムラさんが持っている黒いゴミ袋から、ぽたぽたと、何かが滴《したた》り落《お》ちている。

……赤い絵の具？　それとも……。

「あ、じゃ、私、ゴミを捨てなくちゃいけないんで」

キムラさんが、両手のゴミ袋を揺らしながら、勢いをつけて駆け降りていく。

沙知はそれを見送ると、自分の部屋に戻って行った。

「え？」

その違和感がふいに落ちてきたのは、鍵を鍵穴に入れたときだった。

鍵穴の位置が違う？

いつもは縦になっている。でも、今は横になっている。

閉め忘れた？

いや、施錠はちゃんとされている。

なんでだろう？　勘違いかな？

沙知は、改めて、鍵穴に鍵を差し込んだ。

がちゃり。

「え？」

また違和感が落ちてきた。

音が、いつもと違う。いつもは甲高い音で、がちゃんだ。でも、今回は、なにか鈍《にぶ》い。しかも、がちゃり。

「気のせいよ、気のせい」

沙知は自分にそう繰り返し言い聞かせ、ドアを開けた。
「え？」
また、違和感。
いつもとは違う匂いがする。
そう、さっきまで誰かがいたような、そんな匂い。
沙知は、恐る恐る、ドアの横にある照明スイッチを探した。
かちん。
これは、いつもの音だ。
そして、照明の色も知っている色だ。
その色に照らされた部屋も、いつもの景色だ。
でも。……何かが違う。
「気のせいよ、気のせい」
沙知は、呪文のように繰り返す。
靴を脱いで、部屋に上がると、違和感はますます強くなっていった。
テーブルの位置がずれている。
そのテーブルの上に置いておいたマグカップの位置も違う。
そう、今朝、寝坊して、コーヒーを半分残したまま家を出たのに……空だ。

『ああ、そういえば。今日の昼間とか、部屋にいました？』

キムラさんの声が、蘇る。

体全体が心臓になったかのように、鼓動が速まる。

「嘘でしょう？　誰か、部屋に入った？」

震えが止まらない。手の先と足の先が氷のようだ。

『かりかりかりかり……って、何かを削っているような、書いているような、そんな音がずっと聞こえてきましたよ』

キムラさんの声が追い討ちをかける。

沙知は、凍りついたような足先に力を込めると、恐る恐る、その壁に近づいた。

真っ白い壁に、なにかがぶちまけられている。

マヨネーズ？　塗料？　牛乳？　……まさか！

沙知は恐怖に押しつぶされるように、腰を抜かした。

その拍子に、その文字が視界に入る。

それは、巾木に書かれた文字だった。

いや、書かれた……というより、ボールペンのような先の尖ったもので削るように刻まれた文字だった。

『公賀沙知』

そう、自分の名前だ。そして、その周りを囲むように〝呪〟という文字がびっしりと。そして、〝f〟という文字も。あたかも、呪いの曼荼羅《まんだら》のような。

誰が、こんなことを？

まさか。

大家さんの笛森さん？

そうだ、あのじじぃだ。いい歳して、私を何度も誘ってきた。あまりにしつこいので、「奥さんに言いつけますよ」と脅してやった。その腹いせに、こんなことを？

そうだ、間違いない、あのじじぃなら、合鍵を持っている！

あのじじぃ、合鍵をつかって、私がいない間に！

やだやだ、気持ち悪い！　信じられない！

やだやだやだやだ！

こんな部屋、一刻も早く出なくちゃ！

沙知がその部屋を夜逃げのように出て行ったのは、その三日後だった。

2

二〇二二年六月。

船井史也が、その女を二十八年ぶりに見たのは、西早稲田の小さな公園だった。ポール時計が中央ににょきっと生えているように立っているので、「時計公園」と呼ばれている。

その時計公園は、タクシー運転手の休憩スポットにもなっており、早朝や深夜などは公園前の道路にタクシーが列をなして停まっている。

船井史也もまた、月に何度かはここに寄る。そう、船井史也はタクシーの運転手だ。元々は大手家電メーカーの工場に勤めていたが、悪い女にひっかかり、退職を余儀なくされた。その後は思うような仕事に就けず、日雇いや期間工でなんとかしのぎ、そして五年前にタクシーの運転手となった。

あの女にひっかかっていなければ、今頃は、あの工場で最低でも部長にはなっていただろう。なにしろ、生《は》え抜《ぬ》きのエリートコースを歩んでいた。

なのに、あの女のせいで、俺の人生はめちゃくちゃだ。

俺のことを好きでもないくせして、アッシーくんとしてこき使いやがったあの女。散々俺のことを利用したくせして、「もう、こういうの、やめてください」ときたもんだ。

だから、あらかじめ作っておいた合鍵で、あの女の部屋に忍び込み、あの女に呪いをかけてやった。俺に夢中になる呪いだ。魔術の本に出ていたやり方をそのまま真似して、壁と巾木に工作した。どれだけの効果があるのかは分からないが、あの女はそのあと俺に連絡してきた。たぶん、効果があったのだろう。あの女は実家の静岡まで行けと命令した。きっと、俺との結婚を決意してくれたんだ。だから、俺はあの女の命令に従った。なのに、目的地に着いたら「ありがとう。ばいばい」ときたもんだ。

さらにその約半年後、今度は中野サンプラザまで送れと連絡が来た。大切な仕事があったが、今度こそ結婚を決意してくれたのかと、俺はうきうきしながら車を出した。なのに。それっきり連絡もない。ちきしょう！　全然、呪いの効果なんかないじゃないか！

あの女のことは、一生忘れない。

その名前もだ。

公賀沙知《さっちゃん》。

さっちゃんに二十八年ぶりに会ったのは、二〇二二年六月六日のことだった。

さっちゃんは、時計公園を根城にする、ホームレスになっていた。

すっかり老《ふ》けてしまったが、すぐに分かった。

さっちゃんだと。

でも、さっちゃんは俺のことをまったく覚えていなかった。名前を言っても、「さあ。どなたですか？」ときたもんだ。

お前のせいで、俺の人生はめちゃくちゃだ！　お前の命令に従い何度も送迎したせいで、何度も仕事に穴を空けてしまい、エリートコースからも外れ、挙げ句の果てに解雇され、そしてこのザマだ！

なのに、なんで俺のことをすっかり忘れちまってんだよ！

許せない、許せない、許せない！

お前が生きている限り、俺の人生は真っ暗闇だ！

消えろ、消えろ、消えろ！

煮えたぎる復讐心に身を捩《よじ》っていると、一人の男が近づいてきた。

公園の向こうのマンションに勤める男だ。西岡という名前で、面倒なやつだ。俺が猫を虐待していると疑って、何度も何度も食らい付いてくる。なんだって、こんなにしつこいのか。たかが猫じゃないか！　そうだよ、ここら辺の猫を虐待しているのは、俺だよ！　それのなにが悪い！

「あんた、また猫をいじめた？」

西岡のそのいかにも傲慢な物言いに、俺の復讐心がさらに燃え盛った。

「俺じゃないよ」

「嘘だ。あんただろう？」

「違うよ。……きっと、ホームレスだよ。この公園に、女のホームレスが住み着いている。そいつだよ。だって、俺、見たもん。あの女が猫をぶん殴っているの」

この嘘が、まさかあんな事件に発展するなんてね。

でも、これでいいんだ。

これでようやく、さっちゃんは死んでくれた。これでようやく、俺はさっちゃんから解放された。俺の恋心を三十年以上も弄《もてあそ》びやがって。ざまあみろだ。

でも、どうせなら、あの西岡ってやつも懲らしめておこう——。

船井史也は、ひとつ伸びをすると、公衆電話を探した。そして一一〇番すると、

「六月六日、時計公園で起きた女性ホームレス殺害事件のことでお電話しました。その日、夜、公園向こうのマンションで働いている男がホームレスの女性と言い争っているのを見ました。……そう、男の名前は、西岡です」

なのに、船井史也の恨みが消えることはなかった。その恋心もまた、消えることはなかった。

＋

さっちゃんを失った悲しみは、想像以上だった。

さっちゃん。……会いたい！

船井史也は表示板を〝回送〟にすると、まずは青梅街道へと向かった。そしていつもの場所へと進路をとった。

さっちゃんが住んでいたアパート、『アイビーハイム』に。

さっちゃんに会えることを期待して、この二十八年間、一日も欠かすことなく通っているその場所に。

さっちゃんが、あの頃のようにアパートの階段を降りてくるのを待つために。

〈参考〉
『自殺遺族になっちゃった!!』〔漫画〕宮本ぐみ　〔原作〕宮本ぺるみ（竹書房）
『「子供を殺してください」という親たち』押川　剛（新潮文庫）
『新型コロナと貧困女子』中村淳彦（宝島社新書）

〈引用〉

「エッセイ　女という名の毒。」真梨幸子（『VOGUE　JAPAN』2017年12月号）

本書は二〇二二年十一月、小社より単行本として刊行されました。

|著者| 真梨幸子　1964年宮崎県生まれ。多摩芸術学園映画科卒業。2005年『孤虫症《こちゅうしょう》』（講談社文庫）で第32回メフィスト賞を受賞しデビュー。女性の業《ごう》や執念を潜《ひそ》ませたホラータッチのミステリーを精力的に執筆し、着実にファンを増やす。'11年に文庫化された『殺人鬼フジコの衝動』（徳間文庫）がベストセラーに。他の著書に『深く深く、砂に埋めて』『女ともだち』『クロク、ヌレ！』『えんじ色心中』『カンタベリー・テイルズ』『イヤミス短篇集』『人生相談。』『私が失敗した理由は』『三匹の子豚』『まりも日記』（すべて講談社文庫）、『4月1日のマイホーム』（実業之日本社）、『ノストラダムス・エイジ』（祥伝社）、『教祖の作りかた』（幻冬舎）などがある。

さっちゃんは、なぜ死《し》んだのか？
真梨幸子《まりゆきこ》

2024年11月15日第1刷発行

発行者――篠木和久
発行所――株式会社　講談社
東京都文京区音羽2-12-21　〒112-8001
電話　出版（03）5395-3510
　　　販売（03）5395-5817
　　　業務（03）5395-3615
Printed in Japan

講談社文庫
定価はカバーに
表示してあります

KODANSHA

デザイン―菊地信義
本文データ制作―講談社デジタル製作
印刷―――株式会社KPSプロダクツ
製本―――株式会社国宝社

ISBN978-4-06-537026-1

講談社文庫刊行の辞

二十一世紀の到来を目睫に望みながら、われわれはいま、人類史上かつて例を見ない巨大な転換期をむかえようとしている。

世界も、日本も、激動の予兆に対する期待とおののきを内に蔵して、未知の時代に歩み入ろうとしている。このときにあたり、創業の人野間清治の「ナショナル・エデュケイター」への志を現代に甦らせようと意図して、われわれはここに古今の文芸作品はいうまでもなく、ひろく人文・社会・自然の諸科学から東西の名著を網羅する、新しい綜合文庫の発刊を決意した。

激動の転換期はまた断絶の時代である。われわれは戦後二十五年間の出版文化のありかたへの深い反省をこめて、この断絶の時代にあえて人間的な持続を求めようとする。いたずらに浮薄な商業主義のあだ花を追い求めることなく、長期にわたって良書に生命をあたえようとつとめるところにしか、今後の出版文化の真の繁栄はあり得ないと信じるからである。

同時にわれわれはこの綜合文庫の刊行を通じて、人文・社会・自然の諸科学が、結局人間の学にほかならないことを立証しようと願っている。かつて知識とは、「汝自身を知る」ことにつきていた。現代社会の瑣末な情報の氾濫のなかから、力強い知識の源泉を掘り起し、技術文明のただなかに、生きた人間の姿を復活させること。それこそわれわれの切なる希求である。

われわれは権威に盲従せず、俗流に媚びることなく、渾然一体となって日本の「草の根」をかたちづくる若く新しい世代の人々に、心をこめてこの新しい綜合文庫をおくり届けたい。それは知識の泉であるとともに感受性のふるさとであり、もっとも有機的に組織され、社会に開かれた万人のための大学をめざしている。大方の支援と協力を衷心より切望してやまない。

一九七一年七月

野間省一

講談社文庫 最新刊

今村翔吾
イクサガミ　人
人外の強さを誇る侍たちが、島田《しまだ》宿で一堂に会し――。怒濤《どとう》の第三巻！〈文庫書下ろし〉

堂場瞬一
聖刻
〈警視庁総合支援課0〉
なぜ、柿谷晶《かきやあきら》は捜査一課を離れたのか――刑事の決断を描く「総合支援課」誕生の物語！

青柳碧人
浜村渚の計算ノート　11さつめ
〈エッシャーランドでだまし絵を〉
エッシャーのだまし絵が現実に!?　落ち続ける滝で、渚と仲間が無限スプラッシュ！　全4編。

一穂ミチ
うたかたモザイク
甘く刺激的、苦くてしょっぱくて、でも美味しい。人生の味わいを詰めこんだ17の物語。

佐野広実
誰かがこの町で
地域の同調圧力が生んだ悪意と悲劇の連鎖！江戸川乱歩賞作家が放つ緊迫のサスペンス。

真梨幸子
さっちゃんは、なぜ死んだのか?
私のなにがいけなかったんだろう?　ホームレス女性撲殺事件を契機に私の転落も加速する。

高田崇史
陽昇る国、伊勢
〈古事記異聞〉
御神籤《おみくじ》注連縄《しめなわ》など伊勢神宮にない五つのもの。伊勢の神の正体とは!?　伊勢編開幕。